Ludwig Ganghofer

Der Unfried

Ein Dorfroman

(Großdruck)

Ludwig Ganghofer: Der Unfried. Ein Dorfroman (Großdruck)

Erstdruck: Adolf Bonz, Stuttgart 1888.

Neuausgabe mit einer Biografie des Autors
Herausgegeben von Theodor Borken
Berlin 2021

Umschlaggestaltung von Thomas Schultz-Overhage unter Verwendung des Bildes: Isaac Levitan, Im Frühjahr in den Alpen (Ausschnitt), 1897

Gesetzt aus der Minion Pro, 16 pt, in lesefreundlichem Großdruck

ISBN 978-3-8478-5368-8

Bibliografische Information der Deutschen Nationalbibliothek: Die Deutsche Nationalbibliothek verzeichnet diese Publikation in der Deutschen Nationalbibliografie; detaillierte bibliografische Daten sind im Internet über www.dnb.de abrufbar.

Henricus - Edition Deutsche Klassik GmbH, Berlin
Herstellung: Books on Demand GmbH, Norderstedt

1.

Nicht ein einziges Wölklein trübte das sommerliche Blau des über Berg und Tal gespannten Himmels; auch die Rauchsäulen, die von den Dächern senkrecht in die Höhe stiegen, erweiterten sich zu dünnem Dunst und zerflossen spurlos in den von Sonnenglut erfüllten Lüften. Die Berge waren von flimmerndem Duft umwoben. In den dunkelgrünen Forst, der sich von steiler Höhe den Wiesen des Dorfes entgegensenkte, rührte kein Windhauch die Wipfel. Man hörte nur das schläfrige Gemurmel der spärlich rinnenden Bächlein, die durch Bergfurchen ihren Weg zum Tal suchten, um dem breiten, sacht rauschenden Bach entgegenzueilen. Einem hell blitzenden Silberband gleich, umspannte er das Dorf in weitem Bogen, verlor sich in Laubgehölzen und blitzte wieder zwischen Wiesen und Getreidefeldern, auf denen das Grün der hoch stehenden Halme sich schon zu gelber Reife zu wandeln begann.

Auf den Wiesen gaukelten weiße Falter, über den Getreidefeldern standen schwärzliche Schnakensäulen in der vor Hitze zitternden Luft, und auf der Straße summten graue Bremsen und blaugrüne Fliegen um die heißen, verstaubten Steine.

Sonst nirgends eine Spur von Leben in der weiten Talflur. Auf den Wiesen kein Mähder, auf den Feldern kein Schnitter, kein brüllendes Rind, kein Ross im Geschirr. Es war Sonntag. Dazu diese Sonne, diese drückende, glühende Sonne. Im Dorf hatten sich selbst die Schwalben schläfrig unter die vorspringenden Dächer geduckt. In den Grasgärten lagen die Hühner und Enten regungslos in spärlichen Schatten der nach Regen lechzenden Obstbäume. Aus den geschlossenen Ställen ließ sich kein Klirren vernehmen, kein Brüllen und kein Wiehern. Aber diese sengende Hitze störte nicht die ›Sonntagsruhe‹, welche die Menschen im Dorf hielten. Die Kinder trieben auf der Straße ihre lärmenden

Spiele. Es klang das schnatternde Gelächter der Mädchen und Weiber, die sich auf den Hausbänken in der brennenden Sonne so wohl zu fühlen schienen, als säßen sie im kühlsten Schatten. Ein johlender Gesang hallte aus den offenen Fenstern der überfüllten Wirtsstube, und Lachen, Schelten und Schreien ließ sich vom Wirtsgarten her vernehmen und mischte sich mit dem Poltern der rollenden Kugel und dem Gerappel der fallenden Kegel.

Ein armes Ding, so eine Kellnerin im Dorf, deren schwerster Werktag der Sonntag ist. Da rennt sie hin und her zwischen Haus und Garten, atemlos, mit dunkel geröteten Backen, die weiße Schürze nass von verschüttetem Bier. Kaum ist sie im Haus verschwunden, so kommt sie schon wieder über die Schwelle gehastet, in jeder Faust vier steinerne Krüge, von denen der Schaum in dicken Flocken nieder rinnt. Keuchend erreicht sie die Kegelbahn, ein Dutzend Hände strecken sich ihr entgegen, im Nu ist sie ihrer Bürde ledig, und ehe sie noch richtig weiß, von wem sie ihr Geld zu fordern hat, werden ihr schon wieder von allen Seiten leere Gläser und Krüge auf die Arme geschoben. Schelten und keifen muss sie, um zu ihrem Geld zu kommen, und muss sich herumbalgen in dem dichten Knäuel der hemdärmeligen, von Trunk und Spiel berauschten Burschen. Schreiend, spottend und streitend drängen sich die Spieler durcheinander, die Kugel poltert, die Kegel rasseln und auf dem Laden klirren die Markstücke und die blanken Taler.

Draußen über die Kugelrinne stehen in langer Reihe die Zuschauer, solche, die gerne mittäten und mit Ärger das magere Beutelchen in der Tasche befühlen, aber auch solche, die missbilligend dieses prahlerische Umwerfen mit dem sauer verdienten Geld verfolgen.

Zu diesen letzteren mochte der Bursch zählen, der aus der Schar der Zuschauer sich löste, den Wirtsgarten verließ und dem offenen Feld zustrebte.

Eine schlanke, elastische Gestalt von jugendlicher Kraft und Frische. Er hätte nicht die blaue Hose der Schweren Reiter mit den roten Streifen tragen müssen; schon die stramme Haltung und der feste Gang hätten verraten, das es noch nicht allzu lange her war, seit er den Rock des Königs wieder gegen die Lodenjoppe vertauscht hatte.

Er trug die Joppe lose um die Schultern gehängt, und unter ihr zeigte das faltige Hemd im Sonnenschein ein blendendes Weiß, von dem sich der hochrote Zackenbesatz der Hosenträger schimmernd abhob.

Der Wohlstand des Hauses, das der Bursche sein Heim nannte, verriet sich in der schweren Silberkette, die an der offenen, grünen Weste baumelte, in dem faustgroßen, bei jedem Schritt klappernden Charivari, in den großen, teuren Hirschhornknöpfen der Joppe und in dem wertvollen Adlerflaum, der eine schmucke Zierde des grünen Hutes war. Schief und keck saß dieser Hut über dem braunen Haar; nur kärglich beschattete er mit seiner schmalen Krempe das gesunde, sonnverbrannte Gesicht, dem das spitz aufgedrehte Schnurrbärtchen einen leichten Zug von Stolz und Trotz verlieh, wogegen freilich der gutmütige Frohsinn Einspruch erhob, der aus den braunen Augen lachte.

Raschen Ganges schritt der Bursch über die Wiesen und durch die Ährenfelder, verfolgt von summenden Fliegen. Einmal blieb er stehen, lüftete den Hut und brummte: »Saxen! Is dös a Hitz! Verschmelzen möcht einer gleich!«

Es war kein Weg, den er machte – es war ein Umweg. Den Hügel, dem er sich nach halbstündigem Bummel zuwandte, hätte er vom Dorf aus in wenigen Minuten erreichen können, wenn er dem breiten Sandsteig gefolgt wäre, der vom Marktplatz zu jener Höhe führte, über deren mächtige Linden ein Kirchlein sein spitzes, braunrotes Turmdach reckte.

Je näher der Bursch den Büschen kam, die den Fuß des Hügels umsäumten, desto langsamer wurden seine Schritte, desto flinker die spähenden Blicke, mit denen er durch die Lücken des Laubwerkes die grasige Plattform musterte, auf der das Kirchlein sich erhob.

Jetzt spielte ein Lächeln um seinen Mund. Lautlos stieg er zwischen den Büschen empor. Als er die Plattform erreichte, blieb er stehen und teilte mit den Armen das Laubwerk. Wenige Schritte vor ihm stand eine alte Linde, deren knorriger Stamm von einer verwitterten Holzbank umzogen war. Ein Strohhut mit einem verblichenen blauen Band und ein plumper Sonnenschirm lagen auf dieser Bank, und daneben saß das Mädel, dem die Sachen gehörten. Ein schwarz und blau gewürfeltes, verwaschenes Perkalkleid umschloss den schlanken Körper, dessen knospende Formen sich trotz der starren Falten des groben Gewandes noch gefällig verrieten. Unter dem Rock lugten die gekreuzten Füße hervor, in roten Strümpfen und geflickten, aber spiegelblanken Halbschuhen. Die Hände hielten ein Strickzeug und rührten emsig die Nadeln – zwei braune Hände, die an Arbeit gewöhnt schienen. Auch auf den Wangen des mehr kindlichen, als mädchenhaften Gesichtes lag ein leichtes Braun, umzogen von Schwarz der Haare, die in zwei schweren Flechten um die Stirn geschlungen lagen. Das Mäulchen hatte ein frisches, feuchtes Rot, und in lichter Bläue glänzten die Augen, die das Mädel fürsorglich zu dem kleinen Korbwagen hob, der unter dem grünen Vorhang des aufgespannten Dächleins in geblumten Kissen das pausbäckige Gesicht eines schlummernden Kindes gewahren ließ.

Wieder hob das Mädel die Augen; diesmal zu den raschelnden Büschen. Ein leichtes Rot überflog die Wangen beim Anblick des Burschen, der auf die Linde zugeschritten kam.

»Grüß Dich, Sanni!«

»Grüß Gott, Karli!« Das Mädel beugte das glühende Gesicht über die zitternden Nadeln.

»Hast Dich auch a bissl in' Schatten gemacht?«

»A bissl, ja!«

»Hast schon recht! Heut möcht einer in Boden einischliefen, bloß dass er der Sonn auskommt.« Er lüftete das Hütl. »Is verlaubt?«, fragte er, schob Sannis Hut und Sonnenschirm beiseite und setzte sich auf die Bank.

»Aber ich bitt schön!« Sanni, von neuem errötend, rückte hastig beiseite.

»Was bleibst denn net sitzen?«, schmollte Karli und rückte nach. »Is ja Platz grad gnug! Ah, Saxen! So a Hitz!«

»Ja! So a Hitz!«, bestätigte Sanni, legte das Strickzeug in den Schoß und drückte die Hände auf die heißen Wangen.

»Da kommt noch ebbes bis auf'n Abend.«

»Ja, ich hab mir's selber schon denkt.«

Gleichzeitig neigten sich die beiden vornüber, um nach dem westlichen Himmel auszuschauen. Dabei berührten sich ihre Schultern, das schienen sie nicht zu bemerken; lang und ruhig hielten sie in dieser Stellung aus.

»Ganz blau! Noch alles ganz blau!«, versicherte Sanni und meinte den Himmel.

»Ja, wunderschön blau!«, erwiderte Karli und meinte Sannis Augen. Dabei drohte er das Gleichgewicht zu verlieren und kippte mit dem Ellbogen bis auf die Bank herunter, als Sanni plötzlich aufsprang, um eine Hummel zu verscheuchen, die summsend das Dächl des Korbwagens umflog. Sie strich mit sanfter Hand dem schlummernden Kind die dünnen Härchen aus der Stirn. Achtsam zog sie die grünen Vorhängelchen zu, ging um den Wagen herum und setzte sich auf die andere Seite der Bank, wobei sie nicht zu gewahren schien, dass Hut und Sonnenschirm nun zwischen ihr und dem Burschen lagen.

Karli zog die Brauen hoch und richtete die großen Augen auf das ruhige Gesicht des Mädels, das mit tippender Nadel am Strickzeug die Maschen zählte.

»Ah ja!«, seufzte er nach einer stummen Weile, streckte die Füße und presste den Rücken gegen den Stamm der Linde. Dann rückte er unauffällig ein bisschen näher und sagte: »Völlig wachsen sieht man dös Strümpferl unter Deine Händ. Für Dich wär's ein bissl z'klein. Wem ghört's denn?«

»Für 's Lehrer-Sepherl.«

»Drum! So ebbes hab ich mir gleich denkt. A bissl Augenmaß hat man ja doch im Kopf.«

Sanni errötete bis unter die Haare, und während sie das Gesicht über das Strickzeug neigte, zog sie hurtig die Füße unter den Rock zurück.

Lächelnd nahm Karli den Strohhut des Mädels auf den Schoß und zupfte an der blauen Masche. »Wie geht's denn der Frau Lehrerin?« Er legte den Hut auf die andere Seite und rückte näher.

»Dank der Nachfrag! Es macht sich schon. Gestern hat s' den ersten Kirchgang ghalten.«

»Is a fleißiger Vogel, der Storch im Lehrerhaus! Sechs Kinder springen umanand, eins liegt da im Wagerl und 's jüngste daheim in der Wiegen. Da hast es auch net zum Besten dabei. Statt dass Dich am Sonntag a bissl ausschnaufen kunntst, musste drauf los nadeln, dass Dir d' Fingerln krumm werden möchten.«

»Allweil sind s' noch ganz grad!« Sanni schaute freundlich, beinahe dankbar zu dem Burschen auf. »Es is net so arg mit der Arbeit, gwiss net! Die Frau Lehrerin greift selber fest mit zu, und fürs Gröbere is d' Magd da. Was ich zum tun hab, tu ich gern. Ich hab ja in fünf Jahr, seit mein Ahnl gstorben is, im Lehrerhaus a zweite Heimat gfunden. So viel gut is der Herr und d' Frau zu mir. Und die Kinderln hängen mir fürchtig an.«

»Ja, ja, ich kann's ihnen net verdenken!«, beteuerte Karli, ergriff den Sonnenschirm und unterzog den plumpen Mechanismus einer Probe.

»Gwiss wahr, wann wir oft von meim Vater reden, kann d' Frau Lehrer net gnug sagen, wie s' a ganze Angst davor hätt, dass er amal aus Amerika schreiben tät, ich sollt zu ihm ummikommen.«

»Dös wird ihm doch net einfallen!« Karli legte erschrocken den Sonneschirm zum Hut und rückte dicht an Sannis Seite. »Hat er leicht wieder ebbes hören lassen von ihm?«

Traurig schüttelte Sanni den Kopf. »Vor zwei Jahr, wie er gschrieben hat, dass d' Mutter verstorben is, dös war der letzte Brief – weißt es ja noch, wie selbigs Mal im Ort so viel drüber gredt worden is, weil so gspassige Reden drin gstanden sind.«

»Ja! Die einen haben gsagt: Der schreibt wie a Heiliger. Die andern haben gmeint: Der schreibt wie einer, bei dem's nimmer ganz sauber is im obern Stüberl.«

»Karli! Aber geh!«

»No, schau, da musst net beleidigt sein! Der Kummer wird halt so gspassig aus ihm gredet haben. Er hat doch dei' Mutter selig a bissl gern ghabt? Net?«

»Oh, gewiss! Wann s' net zammghalten hätten, da hätten s' ja gar kein' Trost net ghabt im Elend. Ich sieh s' noch völlig sitzen vor mir, d' Mutter mit ihre guten Augen und den Vater mit seim sinnierlichen Gsicht. O mein lieber Gott! Jetzt wird er anders ausschauen! Elf Jahr! Und wie's ihm gangen is! 's Bessere hat er gsucht über'm Wasser, ja, und 's Schlechtere hat er gfunden. Wie oft hat er in die ersten Jahr gschrieben, dass er gern wieder zruck möcht, wann er nur 's Geld aufbringen kunnt zum Heimreisen.«

»Da wird's jetzt auch noch net anders sein mit ihm. Wie kunnt er da denken, dass er Dich amal ummi kommen lasst? Dös kann ich mir gar net einbilden.«

»Leicht hat unser Herrgott doch amal an Einsehen ghabt und hat ihm ’s Glück zugwendt.«

»Geh! Am End haltst es schon gar nimmer aus bei uns?«

Sanni blickte verschüchtert in das finstere Gesicht des Burschen und beugte sich wieder über das Strickzeug.

»Und so leicht kunntst fort von da?«, forschte Karli weiter. »Gar nix kunnt Dich halten?«

Eine stille Weile verstrich, ehe Sanni leise erwiderte: »Da dürft ich net drauf denken, was mich halten kunnt. Da müsst ich bloß hören, was mich ruft. Mein Vater ist mein Vater. Und so gut ich auch ghalten bin im Lehrerhaus, die eigene Heimat is halt doch ebbes anders. Und was mir ’s ärgste is: Dass ich net amal an meiner Mutter selig ihrem Grab a Vaterunser beten kann!« Sanni legte das Strickzeug in den Schoß und fuhr mit dem Handballen nach den Augen.

Sachte zog ihr Karli die Hände vom Gesicht. »Geh, Sannerl! Wer wird denn gleich alles von der schwarzen Seit anschauen!«

»Du hast leicht reden! Du hast Heimat, Haus und Vater. Du bist der Pointner-Karli. Und ich – ich bin ’s Bygottermadl!«

»Jetzt so was! Wie magst denn so an Unterschied machen? Ein Mensch is wie der ander! Was einer hat, dös macht kein’ Unterschied. Aufs Einwendige kommt’s an. So denk ich! Und dös wird noch amal aufkommen, dass ich so denk!« Karli nickte mit anzüglicher Wichtigkeit. »Ich bin keiner, der meint, wo a Geldhaufen is, muss noch an andrer dazukommen. So denkt auch mein Vater jetzt. Der hat’s an ihm selber erfahren, dass eim ’s Leben ungut wird, wann alle Tag zum hören kriegst, wie viel Geld Dir der Pfarr ins Haus kopuliert hat. Wie oft schon hat er gsagt: ›Bub, schau net aufs Sach, schau aufs Gmüt!‹ So will ich’s halten. Ich nimm mir eine, die mir gfallt und die mich gern hat.« Noch enger drückte sich Karlis Ellbogen an Sannis Arm. »Und wer weiß, leicht kunnt ich dieselbige schon gfunden haben, die mir gfallt, und –«

Karli verstummte und sah verdrossen gegen den Pfad, der vom Dorf heraufführte. »Jetzt da schau! Wie verirrt sich denn der auf amal daher?«

Die unmutigen Worte galten einem etwa fünfundvierzigjährigen Mann, der auf der Plattform erschien; eine gedrungene, sehnige Gestalt mit ruhigen Bewegungen; das abgetragene Gewand verriet den Bauernknecht. Kein silberner Knopf, kein Schmuck war an ihm zu sehen; die Pfeife, die er zwischen den Zähnen hielt, trug einen deckellosen Porzellankopf; keine Schnur, keine Feder zierte den grobfilzigen Hut, unter dessen Krempe die früh ergrauten Haare in dichten Büscheln hervorquollen. Die Ohren verschwanden hinter einem kurzen Backenbart, der ähnlich einer erstarrrten Schaumflocke an den faltigen Wangen klebte. Kinn, Hals und Oberlippe waren glatt rasiert. Kleine Fältchen reihten sich strahlenförmig um den farblosen Mund und um die Augen, die dunkle und ernst aus dem verwitterten Gesicht blickten.

Als der Knecht die beiden gewahrte, die unter der Linde saßen, flog über sein Gesicht ein leises Lächeln; er nahm die qualmende Pfeife aus dem Mund, duckte auf eine ganz eigene Art den Kopf in den Nacken, wobei er die Schultern ein wenig in die Höhe zog, und näherte sich mit den Worten: »No also, ich hab mir ja denkt, wo ich hingehn muss.«

»Was willst denn, Götz?«, fuhr Karli auf, während Sanni errötend von der Seite des Burschen wegrückte. »Is leicht bei uns daheim ebbes auskommen?«

»Bei uns daheim? Ah na! Aber d' Sanni sucht man im ganzen Ort.«

Erschrocken sprang das Mädel von der Bank und wickelte das Strickzeug zusammen. »Jesus! Was hat's denn geben?«

»Da musst Dich net aufregen!«, erwiderte der Knecht mit ruhigen Worten. »Ebbes Schreckhafts is net dabei. Übrigens weiß ich selber net gnau, warum s' Dich eigentlich suchen. Was d' Leut so gredt haben, kommt's mir für, als hätt Dein Vater wieder ebbes von ihm hören lassen.«

Sanni erblasste und warf einen huschenden Blick auf Karli, ehe sie stammelnd fragte: »Tust mich net spotten?«

»Spotten? Weswegen denn spotten? Du tust ja grad, als ob ich Dir gsagt hätt: Dein Vater selber wär kommen! Übrigens, was Sicheres weiß ich net! Wie d' Leut gredt haben, hat man so und so denken können. Am besten ist, Du gehst heim und schaust amal selber nach, ob's wahr is, dass Dein Vater kommen is.«

Mit weit offenen Augen hing Sanni an dem Knecht. »Jesus Maria!« Zitternd raffte sie Hut und Sonnenschirm auf, und bevor sich Karl von seiner Verblüffung erholen konnte, hatte sie den Korbwagen in Bewegung gesetzt und verschwand in der Senkung des Pfades.

»Sannerl! Sannerl!«, fuhr Karli auf. Er wollte folgen, Götz hielt ihn am Arm zurück.

»Lass dös Madl allein! Was hast denn davon, wann mit ihr laufst. Ihr gehst im Weg um, und Dir kann's nix nutzen.«

»Dass Du s' aber auch grad daheroben hast finden müssen!«

»Ich hab' halt Dich vor einer Stund über d' Felder daher spazieren sehen.«

»Der reine Zufall!«

»Natürlich!« Götz lächelte. »Geh weiter! Wirst Dich doch vor mir net hinter d' Latten stellen? In die zehn Jahr, wo ich auf Deim Vater sein Hof bin, hab' ich Dich ausglernt. Hab' ja selber aus Dir gmacht, was bist. Und im übrigen, was wär denn dabei? D' Sanni gfallt mir selber. Dös gibt amal a Pointnerbäuerin, wie s' Dir Dein bester Freund net richtiger wünschen kann. Ehnder möcht ich schelten, dass Dich net besser tummelt hast. Was Dir z'erst ganz leicht worden wär, kunnt Dir von heut an a bissl schwerer werden.«

»Aber is denn wahr? Is er denn wirklich kommen?«

»No freilich! Ich hab' ihn selber gsehen. Aber ich hab's dem Madl net so gradaus sagen mögen.«

»Was so eim Menschen einfallt! Daher z' kommen! Meinetwegen hätt' er bleiben können, wo er gwesen is.«

»Er hat auch die Stund, seit er da is, 's ganze Ort schon rebellisch gmacht. Der Bygotter, der Bygotter, jesses, der Bygotter is wieder da! So kannst es schreien hören straßauf und straßab. Und d' Leut, die ihn früher kennt haben, können sich net gnug verwundern über sein Ausschauen. Ich hab' ihn net kennt. Aber wie er jetzt ausschaut, gfallt er mir net bsonders. Er hat ebbes Gspassigs in die Augen, und –«

Karli fragte in Unruh: »Was willst denn sagen?«

»Sagen lasst sich so ebbes schwer. Aber denken tu ich mir: Dös arme Madl wird's bei ihm net am besten haben. Und dei' Liebessach kunnt a harbe Seiten kriegen. Viel bsondere Reichtümer muss er net mitbracht haben aus Amerika. Aber jeh, da schau!« Mit der Pfeifenspitze deutete Götz gegen den westlichen Himmel. »Es zieht völlig schwarz auf. Da gibt's noch ebbes, heut auf'n Abend, was Ordentliches! Geh, schaun wir, dass wir heimkommen. Wann so was losgeht, is man lieber unter Dach.«

Ruhig schritt der Knecht auf den Weg zu, und Karli folgte ihm schweigend, mit studierenden Augen. Zum ersten Mal in seinem Leben fand er, dass die Welt nicht so eingereichtet wäre, wie es zum Glück der Menschen eigentlich sein müsste. Augenscheinlich hatte Amerika auf der Erdkugel nicht die richtige Lage. »Dass einer ummi fahren kann? No ja, meintwegen! Aber is einer drüben, so sollt er bleiben müssen. Dass dö von da drenk wieder ummi därfen? Dös gfallt mir net.«

2.

Der alte Pointner verließ, um die Hausbank wieder aufzusuchen, den Zaun, bei dem er die erstaunliche Neuigkeit von des Bygotters unerwarteter Heimkehr mit dem Nachbar verhandelt hatte.

Karlis Vater war ein Mann zwischen fünfzig und sechzig Jahren, schon ein wenig gebeugt, aber infolge der schweren Bauernarbeit als vom Druck des Alters. Das Grau, das sich in die braunen Haare mischte, war noch nicht allzu vordringlich. Gesundheit, Freude an behaglichem Leben und vergnügliche Zufriedenheit sprachen aus dem vollen, leicht geröteten Gesicht. Immer spielte ein Lachen um den Mund, über dem ein dicker Schnurrbart zu kecken Spitzen aufgedreht war; und lustig funkelten unter den buschigen Brauen die kleinen, lichtbraunen Augen.

Hang zur Bequemlichkeit verriet sich in der Kleidung, die der Bauer trug: In dem leichten Janker, in der weiten, unter den Knien lose gebundenen Lederhose, in den locker sitzenden, dunkelblauen Strümpfen und in den unförmlichen, aus schwarzen und roten Filzstreifen geflochtenen Hausschuhen.

Er streckte die Füße mit diesen Schuhen wohlig von sich, während er im Schatten des vorspringenden Daches auf der Hausbank saß, mit den Händen in den Hosentaschen wühlte und sorglos die drohenden Wetterwolken beobachtete, die sich, einer blaugrauen Mauer gleich, immer höher empor schoben über die Kette der westlichen Berge. Was konnte das nahende Ungewitter den Pointner kümmern? Feste Ziegel schützten die Dächer der Ställe, der Scheunen und des stattlichen Wohngebäudes. Auf seinen Wiesen lag kein Heu, das der Regen hätte verderben können. Und hoch, wie die Halme auf seinen Feldern standen, so hoch waren die Felder gegen Hagelschlag versichert. Er war ein ›Aufgeklärter‹, der Pointner, und hielt es mit den neuen Erfindungen, wenn sie sein Leben um eine Sorge ärmer machten.

»Der lässt sich's wohl sein wie der Bauer auf der Point!« Das war ein Sprichwort im Dorf geworden. Seit einigen Jahren erst! Früher, als die hochselige Kätter, die Pointnerin noch gelebt hatte, war ein anderes Sprichwort im Umlauf gewesen: »Auweh zwick! Der muss sich ducken wie der Bauer auf der Point.«

Ja, so eine Geldheirat! Der Pointner hatte alle Ursache, seinem Buben die gute Lehre zu geben: »Karli, schau net aufs Geld, schau aufs Gmüt!«

Sie hatte ein ungutes Regiment geführt, die Pointner-Kätter, und hatte sich mit massivem Quartier auf den dicken Geldsack gesetzt, den sie mit in die Ehe gebracht. Der junge Pointner, der als ein halbfertiger, unselbständiger und allzu gutmütiger Charakter auf seines Vaters Willen in diese Heirat hineingesprungen war, hatte seiner mehr als energischen Frau gegenüber gleich am Anfang das Gleichgewicht verloren. ›Ums lieben Friedens willen‹ hatte er klein beigegeben und hatte sich mit der Hoffnung auf ›seine Zeit‹ vertröstet. Aber ›seine Zeit‹ hatte lang auf sich warten lassen; sie war erst gekommen, als man die Kätter zum Hof hinausgetragen hatte, mit den Füßen voraus. Am Werkeltag die Arbeit, am Sonntag das Hochamt und der Rosenkranz, und zwischen allen Mahlzeiten die endlosen Litaneien der Kätter: Das war durch fünfundzwanzig Jahre des Pointners Leben gewesen. Seit dem fidelen Räuschl, das er sich an seinem Hochzeitstag angetrunken, hatte er keine vergnügte Stunde mehr gehabt bis zu dem Tag, an dem, im siebenten Jahr seiner Ehe, sein Bub, der Karli, getauft worden war. Dann nahm sein Leben wieder den alten unguten Gang bis zum letzten Tag dieser Ehe, der in einem Punkt jenem ersten glich: Denn als der Pointner nach dem Leichenbegängnis beim ›Gsturitrunk‹ im Wirtshaus saß, rühmte er vor seinen ›Mitklägern‹ so unermüdlich die guten Eigenschaften der Verblichenen, dass ihm die Zunge trocken wurde; drum musste er netzen und netzen, und das Ende war, dass der Pointner auf den Füßen der Nachbarn vom Leichenschmaus nach Hause ging.

Ehe noch die vier ›schwarzen Wochen‹ verflossen waren, führte der Bauer eine Neuerung in seinem Hof ein, die das Dorf zu dem lachenden Kommentar veranlasste: »Der Pointner rührt sich!« Was er in den unfreundlichen Jahren seiner Ehe der Kätter am allermeisten zum wohlweislich verschwiegenen Vorwurf gemacht hatte, war ihr gänzlicher Mangel an jeglichem Schönheitsgefühl gewesen. Nach den ›wirtschaftlichen‹ Prinzipien der Pointnerin mussten die Mägde, die im Pointnerhof dienten, das kanonische Alter noch um ein Erkleckliches überschritten haben. Und da suchte jetzt der Pointner den Beweis, dass nun ›seine Zeit‹ gekommen wäre, vor allem dadurch zu erbringen, dass er den beiden zahnlückigen Unholden, die mit Gezänk in Küche und Ställen umherrumorten, den Abschied gab und an ihrer Stelle zwei junge, dralle, muntere Weibsleute auf die Point berief. Dadurch gewann das Leben im Pointnerhof allerdings mit einem Schlag ein neues, ein ›junges‹ Gesicht; der Tag, der bisher mit Schelten begonnen, mit Schelten geendet hatte, nahm von nun an mit trällerndem Gesang seinen Anfang, mit Scherz und Gekicher sein Ende. Und da nannte es der Pointner: In Haus und Hof nach dem Rechten sehen – wenn er den lustigen Dingern bei der Arbeit zuschaute, mit ihnen schwatzte und sie zur Versicherung seiner Zufriedenheit in die Backen kniff. Geschah es manchmal, dass die Nachbarn den Pointner um dieser ›Renavürung‹ willen in die Zwickmühle nahmen, so verteidigte er sich lachend: »Ich schau halt auf mein' Nutzen! A jung Hand greift allweil riegelsamer bei der Arbeit zu als an alte.« Etwas Einseitigkeit verriet sich allerdings in dem Umstand, dass der Pointner diesen Satz nicht auch bei der männlichen Hälfte seines Gesindes zur Anwendung brachte. Freilich, dass er seinen ›Meier‹, den Götz, nicht entließ, das war begreiflich; aber Martl, der ›Rosserer‹, und Stoffel, der ›Hausl‹, trugen doch auch zusammen schon ihre hundert Jährlein auf dem Rücken; aber in ähnlicher Weise, in der die ›Renavürung‹ auf den Bauer gewirkt hatte, wirkte sie auch auf die beiden Knechte, die zu den gestrengen Zeiten der Pointnerin zwei griesgrämliche Kerle gewesen waren und jetzt mit lachenden Gesichtern umherspazierten, als hätte man ihnen ein Päcklein Jahre von den Schultern genommen. Nur einer war sich bei diesem Wandel gleich geblieben: der Götz. Der ging seinen ruhigen Weg wie zuvor, tat zehnmal mehr, als seine Pflicht und Schuldigkeit war, und hielt dabei unter dem Gesinde die Zucht aufrecht, die sich bei der lustigen Nachsicht des Bauern häufig zu lockern drohte.

Während Götz in seinem Schweiß schaffte, ließ der Pointner die Arme ruhen und streckte die Füße. Er hatte sich genug geplagt in seinem Leben, so versicherte er bei jeder Gelegenheit; nun wollte er auch einmal den Dank der Arbeit genießen. Auf den Götz durfte er sich verlassen; der kannte kein anderes Interesse als den Vorteil seines Herrn; und was der Götz dem Pointner anriet, gedieh immer am besten. »Lasst's mir mein' Fried!«, pflegte der Pointner zu greinen, wenn eines vom Gesinde in einer wirtschaftlichen Angelegenheit den Rat des Bauern einholen wollte. »Lasst's mir mein' Fried und geht's zum Götz! Der weiß eh alles besser wie ich!«

So kam es nach und nach, dass die Knechte und Mägde den Götz als ihren eigentlichen Herrn erkannten, daneben aber den Bauer, wie das Sprichwort sagt, in die wärmste Wolle wickelten.

Wie das Gesinde zwischen Bauer und Meier stand, so ähnlich stand Karli zwischen Götz und dem Vater. Er war dem Vater von Herzen zugetan; Respekt aber hatte er vor dem Götz. Daneben bewahrte er in seinem Herzen ein freundliches Gedenken an die verstorbene Mutter, obwohl sie den Bestrebungen des Pointners, den Buben gründlich zu verziehen, stets mit doppelter Strenge entgegenwirkte, wobei Götz ihr nach Kräften an die Hand ging.

Über die Wandlung auf dem Pointnerhof hatte sich Karli wenig Gedanken gemacht. Trotz seiner ehrlichen Trauer um die Mutter sagte auch ihm der lustige Ton besser zu als die unwirsche Stimmung, in der die Tage früher vergangen waren. Und dass seinem jungen Blut das muntere Dirnenvolk nicht gefährlich wurde, das auf dem Pointnerhof eingezogen war, dafür wusste Götz zu sorgen.

Bald nach der Mutter Tod war Karli zum Militär einberufen worden, hatte in München drei Jahre als Schwerer Reiter gedient, war dabei nach Soldatenweise aufgetaut und hatte auch ab und zu den ›verfluchten Kerl‹ gespielt, ohne jedoch aus diesen kleinen Scharmützeln zwischen Ernst und Leichtlebigkeit irgendwelchen Schaden an Leib und Seele davonzutragen.

Bei seiner Rückkehr in das Vaterhaus hatte er die Dinge genommen, wie er sie vorgefunden, und hatte sich in die entwöhnte Arbeit wieder eingeschickt. Und das ihm jetzt, da er manches mit anderen Augen ansah als früher, der leichte Ton im Pointnerhof nicht mehr gefährlich werden konnte, dafür war ein Zauber gut, der im Herzen des Burschen sacht zu wirken begann, als er ein freundliches Dingelchen, dem er als Knabe schon gut gewesen, nach der Heimkehr in ein schmuck erblühtes Mädel verwandelt sah.

Bei den sentimentalen Stimmungen, in die dieses aufkeimende Empfinden den Burschen versetzte, dachte er auch praktisch an die Zukunft und meinte, dass bald eine Stunde kommen könnte, in der er den Vater bei besonders guter Laune finden müsste. Drum tat er sein Bestes, um dem Vater das Leben so angenehm wie möglich zu machen.

Und wie sich's der Pointner wohl sein ließ! Es schien Wahrheit in dem Sprüchlein zu liegen, das der Stoffel – der ›schwäbische Stoffel‹, wie er um seiner Herkunft willen genannt wurde – verfasst und in Umlauf gebracht hatte:

»Beim Bauern auf der Point
Ist der luschtbare Frieden dahoint.«

Dieser ›luschtbare Frieden‹ sprach aus den zwinkernden Äuglein und schmunzelte um den Schnabel des Pointners, während er sich im Schatten auf der Hausbank dehnte, die Hände in den Taschen, den Steinkrug an der Seite, in behaglicher Ruhe sein friedvolles Haus behütend.

Nun plötzlich schnitt er eine missmutige Miene. Es war ihm eingefallen, dass das Haushüten eigentlich eine Arbeit wäre. Drum guckte er nach der Gasse und brummte: »Dös hat einer davon, wann er sollene Lausmadln recht freundlich halt! Da rennen s' davon, lassen den Bauern in der Einschicht sitzen, und bei keiner is a Heimkommen zum erwarten! Ich sag's, grad plagen muss sich der Mensch allweil für andere Leut!«

Verdrießlich spähte er über Hof und Gemüsegarten gegen die bergwärts ziehenden Wiesen, ob nicht etwa der Götz von dorther nach Hause käme.

Da macht er große Augen. Hoch oben in der Wiese hatte er eine weibliche Gestalt gewahrt, die sich dem Gehöft näherte. Sie musste aus dem Wald gekommen sein und schien sich verirrt zu haben. Wenigstens schloss der Pointner so, als die Person in der Wiese stehen blieb, ringsum Ausschau hielt, dann wieder vorwärts schritt und flink den Staketenzaun überstieg, der den Gemüsegarten von den steilen Wiesen trennte. »Hoho, die geht aber schön gradaus!«, lachte der Bauer. »Was is denn jetzt dös für eine? A Hiesige is dös net!« Er stützte die Hände auf die Knie und schaute neugierig der Fremden entgegen, die leichten Ganges zwischen den Gartenbeeten einher schritt und jetzt den Hof betrat, wobei sie in der einen Hand ein weißes Bündel schlenkerte und mit der anderen das geblumte Kopftuch tiefer in die Stirn zupfte. Es war eine mittelgroße Gestalt mit festen Formen und dennoch von geschmeidigem Wuchs. Die üppige Brust war umschlossen von einem schwarzen, straff anliegenden Tuchleibchen. Aus den engen Ärmeln spitzten die schmalen Säume weißer Manschetten hervor. Über die runden Hüften schwankte in schmalen Falten ein schwarz und weiß gestreifter Rock, der kaum bis zu den Knöcheln reichte. Die ganze Gestalt macht den Eindruck bewusster Sauberkeit, wenngleich die hohen, mit baumelnden Quästchen besetzten Seidenstiefelchen in üblem Zustand waren.

Der Pointner legte den Kopf auf die Seite und spitzte, nach einwärts pfeifend, die Lippen. In Wohlgefallen gingen ihm die Backen auseinander, als er das Gesicht der Fremden besser gewahren konnte, dieses runde, weiße Gesicht mit den lebhaften schwarzen Augen, mit den molligen Grübchen im Kinn und auf den leicht geröteten Wangen, auf denen einige Sommersprossen nur vorhanden schienen, um das reine Weiß und Rot der übrigen Haut noch besser zu heben.

»Ja was is denn jetzt dös?«, rief der Pointner mit Schmunzeln der Näherkommenden entgegen. »Was krieg ich denn da für an bildsaubern Bsuch? So ganz hinterrucks? Wo kommst denn her, Madl? Wer bist denn?«

»No, jetzt bin ich schon zfrieden!«, lachte die Fremde und zeigte, während sie vor dem Bauer stehen blieb, zwischen den roten Lippen die festen weißen Zähne. »Ich hab mich schon auf a Donnerwetter gfasst gmacht. Soviel weiß ich schon, dass a Bauer wenig Freud dran hat, wann man ihm so einistapft über d' Wiesen.«

»Macht nix, Madl, macht nix! Kannst ja nix dafür. Wie ich mir denk, wirst Dich verirrt haben?«

»Ja! Drei Stund bin ich da droben im Holz umanand kraxelt. Wo bin ich denn eigentlich jetzt?«

Der Pointner nannte den Namen des Dorfes. »Jetzt bist im Pointnerhof, und ich bin der Bauer.«

Musternd sah die Fremde am Haus hinauf und nickte unter leichtem Gähnen: »A schöner Hof, der Pointnerhof! Gfallt mir, ja!«

»So? Und vom Bauern sagst nix? Der gfallt Dir leicht net a bissl, was?«

Lachend sah die Fremde dem Pointner in die Äuglein. »Dös kannst net wissen! So grad eini ins Gsicht kann ich Dir d' Schönheiten doch net sagen!«

»Allweil zu! Musst kein' Schenierer net haben! Ich nimm mir auch kein Blattl vor'n Schnabel. Ah na, schau, ich sag Dir's gleich ins Gsicht, wie d' mir gefallst, Du teufelmaßig saubers Madl Du!«

Die Fremde lachte wieder. »Bist a lustiger Bauer! Aber 's Lachen hilft mir net weiter. Wirst mir wohl verraten können, ob im Ort a Wirtshaus is, wo man über Nacht passabel aufghoben wär?«

»No freilich is a Wirtshaus da! Aber dös gibt's fei net, dass man sich durch'n Pointnerhof durchtummelt wie a Mäuserl durch d' offene Stubentür. So a Gsellschaft krieg ich net wieder. Da, setz Dich a bissl her zu mir!« Mit beiden Händen zog der Pointner die Fremde zu sich auf die Hausbank. »So, da bleibst sitzen, bis eine von meine Weibsbilder heimkommt! Die kann Dich nacher führen, dass Dich net wieder verirrst.«

»Meintwegen! Ich kann's Sitzen jetzt schon verleiden. Der Marsch, den ich gmacht hab, liegt mir ordentlich in die Füß.«

»Wo kommst denn her?«

»Von Rosenheim.«

»Was? Dös is ja a Weg von a paar Tag!«

»Ich bin auch schon drei Tag unterwegs. Am Mittwoch bin ich aus'm Dienst ausgstanden und hab mir denkt, ich möcht auch amal a bissl Sommerfrisch machen. Und weil ich nach Reichenhall ummi hätt mögen, wo ich an neuen Dienst suchen will, hab ich meine Sachen mit der Eisenbahn vorausgeschickt zum Rösselwirt und bin drauf los marschiert. No, und bis heut Mittag is alles gut gangen. Aber da droben durchs Holz durch hab ich den richtigen Weg verloren, ja, grad umanander schliefen hab ich müssen. Ich bin nur froh, dass ich mein Gwandl ganz davon bracht hab. Aber meine armen Schucherln hab ich mir sauber vertreten!« Sie hob die Füße und zog den Rock ein wenig in die Höhe.

»Jesses, Jesses! Ah, ah, ah, ah!«, jammerte der Pointner, wobei der vergnügliche Ausdruck seines Gesichtes mit dem kläglichen Ton seiner Worte wenig übereinstimmen wollte. Um den Schaden, den die armen ›Schucherln‹ genommen, besser sehen zu können, beugte er sich vornüber und suchte die bauschigen Falten des Rockes beiseite zu schieben. Flink fuhr die Hand der Fremden mit klatschendem Schlag auf seine Finger nieder.

»Jetzt den schau an!« Sie streifte das Gesicht des Bauern mit einem halb belustigten, halb gering schätzenden Blick. Auch in der Art, in der sie den Bauer mit dem Ellbogen von ihrer Seite drängte, verriet sich kein allzu ernstlicher Unwille. Das sah sich eher an wie eine gewohnheitsmäßige Bewegung.

»Jeh! Du bist aber a Schneidige!«, brummte der Pointner, während er sich die Finger rieb. »Ghörst leicht zu die Igel, weil man gar net ankommen därf an Dich? Aber –« Da tappte er nach dem Arm des Mädels, das sich erhoben hatte. »Was is denn? Wirst mir doch am End net ausreißen wollen?«

»Ja. Ich denk, ich find 's Wirtshaus allein auch. Dös kannst Dir doch denken, dass man auf so an Marsch auffi an Hunger kriegt.«

»Was? Hungern tut Dich? O Du arms Madl! Weswegen hast denn dös net gleich gsagt! Essen und trinken kriegst im Pointnerhof besser als wie im Wirtshaus. Wart a bissl, da is gholfen auf der Stell!«

Während ihm die Fremde lächelnd nachguckte, trippelte er davon und verschwand im Haus. Bald kam er wieder und stellte vor das Mädel ein kleines Tischchen hin, das von einer weißen, mit grober Kreuzsticharbeit gezierten Leinwand bedeckt war.

Schwatzend eilte er wieder davon, kehrte zurück, verschwand aufs neue, und da sah nun die Fremde vor sich auf dem Tisch frisches Bier in einem geschliffenen Deckelglas, einen Brotlaib und zwei zinnerne Teller mit Rauchfleisch und Käse. Zuletzt brachte der Pointner ein Silber beschlagenes Besteck, kratzte mit der Gabel die angeklebten Brotreste von der Messerklinge, griff nach dem Brotlaib, machte mit der Messerspitze das Kreuz darüber, schnitt ihn zur Hälfte durch und reichte ihn seinem Gast hin.

»So, Madl, jetzt iss und lass Dir's schmecken!«

»Dös is aber schon a bissl z' viel Freundlichkeit!«, meinte die Fremde spöttisch. »Is dös allweil so der Brauch im Pointnerhof?«

»Was denn anders?« Der Pointner setzte sich an die Seite des Mädels. »Selig sind, welche die Durstigen tränken und die Hungrigen speisen, sagt der Herr Pfarr.«

»Aber was sagt denn die Bäuerin zu Deiner christlichen Nächstenlieb?«

»Gar nix. Die hat der liebe Herrgott selig. Ich bin Witiber.«

»So? Witiber bist?« Die Fremde maß von der Seite die Gestalt des Bauern mit einem wägenden Blick. Dann verzog sie den Mund, und während über ihre schmal gewordenen Lippen ein kurzes Lachen klang – als lache sie über einen Gedanken, der plötzlich in ihr aufgestiegen – drückte sie den Kopf in den Nacken und hob die Schultern in die Höhe.

»Jetzt da schau her!«, staunte der Pointner, als er diese Bewegung gewahrte. »Grad, als hätt's einer vom andern glernt!«

»Was?«

»No, weißt, an Meier hab ich, Götz heißt er, der macht's fei grad so wie Du – so!« Dabei suchte er jene Bewegung nachzuahmen, was bei seinem kurzen Hals possierlich anzusehen war.

»So werden's auf der Welt noch mehr Menschen machen!«, sagte die Fremde und griff nach dem Bierglas. Sie klappte mit dem Daumen den Zinndeckel auf, blies den Schaum zurück, nippte, und streifte mit der flachen Hand den Deckel wieder zu, ganz in der Weise, wie es die Gewohnheit der Kellnerinnen in den Dorfwirtshäusern ist.

Schmunzelnd fragte der Pointner, wie der Trunk ihr gemundet hätte. Dann war er ihr beim Zerlegen des Fleisches behilflich und bediente sie unter endlosem Zureden mit freundlicher Aufmerksamkeit. Das schien die Fremde entweder nicht zu bemerken oder wie etwas Gewohntes zu dulden. Gleichmütig aß und trank sie und gab auf die lachenden Reden des Pointners trockene Antworten, als begänne ihr die Sache langweilig zu werden. Manchmal klang aus ihren Worten ein Spott, für den das glückliche Selbstbewusstsein des Pointners keine Ohren hatte. Als sie einmal mit ihm anstoßen wollte, ›auf lange, gsunde Witiberzeit‹, rannte er davon, um seinen geleerten Steinkrug wieder zu füllen. Und während er dann weiterplauderte, trank er so tapfer, dass der sanfte Glanz auf seinen wohlgenährten Backen zu hellem Leuchten wurde und die Wirkung des raschen Trunkes nicht nur in seinen sprudelnden Reden sich bekundete. Schließlich fiel ihm ein, dass er seinen Gast noch gar nicht um den Namen gefragt hatte. »Wie man so ebbes vergessen kann! Aber jetzt sag mir nur gleich, wie heißt denn?«

»Kuni Rauchenberger.«

»Kuni? A schöner Nam! Kuni, Kuni, dös sagt sich schon so gwiss! Da weiß man gleich, dass ebbes dahinter is. Und wo hausen denn Deine Leut?«

»Aus 'm Oberisartal bin ich her.« Ein Zug von Schwermut erschien auf ihrem hübschen Gesicht. »Mei' Mutter is lang schon verstorben.« Seufzend schüttelte sie den Kopf und fügte mit harten Worten bei: »Mein Vater is auch schon in der Ewigkeit, ja. A Wirt is er gwesen.«

»Unser Herrgott soll s' selig haben, alle zwei!«, wünschte der Pointner, der sich in rührseliger Vertraulichkeit an Kunis Schulter lehnte. »Wie Du mich dauern tust, Du arms Madl, Du! Und jetzt stehst ganz allein in der Welt?«

»Ah na! Zwei Brüder hab ich. Und was für Brüder! Der älter is in Lenggries. So a Pamperlwirt. Und der ander, von dem unser Herrgott wissen mag, wo er umanand fahrt, der is Metzger. Schon mehr a Schinder wie a Metzger! Dös is a ganz braver! Der!«

Der Pointner machte die Augen rund. »Du redst aber schön von Deine Brüder!«

»Sie sind auch danach!«, klang es scharf. »Die zwei haben sich bei mir kei' gute Nachred net verdient. Und gar der Metzger!« Als wäre ihr schwül geworden, riss sie das Kopftuch herunter.

»Haben s' Dich schlecht ghalten?«, jammerte der Pointner, während er gustiös zu dem kleinen rosigen Ohr des Mädels hinaufblinzelte und zu den dicken rotbraunen Zöpfen, die über dem weißen Nacken zu einem straffen Netz verflochten waren. »So zwei Teufelsbraten von Brüder! Und so a Schwester haben! Ja, Du, ich wann Dein Bruder gwesen wär, ich hätt Dich anders ghalten, ich schon, ich! Da hättst es fein ghabt! Überhaupt, auf'm Pointnerhof, da is 's gute Leben daheim. Grad wohl sein lass ich mir's! Im nächsten Fruhjahr übergib ich meim Buben den Hof. Nacher hab ich gar kein Arbeit nimmer und las mir 's Leben erst recht schmecken!«

»So? An Buben hast?«, sagte Kuni zerstreut. »Und jetzt schon willst übergeben? Wer wird sich denn so frühzeitig auf die linke Seit legen? Bist ja noch gut beinand. Aus Dir lacht ja noch 's helle Leben aussi.«

»Wahr is, Madl! Du hast amal die richtigen Augen!« Der Pointner fuchtelte vor Vergnügen mit den Fäusten. »Und mir gfallst auch! Weißt was? Bleibst bei mir! Und haltst mir 's Haus in Ordnung! Und kochst mir gute Sachen zum essen! A saubers Stüberl kriegst, und Lohn kannst haben, was d' magst!«

»Ah was! Dummheiten!«, wehrte Kuni und runzelte die Stirn. »Für die freundliche Bewirtung sag ich Vergelt's Gott. Im übrigen mach ich, dass ich bald weiter komm. Was tät denn ich da heraußen auf dem Nest? Ah na! Ich geh nach Reichenhall.«

»Was? Net bleiben willst? Bei mir net bleiben?«, kreischte der Pointner. »Oho! Ausgredt is ausgredt! Da hast gleich d' Hand drauf! Und jetzt eingschlagen auf der Stell!« Er wartete nicht lang auf den Handschlag; mit allen zehn Fingern haschte er die Hand des Mädels.

Sie befreite sich unwillig. »Geh, lass mir mei' Ruh!«

Der Pointner zappelte, rollte die Augen, blies die Backen auf und hub zu kollern an: »Madl! Madl! Ich sag Dir's! Ich sag –« Er verstummte und schielte halb geärgert und halb verlegen nach dem Türchen des Straßenzaunes.

3.

Karli und Götz betraten den Hof. Dann kamen Martl und Stoffel, zwei steife vierschrötige Kerle – Martl, der einen grauen, struppigen Vollbart trug, in kurzer Lederhose, Hut und Joppe – Stoffel, dem unter dem pechschwarz gewichsten Schnurrbart eine spitz zulaufende Mücke hakenförmig abstand, in enger, langer, an den Knöcheln gebundener Tuchhose, in Hemdärmeln, die Zipfelmütze mit der baumelnden Quaste auf dem eckigen Schädel.

Die viere machten verdutzte Augen und schienen an dem gastlichen Tisch des Pointners vorübermarschieren zu wollen. So im Vorbeimarsch grüßte Karli: »Grüß Gott, Vater!« Und Götz grüßte: »Grüß Gott, Bauer!« Dabei rückten sie gleichzeitig die Hüte vom linken auf das rechte Ohr. Martl nickte nur, und Stoffel schlenkerte die Quaste der Zipfelhaube von der einen Schulter auf die andere.

»So? Kommts endlich heim?«, fuhr der Bauer auf, der seine Verlegenheit hinter Strenge zu verbergen suchte. Aber gleich wieder fiel er aus dem groben Ton und lachte: »Da schau, Karli! Was ich für an Gast hab!«

Karli musterte die Fremde nicht besonders freundlich; als er ihren blitzenden Augen begegnete, sah er den Vater wieder an, verzog den Mund und nickte.

Einige Sekunden mühte sich der Pointner unter Zwinkern und Blinzeln, den Sinn dieses Nickens zu ergründen. Dann gab er die vergebliche Mühe auf und wandte sich scheltend an Martl und Stoffel. »Wo seids denn gar so lang gwesen? Wann von enk zwei einer draußen is, kann man 's Heimkommen nimmer erwarten!«

Stoffel schnitt eine Grimasse, beugte den Oberkörper nach vorn und stellte sich auf die Absätze. Martl erwiderte: »No, no! Es hat noch a halbs Stündl bis zur Futterzeit. Wir sind halt vorm Schulhaus gstanden. Und noch a ganzer Haufen Leut dabei. Was dös für Reden gwesen sind, über den Bygotter! Und was er für Sachen treibt! Wie wir so dagstanden sind, is er unter d' Haustür kommen, sein Madl an der Hand. Und hat an Ansprach an d' Leut ghalten, dass gmeint hast, Du hast an Pater Kapuziner im Schusterkittel vor Dir. Vom Josef in Ägypten hat er ebbes gsagt, als wie wann er der Josef wär und kämt jetzt heim zu seine Brüder, damit er ihnen ihre Sünden vorhalten kunnt. Und grad vermahnt hat er d' Leut, sie sollten Buß tun und sollten sich aussöhnen mit ihrem himmlischen Vater. ›Denn das Gericht ist nachche, das Gericht ist nachche, es schwebbt über Euch!‹, hat er allweil predigt. Da kannst Dir denken, wie d' Leut glacht haben. Und die Burschen haben sich gleich an Gspaß aus der Sach gmacht und haben a Litanei angstimmt: ›Heiliger Knotzensepp, bitt für uns! Heiliger Bygotter, erlöse uns!‹ Krumm werden hättst mögen vor Lachen! Dem andern is der Kampl gschwollen, und aufrebellt hat er, meiner Seel, der Moses hät net ärger schimpfen können, wie er vom Berg Sinai abigstiegen is und hat seine Juden mit'm goldenen Kalbl gfunden. Und die ganze Zeit hat er sein Madl an der Hand ghabt. Völlig erbarmt hat ein' dös Hascherl. Kaasweiß is 's gwesen und hat zittert am ganzen Leib. Na, na, söllene Sachen! Da möcht man gleich weinen, wann's net zum lachen wär!« Brummend wandte er sich und ging zum Stall.

Unter unwilligem Schnuffeln schlenkerte Stoffel die Mützenquaste in den Nacken und schlorpte seinem Kameraden nach.

»Was dös für Gschichten sind! Kuni, was sagst denn da?«, lachte der Pointner und stieß seinen Gast mit dem Ellbogen an.

Kuni erwachte aus ihren Gedanken. Sie schien von Martls Worten wenig gehört zu haben. Eine Weile hatte sie forschend den Götz betrachtet; dann waren ihre Augen an Karli haften geblieben. Und offen hatte sich in ihren Mienen das Wohlgefallen verraten, das sie an der schmucken Erscheinung des Burschen zu finden schien.

Karli merkte nicht, welch einer eingehenden Betrachtung er unterzogen wurde. Während Martls Worten hatte er, eine leichte Blässe auf den Wangen, mit schwermütigen Augen ins Blaue hinausgeguckt. Was aber ihm entgangen war, das hatte Götz gewahrt. Und immer wieder glitt sein scharfer Blick hinüber zu dem hübschen Gast des Pointners. Dazwischen spähte er auch nach dem Himmel, den das dunkle Wettergewölk schon völlig überzog.

Jetzt fuhr um die Ecke ein jäher Windstoß, der das Tischtuch aufblähte und alles, womit der Tisch bestellt war, auf die Erde zu schleudern drohte.

Der Pointner und Karli griffen mit beiden Händen zu. Und Götz sagte: »Jetzt wird's aber ernst.« Achtsam trug er den Tisch mit allem, was draufstand, in das Haus.

»Sakra! Da hätt's bald klappern können!«, meinte der Pointner und wandte sich an Karli: »Aber was is denn mit Dir? Weswegen stehst denn so verdattert da? Geh, rühr Dich, komm a bissl ins

Reden! Da schau her! A schönere Gsellschaft kannst Dir net aussuchen.« Schmunzelnd griff er dem Gast unter das runde Kinn.

Unwillig wehrte Kuni die Freundlichkeit des Pointners von sich ab.

»Maderl? Was hast denn?«, fragte der Bauer verblüfft. Da näherte sich auf der Straße ein johlender Lärm. »Höi? Was is denn schon wieder?« Der Pointner trippelte neugierig zum Zaun hinüber. »Jeh, Karli, da komm her! Der Bygotter!«

Zögernd machte Karli ein paar Schritte und blieb wieder stehen. Kuni wandte keinen Blick von ihm, und in Spannung erweiterten sich ihre Augen. Jetzt hörte man von der Straße her eine Stimme, die den Pointner grüßte.

Ein etwa vierzigjähriger Mann in einem frisch gewaschenen Leinwandanzug ging vorüber. Es war der Lehrer. Unbehagen und Erregung sprachen aus seinem Gesicht. An seiner linken Seite ging eine hoch gewachsene, hager und dennoch breitschulterige, steife Mannsgestalt. Die Füße staken in hohen, fuchsigen Stiefeln; die eine Hand trug einen breitkrempigen Filzhut, die andere führte einen knorrigen Hakenstock. Die langen Flügel eines schwarzen, eng zugeknöpften Rockes flatterten im Wind, und um die Schultern wehten die Spitzen eines mächtigen Bartes, über dessen silbernes Grau vom Kinn weg zwei schmutzig gelbe Strähnen herunter liefen. Der Mund verschwand unter dem zottigen Schnurrbart. Eine scharfe Hakennase krümmte sich aus dem steinernen Gesicht. Graue, rotumränderte Augen funkelten unter weißen, buschigen Brauen, über denen sich eine hohe, knochige Stirn wölbte. Diese Stirn war kahl bis über den Scheitel hinaus; am Hinterkopf und an den Schläfen flatterte ein halb ergrautes Haar in dicken, zerzausten Büscheln.

Der Pointner schüttelte den Kopf. »Der hat sich freilich verändert! Jesses, jesses! Der ganze Jeremias, wie er auf die Trümmer von Jerusalem hätt sitzen können!« Er lachte über den eigenen

Scherz und guckte zu dem Mädel hinüber, das zur Rechten des Lehrers ging: Den Kopf gesenkt, das Gesicht verstört und blass, mit zitternden Händen am Schürzenband nestelnd.

So schritten die drei vorüber. Da richtete Sanni sich auf; ihr Blick traf sich mit Karlis Augen. Hastig nickte er einen Gruß. Sie winkte einen stillen Dank und überflog mit scheuem Blick den Tross der schreienden Buben, die dem Bygotter ein unliebsames Geleit haben, und hinter denen noch eine schwatzende Schar von Burschen, Mädeln und alten Weibern sich nachdrängte.

Karli folgte dem Sannerl mit den Augen, bis er Kuni mit halblauter Stimme dicht an seiner Seite sagen hörte: »Dös is aber a liebs Madl.«

Er sah die Fremde verwundert an und wandte sich wortlos ab. Kuni musterte die Gestalt des Burschen, und in ihren Augen zuckte etwas auf wie spöttischer Übermut. Dabei merkte sie nicht, dass sie beobachtet wurde – von Götz, der mit verschränkten Armen unter der Haustür lehnte.

Jetzt kam der Pointner vom Zaun zurück.

»A gspassiger Nam: Bygotter?«, sagte Kuni.

»Eigentlich heißt er Knotzensepp, Josef Knotz. Als Bursch is er amal im Allgäu im Dienst gstanden. Da hat er sich's angwöhnt, dass er allweil gsagt hat: ›By Gott, by Gott!‹ Drum haben 's ihn den Bygotter gheißen.«

Zwei dralle, blonde Mägde betraten den Hof. Grüßend gingen sie vorüber, rissen beim Anblick der Fremden die Mäuler auf, guckten über die Schulter und stießen sich kichernd mit den Ellbogen an.

Kuni schoss den Mägden einen zornigen Blick nach und nahm ihr Bündel. »Jetzt wär's Zeit für mich. Bei denen zwei is wohl die versprochene Wegweiserin dabei? Oder –« Lächelnd wandte sie sich an Karli. »Was is denn mit Dir? Wär's Dir arg zwider, wann mich zum Wirtshaus führen müsstest?«

»Zwider?«, brummte Karli. »Wann's sein müsst, was liegt denn dran?«

»Du Leimlackl, du langweiliger!«, zürnte der Pointner. »Mach Dir nix draus, Madl! Wann's Dir recht is, bin ich selber Dein Führer.«

Kuni lachte und schlenkerte ihr Bündel gegen den Burschen hin. »Du! An Deim Vater kannst Dir a Muster nehmen! Der hat a liebers Reden als wie Du. Und freundlich aufgwart hat er mir. Ja! Und hat mir den Antrag gmacht, ich sollt dableiben im Pointnerhof. Natürlich, ich hab Na gsagt, weil ich mir gleich denkt hab, er macht bloß an Gspaß mit mir. Gelt, Bauer? Hast Dich lustig gmacht über mich?«

»Was? Lustig gmacht?« Der Pointner warf einen unsicheren Blick auf Karli, als wär' ihm jetzt die Sache doch nicht ganz geheuer. »Nix da! Mein Ernst is gwesen! Mein völliger Ernst! Aber Du hast ja schon gsagt –«

»Dös heißt, wann's Dein Ernst wär?« Kuni blitzte den Bauer mit ihren dunklen Augen an.

»Aber gwiss! Mein Ernst! Aber gwiss!«, stammelte der Pointner. »Ich sag doch in der eine Stund net babb und in der andern bib? Gelt, Karli, dös gibt's net bei mir!« Er fasste den Sohn an der Weste. »Gelt, dös wär Dir net recht, wann beim Vatern sein Wort nix gelten tät! Und schau, da is jetzt dös Madl kommen, dös Madl da, Kuni Rauchenberger heißt's. Und weil's Madl kein' Dienst hat, hab ich mir denkt – weißt, weil an Micheli unser Kathl aussteht, die mir die Kuchl bsorgt hat – natürlich, dös Gansl, dös fürwitzige, muss heiraten! Ja, und drum hab ich mir denkt, die Kuni kunnt bei uns bleiben, zum Kochen, weißt, so quasi als Hauserin. Dös wär kein schlechter Einfall! Meinst net auch?«

Karli schwieg, hob die Achseln und nickte bedächtig vor sich hin. Das war ein Ja – wenn es der Pointner so nehmen wollte. Er nahm es als Nein, schnitt eine verdrießliche Miene, und es schien ihm ein ärgerliches Wort auf der Zunge zu liegen. Da sagte Kuni bescheiden. »Wann's Dir net recht is, Karli, dass ich bleib – ich find überall mein Platzl. Dös möcht ich net, dass ich aufs Wort vom Bauern hin auf an Antrag eingeh, der dem gwachsenen Haussohn kei' Freud net macht. Freilich, Du kannst ja net wissen, wie ich mich bei der Arbeit anstell –«

»Was redst denn da!«, sagte Karli verlegen. »Mir is im Traum net eingfallen, dass ich ebbes dagegen hätt. Der Vater wird schon wissen, was er tut.«

»No also, nacher bleib ich gern, wann's Dir grad so recht is wie Deim Vater«, fiel Kuni ein, »und arbeiten will ich, was ich kann, und auf enker Sach will ich schauen, wie ich's versteh. Da denk ich, dass wir mit der Zeit noch gute Freund werden, Du und ich.« Sie streckte ihm lächelnd die Hand hin.

Karli schlug ein. »No, ja! In Gottsnamen! Musst halt richtig auf'n Vater schauen, und dass er sein Sach und sein bessers Essen in der Ordnung kriegt. Nacher werden wir schon auskommen mitanand.«

»No also! No freilich!«, jubelte der Pointner. »Madl, was sagst? Ja, mein Karli! Dös is einer! Der sorgt sich für sein Vater! Aber komm, Madl! Jetzt zeig ich Dir gleich Dein Stüberl, und morgen muss der Martl nach Reichenhall ummifahren und Dein' Kufer holen.« Er fasste Kuni lachend am Arm.

Götz, der noch immer unter der Tür stand, trat beiseite, um die beiden einzulassen.

»Schau, da is ja gleich wieder einer vom Haus?« Kuni befreite ihren Arm. »Du bist der Götz, gelt? Und wie ich schon gmerkt hab, wirst Du mein Fürgsetzter beim Schaffen sein. Musst halt a bissl Geduld haben mit mir.«

Zögernd sagte Götz: »Wir zwei werden net gar z'oft mitanand im Gschirr sein. Deine Händ schauen sich net an, als täten s' gern nach der Bauernarbeit greifen.«

»Dös is gar net nötig!«, erklärte der Pointner. »Die Kuni is da zum Kochen und zur Nahterei, ja, und zu meiner Pfleg! Dös hat sich mein Karli zur Bedingung gmacht. Aber komm, Madl, komm!« Er zog die neue Hauserin über die Schwelle.

Karli zog die Brauen hoch. »Götz? Was sagst?«

»No, 's Madl is sauber!« Götz nickte. »Sie kann eim gfallen, so zum Aufputz in d' Stuben. Aber mir schwant, dös is a Täuberl, dös kein' Fried ins Haus bringt. Die gwissen Falterln ums Göschl ummi! Ich bild mir ein, die kunnten ebbes erzählen. Und in die Augen hat s' a Gspiel –«

»Geh weiter! Was Du net alles siehst! Gar so gfahrlich wird's net sein! Und über ihre Augen sollst gleich gar nix sagen! Die hat ja 's gleiche Gschau als wie Du! Is schon wahr, ich hab mich fragen müssen: Hast Du ihre Augen oder hat sie die Deinen im Kopf?«

Götz lachte. »No, ein Unterschied, mein' ich, wär doch dabei. Meine Augen schauen nach der Arbeit aus. Nach was dem Madl seine Augen ausschauen, weiß ich net, und wann ich mir's denken kunnt, möcht ich's net sagen.« Er schritt, einen Blick auf den finsteren Himmel werfend, über den Hofraum einer Scheune zu.

Eine Weile stand Karli in Gedanken. Dann wollte er ins Haus treten, machte kehrt, schlug den Weg ein, den Götz genommen, stellte sich unter die Stalltür und sah den Knechten bei der Wartung der Pferde zu.

Da hörte er vom Brunnen her eine Mädchenstimme: »Du, Kathl, hast es schon gmerkt? Die bleibt im Hof!«

»Aber, Zenz! Wirst doch net denken, dass ich mich da drüber wundern soll?«, gab eine spitz klingende Stimme zur Antwort. »Dös hab ich mir gleich denkt, wie ich 's Weibsbild gsehen hab. Da müsst ich unsern Bauern net kennen –« Die Magd verstummte und guckte verlegen den jungen Pointner an, den sie plötzlich vor sich stehen sah.

»Du, Kathl! Noch an einzigs solches Wörtl, und du brauchst Micheli nimmer abz'warten! Da kannst lieber heut als morgen Dein' Kufer packen.« Karli wandte sich von dem maulenden Mädel und ging verdrossen dem Haus zu. Schließlich beeilte er sich, die Schwelle zu erreichen. Es fielen die ersten Tropfen. Das wurde ein rauschender Platzregen. Nun grollte, ohne dass man einen Blitz hätte aufflammen sehen, ein dumpfer Donnerschlag durch die Lüfte, und grober Hagel prasselte über die Dächer.

4.

Das Dorf hatte zu reden. Im Pointnerhof die neue Hauserin – und draußen im Binderholz der Bygotter!

An jedem Tag liefen ein paar Neugierige hinaus zum Binderholz. Das war ein herrlicher Fichtenwald, der wie ein grüner Riesenriegel zwischen das Bergtal und das ebene Land geschoben lag. In sanfter Neigung stieg er nach beiden Seiten gegen die Berge hinauf. Die Straße durchkreuzte ihn, dem Gehäng der Hügel folgend, in beträchtlicher Höhe über dem breiten Schluchtengrund, durch den der Bach in kiesigem Bett seinen Weg zur Ebene suchte. Je mehr sich der Wald dem Tal entgegensenkte, desto reichlicher zeigte sich das sanftere Grün der Buchen und Birken zwischen den dunklen Wipfeln der Fichten. Am Ufer des Baches überragten nur noch einzelne Nadelpyramiden die dichten, lang gestreckten Weiden- und Birkenfelder.

Ein schmaler Fußpfad lenkte vom Dorf am Bach entlang und kreuzte sich im Wald mit einem von der Straße sich abzweigenden Holzfuhrweg. Nahe bei dieser Kreuzung lag zwischen Fichten und Birken ein dreieckiger Wiesenraum, auf dem das magere Gras in wucherndem Moos und unter Schachtelhalmen zu ersticken drohte. Ein verwahrloster Stangenzaun umgrenzte den Raum, in dessen stumpfem Winkel zwei alte Eichen ein kleines, halbzerfallenes Haus mit spärlichem Schatten bedachten. Der üppige Efeu, der die beiden Stämme umschlang und von den Ästen seine netzartig verflochtenen Ranken nieder senkte über Dach und Wände des Hauses, vermochte den traurigen Anblick nur wenig zu mildern.

Einer der Stürme, die einher gebraust waren über die schutzlose Stätte, hatte den Kamin gebrochen; die Trümmer lagen ausgestreut über das vermoderte Schindeldach. Überall an den Wänden war der Mörtel von der Mauer gebröckelt, und wo er noch an den Steinen hielt, war er durchzogen von klaffenden Rissen. An den Fenstern waren die Scheiben erblindet; die Läden hingen schief in rostigen Angeln; Gras und Moos wucherte auf der verfaulten Schwelle, und graugelbe Schwämme wuchsen aus den Fugen der verschobenen Tür. Unter dem morschen Gebälk des vorspringenden Daches, wo einst mit Gezwitscher die Schwalben hausgehalten in sauberen Nestern, hatten sich die scheuen Rotschwänzchen mit Schmutz und Unrat eingemietet. Auch sie waren davon geflattert und nicht wiedergekehrt, als der Bygotter mit seinem Kind dieses armselige Haus bezogen hatte, das sein Heim und Eigen war.

Vor vierzehn Jahren hatte der Bygotter im Dorf ein freundliches Häuschen besessen; in einer Nacht war es niedergebrannt bis auf die Grundmauern. Nur das nackte Leben hatten die Leute gerettet, und der Bygotter hätte betteln gehen müssen mit Weib und Kind, wenn nicht die alte Mackfederin mit dem Schwiegersohn die bescheidenen Ersparnisse geteilt hätte, die sie von ihrer Pension als Försterwitwe hatte zurücklegen können. Da hatte der Bygotter das Binderholzhäuschen erworben, das sich schon damals in üblem Zustand befand, hatte das alte Gerümpel leidlich wieder instand gesetzt und hatte sich neues Handwerkszeug beschafft. Er war ein gelernter ›Dusenmacher‹, fertigte aus Lindenholz jene Tabaksdosen, Büchsen und Kästchen, die mit gepressten Birkenrinden überkleidet wurden, und war daneben, wie es sein Handwerk mit sich brachte, ein halber Zimmermann und Tischler.

So begann er drauflos zu schanzen – ›viechmaßig‹, wie ihm das ganze Dorf zugestand. Aber Not und Elend kauerten an seinem Tisch und fühlten sich heimisch unter dem unfreundlichen Dach. Die beiden Leute arbeiteten sich die Nägel von den Fingern; doch sie saßen auf der Pechrute, und da war kein Loskommen mehr. Immer noch verlor die Frau den Mut nicht. Aber dem Mann begann die Kraft zu erlahmen. Dabei wurde er, was die Leute im Dorf einen ›Sinnierer‹ nennen, ein Mensch, der immer fragte: »Was hab ich verschuldet, dass es grad mir so gehen muss?« – und der, je müder ihm die Hände wurden, um so fleißiger sein Hoffen auf einen rettenden Glücksfall setzte.

Die unklaren Gedanken, mit denen der Bygotter einem hilfreichen Wunder entgegensah, gewannen eine bestimmte Richtung. Es war im dritten Jahr, nachdem er das Binderholzhäuschen bezogen. Da hatte ihm der Zufall eine jener Schwindelbroschüren in die Hände gespielt, welche die Versuchung hinauftragen bis in die höchsten Bergdörfer. Die utopischen Versprechungen, die der Bygotter aus dem abgegriffenen Büchlein heraus buchstabierte, gingen ihm nimmer aus dem Kopf. Sein einziger Gedanke war nur noch das ›Goldland über'm Wasser drüben‹. Er sah sich in seinen Träumen schon im Urwald, den er sich vorstellte wie die verwahrlosten Hochwaldbestände des Binderholzes. Er sah und hörte die Bäume stürzen unter seiner sausenden Axt, sah auf der urbar gemachten Erde sein stattliches Haus erstehen, sah schon die ›Farmerer‹ – die er sich so ähnlich dachte wie den reichen Breithofbauer und den alten Pointner – mit Schmunzeln ihre Prisen aus seinen Birkendosen schnupfen, als hätten sie just auf den Bygotter und seine Schmalzlerbüchsen gewartet. Und er sah sich nach soundsoviel Jährlein zurückkehren in die Heimat, das behäbige Bäuchl umschnürt mit der von ›Dullers‹ strotzenden

Geldkatze. Von Not getrieben, verrannte er sich mit Kopf und Herz in diese Pläne und setzte zu ihrer Verwirklichung die eiserne Zähigkeit ein, die er früher vergebens aufgeboten hatte, um sich aus seiner trostlosen Lage emporzuarbeiten. Ganz unerwartet fand er dabei einen eifrigen Helfer im Pfarrer des Dorfes. Dem hatten die ›unchristlichen‹ Reden nicht sonderlich getaugt, die der Bygotter in der letzten Zeit zu führen liebte; so suchte der Hochwürdige diese Reisepläne in jeder Weise zu fördern, brachte es zuwege, dass dem Bygotter alle Rückstände unter dem Titel eines ›Gemeindegeschenkes‹ erlassen wurden, und veranstaltete noch eine Sammlung, die einige hundert Gulden abwarf. Der Bygotter selbst machte zu Geld, was einen Käufer fand, sein Handwerkszeug, seinen Hausrat, seine Holzvorräte. Nur für das abgelegene, zerfallene Haus im Binderholz wollte kein Liebhaber erscheinen. Dafür gab die alte Mackfederin ihr Letztes her, unter der Bedingung, dass ihr Enkelkind, das sechsjährige Sannerl, bei ihr in der Heimat verbleiben musste. Wie sehr auch Sannis Mutter sich dagegen wehren mochte: Der Vater sagte ein rasches Ja. Es wäre so besser für das Kind, meinte er; dabei bleibe dem Sannerl alle vorläufige Mühsal erspart, während ihm die Annehmlichkeiten der späteren glücklicheren Zeit desto mehr zugute kämen. So übersiedelte das Sannerl zu der alten Mackfederin, die im Forsthaus zwei kleine Hinterstübchen bewohnte. Der lachende Bygotter fuhr mit seinem weinenden Weib auf einem geschmückten Wagen zum Dorf hinaus, ›fort ins Amerika‹.

Elf Jahre waren vergangen. Nun war der Bygotter zurückgekehrt, ohne Weib, ohne gefüllte Geldkatze, mit einer Kiste, die halb mit Zimmermannswerkzeug, halb mit zertragenen Gewandstücken und allerlei Bücherwerk angefüllt war. Dazu brachte er jene seltsame Errungenschaft mit heim, um derentwillen er für die meisten Dorfleute schon in der Stunde seiner Ankunft ein Ziel des Spottes, für ruhiger Denkende ein Gegenstand des Mitleids, für den hochwürdigen Herrn Pfarrer eine Ursache des höchsten Ärgernisses geworden war.

Die Befürchtungen des Seelenhirten schienen sich vorerst nicht zu bewahrheiten. Der Bygotter ließ sich im Dorf nicht blicken, und die Annäherungsversuche jener, die aus Neugier oder des Juxes halber hinauswanderten zum Binderholzhäuschen, wies er mit starrem Schweigen zurück. Sehen konnten ihn alle, die da kamen: Bald vor dem Haus, bald am Rand des Gehölzes, in Hemdärmeln, mit nackten Füßen, mit wehendem Bart und Nackenhaar, mit Beil oder Säge, rastlos arbeitend, schweißtriefend und keuchend wie ein Tier, dem das drückende Joch auf der Stirn liegt. Krachend stürzten unter den Schlägen seiner Axt die Bäume. Aus ihnen zimmerte er Bohlen und Pfosten, verbolzte die frisch mit Lehm beworfenen Wände, ergänzte die Schwelle, fügte aus dicken Brettern eine Tür, besserte die Fensterkreuze und die Läden und deckte das Dach mit neuen Schindeln. Aus den Ästen der gefällten Bäume schränkte er rings um den Wiesenraum einen dichten, übermannshohen Zaun, als wäre das Binderholz der Urwald des fernen Westens, und als hätte der Bygotter sich vor Indianern und reißenden Tieren zu schützen.

Die Leute schüttelten die Köpfe. Manchmal versuchten es übermütige Burschen, durch stichelnde Reden den Schaffenden zum Sprechen zu reizen. Rastlos schwang der Bygotter das blitzende Beil, und keine Miene seines Gesichtes verriet, dass eine dieser Reden an sein Ohr gedrungen. Nur einmal geschah es, dass die Leute ein paar Worte von ihm zu hören bekamen, die reichlichen Stoff zu Gelächter und Gemunkel gaben. Er hatte eine Fichte gefällt, und an ihrem Stürzen und Krachen schien er seine Freude zu haben. In seinen Augen flackerte ein wildes Feuer. Als der grüne Riese auf dem Moosgrund lag, trieb der Bygotter mit wuchtigem Hieb die Axt in die Rinde, hob die Arme zum Himmel und sprach mit rollender Stimme: »Wie dieser Baum dahinstürzt vor der Faust des Mächtigen, so wird, o Herr, der Thron der falschen Götzen stürzen, wenn der Tag des Lichtes anbricht, der Deinen Knecht zum Dienst beruft!« Dann riss er die Axt aus dem Stamm und wetterte mit dem scharfen Eisen in das zitternde Geäst, dass die Zweige flogen und die Späne zischten.

Während der Bygotter so werkte und schaffte, war Sanni stets in seiner Nähe, ging ihm bei der Arbeit an die Hand, oder saß unter einem Baum, die mürben Kleider des Vaters bessernd. Heimliche Tränen rannen ihr dabei über die schmalen, blassen Wangen.

Am Tag nach des Vaters Ankunft war sie von ihm ins Dorf geschickt worden, um Kartoffeln, Linsen und Bohnen, Mehl und Brot zu kaufen. Ihr Weg führte nicht am Pointnerhof vorüber; dennoch stand sie plötzlich vor dem großen, weißen Haus mit den grünen Läden und schüttelte den Kopf, weil es ihr wunderlich vorkam, dass sie auf einen Umweg geraten war. Den Schritt verzögernd, musterte sie das schöne Haus. Wie leer der Hof sich ansah! Als gäbe es im Pointnerhaus keine Mannsleute! Und da drinnen hausten doch ihrer fünfe: Die vier anderen und der Karli! Nun gewahrte sie hinter einem Fenster ein fremdes, lächelndes, bildsauberes Gesicht mit dunklen Augen. Sie hatte keinen klaren Gedanken, fühlte nur, dass es ihr beim Anblick dieses hübschen Gesichtes wie ein Stich durch die Seele ging. Unter Herzklopfen eilte sie davon.

Seitdem hatte sie das Dorf nicht mehr betreten. Die Woche war vergangen und der Samstag gekommen. Als sie bei grauendem Morgen ihre Kammer verließ und die Stube betreten wollte, hörte sie die dumpfe Stimme des Vaters, halb wie Gebet, halb wie Gesang. Sie öffnete die Tür und erschrak. In der Stube lag der Bygotter ausgestreckt, mit dem Gesicht auf den Dielen.

»Vater! Um Herrgotts willen!«, stammelte Sanni. Schon wollte sie auf ihn zuspringen, als er sich murmelnd aufrichtete, die Arme hob und mit verzückten Augen aufschaute zur Decke. »Vater! Vater!« Er schien nicht zu hören. Ratlos verließ sie die Stube und setzte sich draußen weinend auf die morsche Treppe, die zum Bodenraum hinaufführte. Hier saß sie lange Stunden. Immer hörte sie aus der Stube die dumpfe murmelnde Stimme.

Der Bygotter trieb es so den ganzen Tag, rührte keine Hand zur Arbeit, verzehrte keinen Bissen. Erst gegen Abend verlangte er zu essen. Erleichtert eilte Sanni in die Küche, um dem Vater eine Speise zu richten, die er sie bereiten gelehrt: Aus Roggenmehl, getrockneten Erdbeeren, Salz und Wasser. Sie musste, um Feuer machen zu können, Späne von des Vaters Arbeitsplatz im Wald holen. Als sie unter den rauschenden Fichten stand und die Späne in ihre Schürze las, hörte sie flinke Schritte. Ehe sie noch aufblickte, schlug Karlis freudige Stimme an ihr Ohr: »Sannerl! Ja grüß Dich Gott!«

Errötend warf sie einen scheuen Blick durch das offene Zauntor nach dem Haus, raffte mit der Linken die Schürze zusammen und reichte dem Burschen die zitternde Rechte.

Lachend sah ihr Karli in die Augen. »Weil ich Dich nur endlich amal triff! Wie geht's Dir denn? Gar net sagen kann ich's, wie ich mich gsorgt hab um Dich! Schier jeden Abend bin ich heraußen gwesen. Wie a Füchserl bin ich allweil ummigschlichen um den sakrischen Zaun da. Und wie ich Abend um Abend wieder heim hab müssen, ohne dass ich Dich gsehen hab, da hat's mich schon so viel bangt. –«

»Geh! Wird Dir doch die Zeit net lang worden sein!«, fiel Sanni mit leiser, ein wenig streithaft klingender Stimme ein. »Habt's ja doch so an schönen Bsuch im Hof.«

»Was? An Bsuch?«, fragte Karli verdutzt.

»Die mit'm weißen Gsichtl und die schwarzen Augen!«

»Dös? A Bsuch? Dös is ja dem Vater sei' neue Hauserin!« Jetzt lachte Karli. Ohne großen Aufwand von Scharfsinn erkannte er in Sannis Worten eine Regung der Eifersucht. Das machte ihm Freude. Während seine Finger die Hand des Mädels fester umschlossen, neigte er das Gesicht und guckte schmunzelnd in Sannis Augen. »Aber! Du bist eine!«

»Susanna!«, tönte vom Haus her eine strenge Stimme.

»Jesus, der Vater!« Erblassend befreite Sanni ihre Hand und huschte davon.

»Sannerl, ich wart noch!«, rief ihr Karli flüsternd nach. Und während er sich in das Dunkel des Waldes zurückzog, spähte er unfreundlich nach der hageren Gestalt des Bygotters, der unter der Türe stand und die gekrümmten Finger durch die langen Strähnen des grauen Bartes zog. Als Sanni den Vater erreichte, trat er wortlos beiseite, ließ das Mädchen eintreten und schloss die Tür.

Unter dem Laubdach einer Buche kauerte sich Karli nieder und guckte durch das offene Zauntor nach den matt erleuchteten Fenstern.

Die Dämmerung wandelte sich zur Nacht. Während über den schwarzen Wipfeln einzelne Sterne aus den treibenden Wolken blitzen, durchstrich ein sachter Wind die Bäume, ließ das Rauschen des Baches bald näher und bald ferner tönen und weckte im Wald einen feuchten, würzigen Duft.

Jetzt hörte Karli langsame Tritte, die sich näherten. Der Bygotter erschien in der Torlücke des Zaunes und lauschte regungslos hinaus in den finsteren Wald. Dann schloss er das aus dicken Planken gefügte Tor.

»Da hast es!«, brummte Karli und kroch mit schwerem Seufzer aus seinem Versteck.

Schon wollte er den Heimweg antreten, als eine Sternschnuppe in leuchtendem Bogen niederschoss zur Erde.

»Dass ich d' Sanni krieg!«, stammelte Karli und verschlang mit den Augen das Feuerwunder, das über dem Dach des Bygotterhäuschens zu erlöschen schien. Das »Ich wünsch mir« hatte er verschluckt, um die Hauptsache noch herauszubringen, ehe die Erscheinung wieder in Nacht zerfloss. Wäre er nur mit einer einzigen Silbe zu spät gekommen, so hätte sein Wunsch »nix golten und kei' Kraft net ghabt«. Er war aber nicht zu spät gekommen. Und da musste sein Wunsch in Erfüllung gehen! »Troffen hab ich's!«, lachte er vor sich hin und rückte unter leisem Jauchzer das Hütl. In seliger Laune steuerte er der Straße zu, pfiff einen lustigen Ländler, und als er aus dem Wald auf die Nebel dampfenden Wiesen trat, hub er mit lauter Stimme zu singen an und jodelte und dudelte so fort, bis er den Pointnerhof erreichte.

Auf der Schwelle empfing ihn die Kuni: »Guten Abend, Karli! Wo bleibst denn so lang?«

»No ja, der Mensch muss doch Luft schnappen!«

»Geh! Und alle Abend?«, scherzte sie. »Und gar so lustig kommst heim von Deiner Schnapperei?«

»Freilich, weißt, der gute Luft am Abend treibt eim 's Herz ausanand.« Lachend wölbte er die kräftige Brust unter einem wohligen Atemzug.

»Hast schon recht! Schnauf nur ghörig! Schnaufen heißt leben, und 's Leben is ebbes Schöns, wann's einer von der richtigen Seiten packt. Aber jetzt kommt eini! Wer leben will, muss essen auch. Ich hab Dir alles schön warm gstellt.« Sie legte die Hände auf seine Schultern und schob ihn der Stube zu.

Da erhob sich von der Hausbank eine Mannsgestalt, die Karli im Dunkel nicht bemerkt hatte. Es war der Götz. Leis vor sich hinpfeifend, klopfte er die erloschene Pfeife aus.

»Neugierig bin ich doch, ob er net anbeißt auf ihre verzuckerten Hackerln? Wie gsünder a Fisch, um so narreter schnappt er, wann a scheckete Mucken an der Angel hängt.«

5.

Am anderen Morgen warf Karli sich schon zu früher Stunde in sonntäglichen Staat und verließ den Pointnerhof. In der Nähe der Kirche stellte er sich auf, um die aus der Frühmesse kommenden Leute zu mustern, und blieb auch gleich das halbe Stündl noch stehen, bis die Leute zum Hochamt kamen. Das ganze Dorf wanderte an ihm vorüber. Aber weder Sanni erschien noch der Bygotter. Als schon die drei Glocken zum Segen läuteten, kam der Pointner getrippelt, an Kunis Seite, die sich schmuck geputzt hatte. Lustig nickte der Bauer seinem Buben einen Gruß zu. Und Kuni rief ihn lächelnd an: »Geh, komm mit, versäumst ja den Segen!«

»Auf dös eine Mal wird's net ankommen!«, meinte Karli. Dennoch betrat er, als die beiden in der Kirche verschwunden waren, den Friedhof. Hier setzte er sich auf die Mauerbrüstung und spähte gegen das Binderholz hinaus. »Jetzt dös is arg! Net amal in die Kirchen gehn!« Er schüttelte den Kopf und ging nun endlich dem Portal zu. Eben noch rechtzeitig erreichte er seinen Platz auf der »Pori«, um den Hochwürdigen zur Predigt die Kanzel besteigen zu sehen.

Auch der Geistliche schien jemand in der Kirche zu vermissen; mit suchenden Augen musterte er die Schar der »in Christo Versammelten«. Dann begann er zu sprechen: Über das Kapitel von den falschen Propheten, die Hader und Unfried zwischen die Saat des frommen Friedens werfen, wie der Teufel den Samen des Unkrauts in den blühenden Weizen wirft. Er verallgemeinerte das Thema und beschloss es nach einer Stunde mit dem schon öfters wiederholten Refrain: »Hütet Euch, meine geliebten Kindlein, hütet Euch vor den falschen Propheten!«

Als der Hochwürdige die Kanzel verließ, huschte ein leises Summen durch die Kirche. Jeder fühlte sich verpflichtet, an den

Nachbar die schmunzelnde Frage zu richten: »Weißt, wen er gemeint hat?«

Diese Frage flüsterte im »Pointnerschen Weiberstuhl« auch die Zenz der Kathl zu.

»Dumm müsst ich sein, wann ich's net gmerkt hätt!«, lautete die kichernde Antwort. »Aber grad so gut, wie von die falschen Propheten, hätt er auch von die falschen Prophetinnen predigen können, von dieselbigen, dö so sanfte Gsichterln machen und die Klupperln einziehen hinterm Buckel, dass man die scharfen Nagerln net sehen sollt, vor's ans Kratzen geht. So eine is erst der wahre Unfried!«

So leise diese Worte gesprochen waren, Kuni hatte sie gehört. In ihrem hübschen Gesicht rührte sich keine Miene; aber es war kein guter Blick, den sie auf das offene Gebetbuch senkte. Als der Gottesdienst zu Ende war, trat sie als erste aus dem Betstuhl und ging mit trotzig erhobenem Kopf an den wispernden Leuten vorüber.

Der Pointner und Karli verließen miteinander die Kirche. Erst wohnten sie der Gemeindeversammlung bei und machten dann einen Rundgang durch die Gassen des Dorfes. Mit dem Glockenschlag zwölf betraten sie den Hof und fanden in der Stube schon die dampfende Suppenschüssel auf dem gedeckten Tisch, der mit einem duftenden Resedenstrauß geschmückt war. »Ich sag's!«, schmunzelte der Pointner. »Grad freuen kann ein 's Heimkommen, seit die Kuni im Haus is! Soll mir nur einer ebbes sagen gegen dös Madl!«

»Sagt ja kein Mensch ebbes!« Karli lachte, während er die Joppe auszog und an den Türnagel hängte.

»Nnno?«, erwiderte der Pointner zögernd. »Du hörst halt net überall hin. Ans die einen redt der Gift, aus die andern der Neid.« Verdrießlich schob er sich hinter den Tisch. Sein rundes Gesicht heiterte sich wieder auf, als Kuni die Stube betrat, in dem braunen

Rock mit der frischen Leinenschürze, in dem knapp sitzenden schwarzen Mieder, über dem das weiße Hemd, das die runden Arme fast bis zu den Schultern nackt ließ, mit einer zierlichen Krause den Hals umschloss. Der hübsche Kopf war ein wenig zur Seite geneigt, als trüge er schwer an dem Gewicht des rötlich schimmernden Haars, das mit zwei dicken Flechten um die Stirne gelegt war.

Schon am zweiten Tag nach ihrer Ankunft hatte Kuni das halb städtische Gewand gegen die im Dorf übliche Tracht vertauscht, als wollte sie auch äußerlich zeigen, dass sie sich allem fügen würde, was im Pointnerhofe Brauch und Ordnung war. Tapfer griff sie die Arbeit an, und wirtschaftete eifrig in Haus und Küche. Obwohl sie alles tat, wie es bisher getan worden war, wusste sie doch allem eine bessere Art und ein gefälligeres Ansehen zu geben.

Dieses Schaffen, Sorgen und Bessern schien ihr selbst Vergnügen und Freude zu bereiten. Für Götz aber, der sie misstrauisch betrachtete, gewann es den Anschein, als wäre ihr Eifer nur so eine Art von »Gspaß«, den sie am Neuen fand – und noch etwas anderes. So sehr Kuni den Pointner verhätschelte und alles tat, was seinem Hang zur Behaglichkeit willkommen war, meinte Götz doch zu gewahren, dass es nicht der Pointner, sondern Karli wäre, dem das Beste dieser Fürsorge zugute kam, und dass diese Sorge der Absicht entspränge, mehr dem Sohn als dem Vater das Leben im Haus angenehm zu machen.

Schon nach wenigen Tagen wusste Kuni die bescheidene Haltung, die sie anfangs dem Haussohn gegenüber eingenommen, in einen vertraulichen Verkehr umzuwandeln. Und Karli war eine viel zu gutmütige Natur, als dass die Zurückhaltung, die er gegen Kuni zeigte, lange bei ihm gedauert hätte. Bald hörte er gern auf ihr lustiges Geplauder, und das um so lieber, als ihm bei den Sorgen, die er sich um Sanni machte, wenig lustig zumut war. Er nahm die kleinen Vertraulichkeiten, die sich Kuni ihm gegenüber mehr und mehr erlaubte, harmlos hin und sah in ihnen nichts anderes als den Beweis, dass sich die Hauserin im Pointnerhof eingewohnt hätte. Auch machte es ihm Freude, dass der Vater so gut versorgt schien. Daneben hatte er genug von des Vaters Natur geerbt, um die aufmerksame Fürsorge, die Kuni in allem betätigte, mit Behagen zu genießen. Er nickte zu den sprudelnden Lobhymnen des Vaters, und es war bei ihm ein beliebtes Wort, von dem »guten Zug« zu sprechen, der mit Kuni in das Haus gekommen wäre.

Als er einmal nach solch einem Wort die Stube verlassen wollte, stand Kuni vor ihm und bot ihm lächelnd die Hand. »Karli, dös is lieb von Dir, dass Du mein bisserl Arbeit ebbes gelten lasst!«

»Was wahr is, muss wahr sein!«, sagte er ruhig und ging aus der Stube.

Seit diesem Tag verdoppelte Kuni ihren Eifer. Dabei versuchte sie auch alles, um sich mit den anderen Mannsleuten in gutes Einvernehmen zu setzen. Wenn sie auch genau zu wissen schien, wie sie sich gegen die beiden Knechte verhalten sollte, so konnte sie doch Götz gegenüber die richtige Art des Verkehrs nicht finden. Bald probierte sie es mit ruhiger Freundlichkeit, bald mit Lachen und Schwatzen. Dann wieder zeigte sie ohne äußere Ursach eine fast scheue Zurückhaltung, die einen merkwürdigen Widerspruch zu ihrem sonst so sicheren Wesen bildete. Vielleicht fühlte sie, dass sie von ihm schärfer beobachtet wurde, als von den anderen. Während der Mahlzeit, wenn alle zusammen in der Stube saßen, begegnete ihr Blick immer wieder diesen ernsten Augen; dabei bekamen ihre hübschen Züge manchmal einen eigenartig verlorenen Ausdruck; wurde sie angesprochen, so fuhr sie auf wie eine Erwachende; mit lustigen Worten verstand sie ihr seltsames Gebaren rasch vergessen zu machen. Gewöhnlich waren es Martl und Stoffel, die bei solchen Gelegenheiten für Kunis Späße die

Zielscheibe abgeben mussten. Die beiden ließen sich das gern gefallen, zum Ärger der Zenz und der Kathl, mit denen Kuni seit dem Sonntag, an dem der Pfarrer von den falschen Propheten gepredigt hatte, scharf auf dem Kriegsfuß stand. Früher, wenn sie eine der beiden Mägde zur Hilfeleistung in Haus und Küche rief, hatte es immer geheißen: »Sei so gut, Kathl!« Oder, »Zenz, ich bitt schön!« Jetzt hieß es: »Mach weiter, komm her!« Mit jedem Tag steigerte sich Kunis herrische Art, während die Mägde mit jedem Tag bockbeiniger wurden. Einmal kam es zwischen Kuni und Kathl in der Küche zu einem ernsten Gefecht, und das Ende war, dass die Kathl heulend und mit brennender Wange zum Pointner lief. Der besänftigte die Magd mit einem Preußentaler und mit dem Versprechen, der Hauserin tüchtig den Text zu lesen. Kaum war die Kathl aus der Stube, als er in die Küche trippelte, um Kuni zu beruhigen: »Ganz recht hast! Lass Dir nix gfallen! Da kann gschehen, was mag, ich hilf zu Dir!«

Seitdem verging kein Tag, ohne dass eine der Mägde mit einer Klage zum Pointner kam. Dem wurde die Sache schließlich zu bunt, und da begann er sich aufs Jammern zu verlegen. »So lasst's doch grad mir mein' Fried! Und lasst's mir die Kuni in Ruh! Is so a guts Madl! Und schaut auf mich, wie man net besser auf mich schauen kunnt.« Solche Worte waren es, auf die er eines Tages von Kathl die maulende Antwort erhielt: »Wer is denn schuld dran, dass kein Fried net hast? Hättst Dir den leibhaftigen Unfried net einizarrt ins Haus!« Einen Augenblick war der Pointner sprachlos vor Staunen. Dann hub er ein lautes Kreischen an, warf der Magd den Lohn vor die Füße, jagte sie aus der Stube, schrie nach der Kuni und jammerte, bis er einen »völligen Anfall« bekam und in seinen Sessel taumelte. Lange Stunden musste Kuni an seiner Seite sitzen, musste ihm kalte Umschläge machen und ihm ihre weiche, kühle Hand auf die heiße Stirn legen. Besonders das letztere Mittel schien wohltätig auf seinen Zustand zu wirken.

Von nun an ließ er Kuni tagsüber kaum für Minuten aus seiner Nähe. Wenn es geschah, dass Kuni von Götz zur Mithilfe bei seiner Feldarbeit aufgefordert wurde, die wegen eines drohenden Gewitters rasch bewältigt werden musste, so greinte der Bauer, dass man ihn, den der Pflege Bedürftigen, mutterseelenallein ließe, und dass er behandelt würde, als wäre er der Letzte, der »Garniemand« im Haus. Er gab keine Ruhe, ehe nicht Kuni mit ihrer Näharbeit wieder bei ihm in der Stube saß. Sie selbst machte dazu ein Gesicht, dass es ihr ein anderer als der Pointner leicht angesehen hätte, um wie viel lieber als dieses Stubensitzen ihr die lustige Arbeit auf dem Feld gewesen wäre, wo es Karli den anderen zuvortat mit Eifer, Geschick und jugendlicher Kraft.

Karli wurde von den Zwistigkeiten, die es im Pointnerhof absetzte, kaum berührt. Da er Tag für Tag mit Götz auf dem Feld oder in den Holzschlägen arbeitete, erfuhr er wenig von diesem Hader, und was ihm zu Ohren kam, gewann durch die Darstellung des Pointners immer ein Gesicht, dass auch Karli das Recht auf Kunis Seite sehen musste.

Auch die Leute im Dorf hüteten sich, von dem, was sie über den Pointnerhof zischelten, vor Karli ein Wort fallen zu lassen. Es waren nicht die freundlichsten Augen, mit denen man die »Hergelaufene« und ihre Stellung im Haus des Pointners betrachtete. Nur einer war im Dorf, der zu Kuni aufschaute wie zu einer Heiligen. Das war der alte Spinner-Veit. Der hatte bei einem rauschigen Wirtshausstreit seinen besten Freund geschlagen. Mit mehrjähriger Zuchthausstrafe hatte er gebüßt, was mehr ein Unglück als ein Verbrechen gewesen, und war als graues Männlein mit halb zerstörtem Geist in die Heimat zurückgekehrt, für die Erwachsenen ein minderwertiges Exemplar der Schöpfung, für die Kinder ein schutzloses Ziel des Spottes. Der Spinner-Veit konnte kaum einen Schritt vor die Tür machen, ohne dass die Rangen lärmend hinter ihm her waren. Sie reizten den irrsinnigen

Alten durch die Geste des Spinnens und schrieen ihm sein Unglück in die Ohren: »Zuchthäusler! Zuchthäusler!« Solch einen Auftritt hatte Kuni eines Tages vom Hof aus mit angesehen, und da war sie in Zorn hinausgelaufen auf die Straße, hatte ein paar von den Buben derb beim Schopf erwischt und den misshandelten Alten ins Haus gerettet. Von dieser Stunde an war der Spinner-Veit ihr Schützling. Sie steckte ihm manchen guten Bissen und manch ein klingendes Almosen zu, und sooft er auch im Pointnerhof vorsprach, immer fand er bei Kuni freundliche Worte und herzlichen Trost für seinen wirren Jammer. Wohl brummte der Pointner gegen den Stammgast, den ihm Kuni ins Haus gezügelt hatte. Aber auch er gewöhnte es sich ab, den Spinner-Veit einen Zuchthäusler zu nennen, seit Kuni, die doch sonst für den Pointner immer nur zuckrige Töne säuselte, ihn einmal mit grober Heftigkeit angefahren hatte: »Ich möcht mir a Gwissen draus machen, dass man dem armen Teufel sein Unglück allweil wieder um d' Ohren haut! Hat er net alles verbüßt? Und Zuchthaus? Im Zuchthaus is schon mancher gsessen, der besser in a Kirch einipasst hätt.«

Die Dienstboten des Pointnerhofes zuckten die Achseln über Kunis Samaritertum. Götz allein, obwohl er nie ein Wort darüber äußerte, betrachtete Kunis Gebaren mit freundlichen Augen. Es schien, als hätte er in ihrer Mildherzigkeit eine Entschuldigung für manches gefunden, was an ihr bedenklich war. Seit jener leisen Warnung, die er bei Kunis Eintritt in das Haus dem Sohn des Pointners zugeraunt, suchte er mit keinem mahnenden Wort mehr auf Karli zu wirken. Karli selbst, wenn er von der Arbeit oder von seinen abendlichen Spaziergängen heimkehrte, war allzuviel mit seinen Sorgen woanders, um durch eigene Beobachtung hinter Dinge zu kommen, die sich ihm nicht von selbst vor die Augen stellten.

Zu dutzend Malen war er hinaus geschlichen ins Binderholz. Der Bygotter und Sanni schienen wie verschollen in ihrer Waldeinsamkeit. Und im Dorf wussten die eifrigsten Zungen über den Bygotter nichts Neues zu berichten, seit der Hochwürdige wenige Tage nach jener Predigt von den falschen Propheten ins Binderholz gewandert und eine Stunde später mit zornrotem Gesicht heimgekommen war. Das Gerede, das sich an diese Begebenheit knüpfte, fand weitere Nahrung, als auch am zweiten Sonntag und an einem in die Woche fallenden Feiertag weder der Bygotter noch Sanni in der Kirche erschien.

Wenn Karli auf seinen abendlichen Wanderungen mit Gasselgängern zusammentraf, wurde ihm bei den Reden, die er über den Bygotter zu hören bekam, bald heiß und bald kalt in Kopf und Herz. Fragte man ihn um seine Meinung, so äußerte er sich mit vorsichtiger Zurückhaltung dahin, dass ihn die ganze Geschichte eigentlich gar nichts anginge. Was der Pfarrer mit dem Bygotter hätte, das wäre eben des Pfarrers und des Bygotters Sache. Aber das eine müsste auch einem Blinden einleuchten, dass die Gefangenschaft, in der dieser biblische Narr die erwachsene Tochter hielte, allen Gesetzen von Recht und Menschlichkeit zuwiderlief. Karli erschrak vor der Zustimmung, die seine Worte fanden, vor den Drohungen, die er gegen den Bygotter laut werden hörte. Es fiel ihm ein, dass der Bygotter trotz allem Sannis Vater war, die ihm anhing als gutes Kind, und dass jeder Dorfgroll, der den Vater träfe, auf die Tochter zurückfallen würde. Drum suchte er wieder einzulenken und die erregten Gemüter zu beruhigen.

Von Tag zu Tag mehrte sich seine Sorge um Sanni, so dass ihm die Aufheiterung, die er in Kunis lustigem Wesen fand, mehr als je vonnöten war. Oft saß er, wenn der Pointner seinen von Ruh und Frieden ermüdeten Leib schon in die Federn gewickelt hatte, noch stundenlang in der Stube mit Kuni beisammen, lauschte ihrem unermüdlichen Geplauder, schmunzelte zu ihren

Anekdoten, und wenn der Übermut sie packte – wie er das nannte – ließ er es sich lachend gefallen, dass sie ihn mit der Schere oder mit dem Messerheft auf die Finger schlug, oder ihm mit beiden Händen in die Haare fuhr.

Manchmal, wenn sie besonders freundliche war, stieg der Gedanke in ihm auf, Kuni zur Vertrauten seiner Herzenssorgen zu machen. Oft lag ihm das bekennende Wort schon auf der Zunge. Es war ihm selbst ein Rätsel, warum er es nicht herausbrachte.

Eines Abends, als er wieder einmal von einem nutzlosen Weg ins Binderholz zurückkehrte, nahm er sich vor: »Heut red ich mit der Kuni. Sie muss mir raten.«

Er fand sie in der Stube. Sie saß am Tisch, auf dem ein Talglicht brannte, und putzte aus ihrem Schoß grüne Bohnen in eine Schüssel. Als er eintrat, erhob sie sich lächelnd, schüttete den Inhalt ihrer Schürze auf die Bank und zündete die Hänglampe an. »Geh, setz Dich her, ich bring Dir gleich Dein Essen!«, sagte sie und huschte aus der Stube.

Karli ließ sich nieder, stützte die Ellbogen auf den Tisch und guckte verdrießlich in die Lampenflamme.

Nun brachte Kuni einen dampfenden Suppenteller. Dabei betrachtete sie forschend das grämliche Gesicht des Burschen. »Was machst denn schon wieder für a Göschl?« Sie fuhr ihm mit der Hand über die zerwirrten Haare. »Gelt, bis müd?«

Er nickte und rührte mit dem Löffel in der Suppe. »Wo is denn der Vater?«

»Zum Nachbar is er ummi auf a Sprüngl. Recht gsorgt hat er sich wegen Deiner. Weißt, gegen Abend is ebbes Schriftliches kommen, mit Deiner Adress, und da hat er gmeint, es müsst ebbes Amtliches sein.« Sie ging auf einen kleinen Wandschrank zu und öffnete ihn. »Da hast es!«

Karli nahm das Schreiben und las die Aufschrift. »Was kann denn dös bedeuten? Es wird doch net –« Er stockte und erbrach das Siegel. Kaum hatte er zu lesen begonnen, als er wütend auffuhr: »No also, da hab ich's jetzt! Himmel Kreuz Saxen!«

Neugierig näherte sich Kuni. »Was is denn?«

»Einrucken muss ich, zu die Manöver! Und übermorgen in der Fruh soll ich mich schon beim Regiment stellen. Da soll ja doch gleich –« Ärgerlich warf er das Schreiben auf den Tisch und fuhr sich mit beiden Händen in die Haare.

Mehr noch, als er selbst, war Kuni erschrocken. Eine Weile stand sie schweigend. Dann legte sie die Hand auf seine Schulter. »Karli? Gehst ungern fort?«

»Gern soll ich auch noch gehn!«, brummte er. »Ich bin mit Leib und Seel Soldat gwesen. Und hab noch allweil Freud und Lieb dazu. Aber wann's nur net jetzt grad wär! Grad jetzt!«

»Wie lang kann's denn dauern?«

»Unter vier Wochen wird's net abgehn.«

»Vier Wochen?« Kuni begann nachdenklich an der Lippe zu nagen.

Er aß ein paar Löffel Suppe und schob den Teller von sich. »Jetzt is mir der ganze Appetit vergangen!«

Gleich rückte sie den Teller wieder vor ihn hin und sagte freundlich: »Schau, essen musst doch a bissl ebbes! Jetzt wirst so wie so recht harte Zeiten kriegen.« Sie verließ die Stube und brachte eine Schüssel Rohrnudeln und eine irdene Raine, in der das Kraut noch schmorte. »Komm, lass Dir's schmecken!«

Karli begann zu essen, als gäbe es gegen so herzliche Mahnung keine Widerrede. Auch schien nach dem ersten Bissen der Appetit in ihm zu erwachen, so dass er loslöffelte, als hätte er den ganzen Tag gehungert.

Kuni hatte sich ihm gegenüber an den Tisch gesetzt, die Arme über die Eichenplatte gekreuzt, und so guckte sie ihm schweigend zu. Ihre roten Lippen waren unmutig vorgeschoben, und zwei kleine Furchen lagen zwischen den zusammengezogenen Brauen.

Keinen Blick verwandte sie von dem Gesicht des Burschen, und immer mehr verschärfte sich der wägende Ausdruck in ihren Augen. Nun huschte es hell über ihre Züge, wie der Abglanz eines innerlichen Lachens. Flink verschwand das wieder. Unter den zwinkernden Lidern wurden die Augen klein, und die winzigen Fältchen – die sich neben den Mundwinkeln wie Grübchen ansahen, wenn sie lachte – wurden länger und tiefer, ließen ihr Gesicht um Jahre gealtert erscheinen und gaben ihm einen müden Ausdruck. Nun huschte es wie Spott um ihren Mund. In den Augen blitzte etwas Funkelndes auf. Rasch erhob sie sich, als wäre sie in einer wohl zu erwägenden Sache zu einem Entschluss gelangt. Und langsam guckte sie nach der Tür – da draußen kam einer mit Gepolter ins Haus.

Während dieser stummen Minuten hatte Karli eine Nudel um die andere verschwinden lassen, die Krautschüssel geleert und dazu ein Gesicht geschnitten, als wäre ihm jeder Bissen eine gallige Bitterkeit.

Kuni legte ihm die Hand auf die Schulter, rüttelte ihn zärtlich und sagte lächelnd: »Jetzt kommt er, Dein Vater!«

6.

Der Pointner täppelte zur Tür herein und greinte: »Karli, was sagst! Is denn dös ebba wahr, dass d' einrucken musst? Grad beim Nachbar drüben hab ich erfahren, das sein Bub den Gstellungsbrief kriegt hat, und da hab ich mir natürlich gleich denken können – na, na, so was!« Er zog sich einen Stuhl an seines Buben Seite, tätschelte ihm das Haar und begann ein Lamentieren, dass es schließlich dem Burschen zuviel wurde.

»Jetzt hör amal auf, Vater! Dein Jammern kann ein' ganz verzagt machen!«, brummte er und rückte vom Stuhl auf die Bank. »Tust ja grad, als ob's bei mir schon ans Köpfen ging. In vier

Wochen habts mich wieder daheim, und bis ich erst amal drinsteck in der blauen Montur, da gwöhn ich mich bald wieder eini.«

»No ja«, begütigte der Alte, »aber sag, wann musst denn schon fort?«

»Morgen auf Mittag.«

»Was? So gschwind schon? Net amal an ganzen Tag mehr soll ich Dich haben?«

»Musst ihm halt den heutigen Abend noch recht schön machen!«, meinte Kuni. »Sonst kunnt er bei seine lustigen Kameradschaften in der Stadt drin leicht auf'n Pointnerhof und seine Leut vergessen.«

»Da hast recht, Kuni!«, fiel der Pointner ein. »Bist halt allweil die Gscheidere! Tummel Dich, her mit die Glasln! Und hol a paar auffi aus'm Keller, a paar Glaschen Süßen!«

Er hatte kaum ausgesprochen, da standen die drei Gläser schon auf dem Tisch. Karli drehte sein Schnurrbärtchen und blickte zerstreut zu Kuni auf, die ihm zublinzelte, als hätte sie ihm mit ihrem Vorschlag eine ganz besondere Wohltat erwiesen. Während sie flink aus der Stube lief, begann der Pointner aufs neue sein Jammern, das Karli mit einer Frage nach Götz unterbrach.

»Was? Is Dir leicht Dein Vater net Gsellschaft gnug?«, schmollte der Bauer. Aber gleich wieder lachte er. »hast schon recht! Wann's Dein' Abschied gilt, da därf der Götz net fehlen.«

Karli erhob sich und trat in den finsteren Hof hinaus. Er hörte ein leises Klappern. Das klang, als würde eine Pfeife ausgeklopft. Im Dunkel sah er die glimmenden Funken zur Erde fallen.

»Götz?«

»Ja?«

Karli ging auf den Knecht zu, der auf dem Brunnentrog saß. »Geh, jetzt komm a bissl mit eini in d' Stub! Heut musst mir noch trinken helfen, zum Abschied. Morgen muss ich fort, einrucken ins Manöver!«

»So? Haben s' Dich erwischt?« Götz lachte.

»Mir scheint, Dich freut's, dass ich fort muss?«

Götz hatte mit seiner Pfeife zu schaffen. »No, weißt, plagst Dich ja viel. Bauernarbeit macht steif. Da kannst Dich bei die Soldaten grad wieder a bissl ausgliedern, bis d' heimkommst zur Holzarbeit.«

»Deswegen wär's grad net nötig, dass ich fort müsst.« Karli reckte die kräftigen Arme.

»Gehst leicht net gern?«

»Wie nur so fragen magst! Du, hätt ich mir denkt, Du kunntst es wissen. Bist ja der einzig, dem ich's gstanden hab, dass mir d' Sanni gfallt.« Karli schwieg eine Weile; dann begann er in hast zu flüstern und erzählte von seinen nutzlosen Spaziergängen nach dem Binderholz. »Und jetzt, wo an unguter Zufall den weißbartigen Unfried einigschneit hat zwischen uns, jetzt soll ich fort? Und gern auch noch?«

Da legte der Knecht seine Hand auf Karlis Schulter. »Freuen tut's mich, weil gräder gwachsen bist im Gmüt, als ich selber denkt hab. Du kannst fort gehn ohne Angst. Bleib nur Du fest bei der Stang! D' Sanni is eins von die feinen Rüterln, die 's Ducken und 's Biegen leicht vertragen, bis wieder die Zeit zum Aufschnaufen kommt. Ah na, musst Dich net kümmern! Seit ich weiß, dass um Dich selber kein Sorg net 'z haben is –«

»Sorg? Um mich? Hätt ich am End d' Sanni schon vergessen sollen, weil ich s' a paar Wochen net gsehen hab? Aber musst mir halt auch a bissl helfen. Wann ich fort bin, kunnt's ja sein, dass Dir d' Sanni amal in Weg kommt. Und wann ihr da sagen tätst, dass ich einrucken hab müssen –«

»Sag's ihr selber! Morgen in der Fruh! So viel Kurasch wirst doch haben, dass Dich einitraust ins Bygotterhäusl? Und a paar Wörtln wirst wohl anbringen können, dass d' Sanni weiß, wie s' dran is.«

»Ja, Götz! Recht hast! Fressen wird er mich net gleich, der Alte!«

»No also. Und nacher schau Dir d' Sanni nur recht gnau an! Weißt, zur Wegzehrung für Deine vier Manöverwochen! Dass grad so wieder heimkommst, wie d' fort gehst. Schau, lass Dir's gsagt sein, Bub: Wann Dir in der Stadt drin so a Pflanzerl vor die Füß in d' Höh wachst auf'm Weg, lass d' Händ davon und denk ans Binderholz! D' Lustbarkeit is wie der Wein. Aber wie 's Quellwasser is d' Lieb. So a Krügl Wein leert sich gschwind, und hinterm Rausch kommt der schwere Kopf. Aber 's lautere Wasser is allweil der richtige Trunk, frisch und gsund. Und jetzt komm! Jetzt mach's mir selber Freud, dass ich auf Dein' Abschied a Glasl trinken kann.«

Karli schmunzelte halb vergnügt und halb verlegen, als ihn Götz mit rauher Zärtlichkeit zur Haustür schob.

Schweigend betraten sie den Flur und hörten aus der Stube ein helles Lachen.

Der Pointner saß vor dem Tisch im Lehnstuhl, hemdärmelig, die Füße mit den großen Filzpantoffeln behaglich ausgestreckt. Die linke Hand hatte er auf dem Bäuchl liegen, mit der rechten hielt er unter schlürfendem Zug das Weinglas an den Lippen. Kuni stand vor ihm, stellte ein geleertes Glas neben die Weinflasche, wischte mit dem Arm über den Mund und guckte kichernd zur Tür. Als sie hinter Karli den Knecht in die Stube treten sah, furchte sie die Brauen. Die Gesellschaft, die Karli mitbrachte, schien ihr nicht zu taugen. Aber sie nickte den beiden freundlich zu: »So, seids schon da? Jetzt ruckts nur gleich hintern Tisch! Grad a Glasl muss ich noch holen. Und was meinst denn, Bauer, soll ich net noch a paar Flaschen auffitragen?«

»Da hast recht! Bringst halt drei oder viere! Heut lass ich was aufgehn. Meim Karli z'lieb is mir gar nix z'viel.« Der Pointner griff nach der Flasche und füllte sein Glas.

Kuni hatte die Stube verlassen, und während Karli schon dem Vater gegenübersaß, stand Götz bei der Fensternische, in die er seinen Hut gelegt; sein sonst so ernstes Gesicht hatte noch immer das vergnügte, ein wenig spöttische Lächeln, mit dem er Kuni betrachtet hatte, als sie an ihm vorübergegangen war. Nun lachte er gar wie unter lustigen Gedanken halblaut auf.

»Was lachst denn?«, fragte der Pointner. »Is da ebbes zum lachen dran, dass ich mein' Buben gern hab?«

»Ah na, mich freut's grad, wie sich die Kuni tummeln kann, wann's a richtige Arbeit gibt.« Götz zog das Pfeifl aus der Joppe und näherte sich dem Tisch.

Der Pointner streckte sich und erwiderte befriedigt: »Gelt, siehst es bald selber ein, Du Thomas, Du ungläubiger! Aber natürlich, so a Heilige muss jeden Heiden bekehren.« Und da begann er Kunis Lob zu singen, sprach von ihrer Sauberkeit, von ihrer Ordnungsliebe, von ihrer flinken unermüdlichen Fürsorge und malte in grauslichen Farben das jammervolle Leben aus, das ihm in seiner ›verlassenen Einschicht‹ beschieden wäre, wenn ihm der liebe Herrgott nicht die Kuni ins Haus geschickt hätte. Und als sie mit Glas und Flaschen in die Stube kam, fragte er scherzend, ob ihr im Keller drunten nicht das Ohr geklungen hätte.

»Ja, is schon wahr! Ordentlich gsaust hat's mir!« Sie sah ihn mit blinzelnden Augen an.

»Was! Gleich gsaust hat's?«, kreischte der Pointner vergnügt, während er Kuni mit beiden Händen am Rock fasste. »Jetzt sagst mir aber gleich, auf was für einer Seiten?«

»Auf der linken natürlich! Gwiss habts recht gschimpft über mich?«

»Gschimpft! Was sagst, Karli? Natürlich! Gelt, Götz? Und wie gschimpft!« Der Alte platzte los, dass ihm die Backen dunkelrot anliefen.

Auch Kuni lachte, als sie die Gläser füllte. Plötzlich verstummte sie, zeigte ein ernstes Gesicht und griff nach ihrem Glas. »Jetzt is gnug mit die Dummheiten! Sonst möcht kein Mensch net glauben, dass 's heut an Abschied gilt. Geh, Bauer, nimm Dein Glasl und stoß mit an, dass Dein Karli nach vier Wochen a gsunds und glückseligs Heimkommen hat!«

»Bravo, Kuni, bravo!«, schrie der Pointner und hob das Glas. »Wann keiner ans Richtige denkt, Du hast allweil Dein gescheids Köpfl in der Höh! Also, Karli, komm her! Und leben sollst tausend Jahr, und gut soll's Dir gehen, und alles soll Dir geraten, was Dir einbildst, ja, und a Heimkommen sollst haben, a gsunds und glückseligs!« In Rührung stieß er sein Glas an die Gläser der anderen, verschüttete die Hälfte des Weines und goss den Rest mit hurtigem Ruck hinter die Zähne. Kuni und Karli lachten und tranken ihre Gläser leer. Götz nippte nur und schob das Glas vorsichtig in die Mitte des Tisches. Inzwischen hielt der Pointner schon wieder sein Glas der Kuni hin. »Mach weiter, schenk ein! An einzigs Glasl is mir z' wenig, wann's meim Buben sein Wohlsein gilt! Gelt, Bub, dös weißt, dass ich Dich gern hab! Und jetzt gehst fort, und vier Wochen soll ich Dich nimmer sehen!« die Stimme schlug ihm um; er schluckte.

»Aber Vater!«, stotterte Karli. »Was machst denn für Gschichten! Vier Wochen, dös is doch kei' Zeit net, dass man so an Aufheben drum macht!« Unmutig warf er einen Blick auf Götz, der an seiner Pfeife schmauchte und den dünnen Rauchwölkchen nachschaute, die er gegen die Decke blies.

»So? Vier Wochen, meinst, is gar kei' Zeit net?«, klagte der Pointner. »Natürlich, Du hast es lustig bei die Soldaten und bei der Manövergaudi! Aber ich! Ich muss daheim sitzen in der Einschicht –«

»Da, nimm Dein Glasl und trink!«, mahnte Kuni, während sie dem gerührten Alten das neu gefüllte Glas unter die Finger schob.

»Was machst denn beim Buben so an traurigen Abschied her! A lustige Stund musst ihm schaffen, dass ihm ’s Fortgehn schwerer ankommt und dass ’s ihn lieber wieder zruck zieht in d’ Heimat!«

»Ja, Kuni, hast recht! Sollst gleich leben auch!«, rief der Pointner, wischte sich mit der Linken den Schimmer seiner Rührung aus den Augen und hob mit der Rechten das Glas. »Lustig, lustig, sag ich! Lustigkeit is allweil besser als Traurigkeit. Ja, Karli, dös musst Dir merken! Drum lass Dir nix abgehn! Geld gib ich Dir mit, so viel, als d’ magst. Und wann d’ heimkommst, da kannst von mir haben, was Dir einbildst. Und wann d’ meinst, es wär an der Zeit, so lass ich Dir gleich den Hof zuschreiben, dass ich amal mein’ Fried hab. Und da kannst Dir eine aussuchen, wie ’s Dir taugt. Aufs Geld brauchst net schauen, bloß aufs Gemüt. Ja, such Dir nur recht a saubere, die a Gsichtl hat, dass man gleich eini beißen möcht!« Dabei streckte er die Finger nach Kunis Wange, als hätte er seinem Buben zeigen wollen, welch eine Art von ›Gsichtl‹ er im Sinn hatte. Dass Kuni unwillig vor ihm zurückwich, das schien ihn nicht zu bekümmern. Behaglich ließ er sich in den Lehnstuhl zurücksinken und streckte die Füße.

Jetzt hatte auch Karli seine gute Laune wieder gefunden. Mit leuchtenden Augen lachte er den Vater an und hielt ihm das volle Glas entgegen.

»Gelt, jetzt kannst herheben!«, kicherte der Pointner. »Aber hast schon recht! Komm, stoßen wir mitanander an in Lustigkeit! Und leben sollst, Du Sakra-Soldat! Und grad freuen tut’s mich, dass ich Dich morgen wieder amal aanschauen kann in der blauen Montur! Ich bin ja selber amal Soldat gwesen, drei Monat lang, bis mir mein Vater selig an Ersatzmann kauft hat, weil er gmeint hat, dass mir ’s Heiraten besser taugt als ’s Exerzieren! Aber die drei Monat! Uiiiii! Kreuzfaxen!« Er leerte sein Glas, schnalzte mit den Lippen, und dann sprudelten ihm die schnurrigen Erinnerungen an seine kurze Soldatenzeit in langer Reihe über den redseligen Schnabel.

Lächelnd hörte Karli dem Vater zu; manchmal, wenn der Alte gar zu handgreiflich aufschnitt, reizte der Sohn noch durch zweifelnde Einwürfe die Phantasie des Erzählers. Dabei gerieten die beiden in einen Disput über das Soldatenleben von einst und jetzt. Als Karli dem Vater, der die gute alte Zeit verteidigte, mit dicken Trümpfen auf den Leib rückte, suchte der Pointner Hilfe bei Götz: »So red doch auch amal a Wörtl! War's ehnder net besser und lustiger? Du bist doch auch Soldat gwesen in meiner Zeit! Bei was für eim Regiment bist denn gstanden?«

»Beim achten.«

»No also! Jetzt red!«

Das Gesicht des Knechtes hatte steinerne Züge. »Lass mich in Ruh! Mein Denken geht auf morgen und auf d' Arbeit. Wie kunnt ich an Zeugen machen für so an Unterschied? Ich weiß, wie's früher gwesen is, aber net, wie's heutigentags zugeht bei der Militari.«

»Jesses na, Du Essighafen, Du alter! Bei jedem Wörtl treibst es, als ob mit Gewalt ebbes hergeben müsstest, was gern bhalten tätst.«

Der Pointner lachte über seinen Spaß. Und Götz, der sich mit seiner Pfeife zu schaffen machte, atmete tief. Als er aufsah, begegnete er einem forschenden Blick aus Kunis Augen. Da fuhr es ihm heiß über die Stirn. Kuni verzog die Mundwinkel und beugte sich über die Näharbeit, mit der sie sich an des Pointners Seite zum Tisch gesetzt hatte. Götz hielt die Augen auf das Mädel geheftet; es war etwas halb Furchtsames, halb Feindseliges in seinem Blick, der allmählich einen seltsam verlorenen Ausdruck bekam; Götz mochte mit seinen Gedanken irgendwo sein, nur nicht am Tisch bei diesen drei anderen, am wenigsten bei dem rastlosen Geplapper des Pointners. Der schwatzte unermüdlich, und je eifriger er dem Glas zusprach, desto rosiger wurde seine Stimmung. Sich im Lehnstuhl dehnend, klatschte er die Hände ineinander: »Was? Geht's bei uns net lustig zu? A schöners Leben kann's nimmer geben als wie im Pointnerhof! Und da soll mir noch amal einer sagen, dass bei uns der Unfried daheim is!«

Kuni lachte trocken, zog die Unterlippe zwischen die Zähne und beugte sich über ihre nicht allzu emsige Nadel.

Auch Karli lachte. »Geh, Vater, was redst denn da? So ebbes sagt ja doch kein Mensch net!« Er blickte verwundert auf Götz, der sich erhoben hatte. »Was is denn? Sag? Du wirst Dich doch net schon schlafen legen?«

»Für mich is lang schon Zeit! Morgen muss ich bezeiten ins Holzerfeld. Da geht ich gern a bissl ehnder fort, dass ich wieder daheim bin, bis d' reisen musst. Gut Nacht mitanand.« Götz hatte den Hut aus der Fensternische genommen.

»Aber so bleib doch noch a bissl sitzen!«, grollte Karli. Hinter Götz hatte sich schon die Tür geschlossen.

»Lass ihn halt, wann er net bleiben mag, der Leimlippl, der langweilige!«, schalt der Pointner, während Kuni sich aufrichtete, als wäre sie von einem unbehaglichen Druck befreit.

Karli runzelte die Stirn. »Geh, Vater, schimpfen musst net auf 'n Götz! Er plagt sich gnug für uns. Da kann man sich sein bissl Eigenheit schon gfallen lassen.«

»No ja, is ja recht! Wir drei mitanand sind gnug zum Lustigsein! Gelt, Kunerl? Jetzt grad mit Fleiß! Jetzt bin ich grad recht lustig!«

Kuni schien die Worte des Bauern überhört zu haben. Mit nachdenklichem Blick hing sie an der geschlossenen Tür. Nun wandte sie das Gesicht gegen Karli; die Frage, die ihr auf der Zunge zu liegen schien, kam nicht über ihre Lippen; schweigend duckte sie den hübschen Kopf in den Nacken, zog die Schultern in die Höhe und beugte sich über ihre Arbeit.

Der Pointner stellte das geleerte Weinglas auf den Tisch und fuhr mit beiden Händen auf Kuni los. »Jetzt hör amal auf mit Deiner ewigen Stichlerei!«

»Aber, Bauer«, lachte Kuni, deren nachdenkliche Stimmung verflogen war, »Du hast mich doch net in Dienst gnommen zum Muckenfangen?«

»Nix da! Jetzt heißt's lustig sein! Weiter amal mit dem Glump!« Dabei haschte der Pointner Kunis Arm und suchte ihr die Näharbeit zu entreißen.

Kuni wusste sich ihm lachend zu entwinden, und um dem Armbereich des Alten zu entkommen, rückte sie dicht an Karlis Seite, der ihre Partei mit den Worten ergriff. »Aber so lass doch 's Madl schaffen, wenn's schaffen will!«

»Natürlich, da hat man's wieder!«, kreischte der Pointner. »Dös is doch gwiss, dass die Jungen allweil zammhelfen gegen an jeden, der in die verstandsamen Jahr is. Aber vorderhand bin ich noch der Herr im Haus. Und drum sag ich Dir's, Kuni, jetzt tust, was ich haben will, und da hockst Dich her und unterhaltst Dich mit mir, oder –« Schwerfällig erhob er sich und machte Miene, der Kuni in ihren Fluchtwinkel nachzurücken.

Sie warf ihr Nähzeug in die Fensternische und lachte: »Ja, ja, in Gottes Namen, ich tu Dir schon Dein' Willen! Aber niedersetzen musst Dich und musst mir mei' Ruh lassen!«

»No also, nacher is recht! Und da ruckst jetzt her!« Der Pointner ließ sich in seinem Lehnstuhl zurücksinken, und vor Freude darüber, dass er seinen ›verstandsamen‹ Willen durchgesetzt hatte, glänzten ihm die runden Backen. Er hub sein Kichern und Schwatzen an, leerte ein Gläschen ums andere, erzählte Schnurren über Schnurren und stritt sich über die Wahrheit seiner Geschichten bald mit Karli und bald mit Kuni, die unermüdlich die Gläser füllte und Karlis Glas mit besonderer Aufmerksamkeit bedachte; dazu scherzte und plauschte sie, dass nicht nur der Pointner in

Seligkeit zerfloss, sondern auch Karli an ihrer lustigen Art Gefallen fand. Die Unterredung mit Götz hatte die Sorgen seines Herzens beschwichtigt, der schwere süße Wein hatte ihn munter gemacht, und so gab er sich lachend der lustigen Gegenwart hin, die ihn des bevorstehenden Abschiedes vergessen ließ. Als ihn eine Wendung des Gespräches an den kommenden Tag erinnerte, fuhr er sich mit beiden Händen ins Haar und grollte: »Gwiss wahr, grad schad is, dass ich fort muss morgen!«

Kunis Augen glänzten auf. Der Pointner aber schlug die Fäuste auf den Tisch und lallte mit schwerer Zunge: »Gelt, siehst es ein, wie's daheim gut und schön is? Aber da kommt man in d' Stadt, reißt 's Maul und d' Augen auf, und bei der Manövergaudi denkt keiner von die Loder mehr an die armen, verlassenen Eltern, die sich daheim hinkümmern müssen.«

»Jesses na! Weil Du Dich so viel kümmern musst!«, lachte Karli. »Und bildst Dir am End ein, dass man an gar nix anders zum denken hätt als wie an Dich?«

»Ja, an gar nix sonst, als wie an mich!«, schrie der Pointner. »Ich bin d' Hauptperson, verstehst mich! Und z'erst komm allweil ich, und nacher kommt lang nix mehr.«

»Geh, gib Dich zfrieden, der Karli denkt schon an Dich!«, suchte Kuni den Alten zu beschwichtigen. Ein heiteres Zucken ging um ihren Mund. »Und wann's Dir gar so um seine Gedanken z'tun is, nacher muss halt ich mich a bissl drum sorgen, dass er auf'n Pointnerhof net vergisst.«

»Was? Was?«, lallte der Pointner, während Karli verwunderte Augen machte.

»Ja, weißt, ich gib ihm ebbes mit, dös ihm seine Gedanken verzaubert, dass er an gar nix anders nimmer denken kann, als wie an daheim.«

»An Andenken?«, staunte der Pointner, dem nach allem verschluckten Wein das Denken bereits zu einer schwierigen Arbeit wurde. Unsicher nahm er das Glas, begoss sich die Brust, und während er die Weste wieder trocken zu legen suchte, streckte er sich und gähnte mit offenem Mund.

Karli fragte in Neugier: »Geh, Du, sag, was wär denn dös für an Andenken? Dös so a Kraft hat? Ah na! Du machst ja nur an Gspaß! Sonst tätst net so spöttisch lachen dazu!«

»Meinst?« Kichernd zog Kuni die Unterlippe zwischen die weißen Zähne und streifte das verdutzte Gesicht des Burschen mit einem übermütigen Blick ihrer dunklen Augen.

»Geh weiter! Wann so ebbes Seltsames haben tätst, da tätst es mir net geben!«

»No, wer weiß, wann d' recht brav bist?« Sie lachte ihn so eigen an, so wohlwollend fidel, dass Karli nicht mehr wusste, ob er die Sache ernst oder scherzhaft nehmen sollte.

Er schien sich für das letztere zu entschließen, puffte seinen Ellenbogen an Kunis Arm und brummte: »Geh, Du! Kannst nix als d' Leut zum Narren halten!«

Ein rasselndes Geräusch ließ die beiden aufblicken. Der Pointner hielt die Hände über dem Ränzl gefaltet, lag ausgestreckt in seinem Lehnstuhl und schnarchte, dass ihm die Nasenflügel zitterten.

»Du, da schau, Dein' Vatern hat's ummigriffen!«, kicherte Kuni.

»Aber gschwind hat's ihn ghabt! Dös gache Einischlucken vertragt er net.«

»Geh, tu net so laut, lass ihn halt schlafen!«, wisperte Kuni, während sie flink den Kork von der letzten, noch vollen Flasche nahm, um Karlis Glas zu füllen.

»Was machst denn? 's letzte Flaschl hättst nimmer anreißen brauchen! Ich hab schon gnug.«

»A Mannsbild, wie Du, kann ebbes vertragen. Und auf gute Freundschaft müssen wir doch mitanand anstößen. Dös tät mich kränken, wann fortgehn tätst, ohne dass a Glasl auf mein Wohl trunken hast.«

Er stieß mit ihr an und leerte sein Glas.

»So lass ich mir's gfallen!«, nickte sie und griff nach der Flasche. Während sie einschenkte, rückte sie dicht an seine Seite. »Ja, Du, was ich sagen will –« Kichernd berichtete sie, was seit einigen Tagen die Leute im Dorf von der Huberkathl tuschelten, von der Tochter des Nachbarn. Er lachte zu der Geschichte, obwohl er sie bereits kannte. Gleich wusste Kuni wieder was anderes zu erzählen. So plauschte sie mit verhaltener Stimme weiter. Geduldig ließ er es geschehen, wenn sie ihn dabei in ihrer gewohnten Weise neckte, bei der Nase fasste oder ins Ohrläppchen kniff. Wenn er über eine ihrer Geschichten gar zu laut lachte, packte sie ihn am Schopf und drückte ihm die Hand auf den Mund. Im eifrigen Plaudern legte sie ihren Arm auf seine Schulter. Einmal strich sie ihm das Haar aus der feuchten Stirn und kicherte: »Is Dir denn gar so warm?«

Er lächelte harmlos. »Ha na! Dös grad net! Aber –« Was er mit diesem ›aber‹ hatte sagen wollen, brachte er nicht heraus, weil die Schwarzwälder Uhr sich mit einem mahnenden Schlag vernehmen ließ. Erschrocken fuhr Karli auf. »Jesses! Eins hat's gschlagen! Und morgen soll ich raus in aller Fruh! So kurz is mir schon bald an Abend nimmer gwesen!« Hastig schob er sich hinter dem Tisch hervor und streckte die Glieder.

Langsam erhob sich Kuni. Sie lächelte leis und duckte den Kopf zwischen die runden Schultern.

Karli rüttelte den Alten am Arm. »Vater! Tu Dich schlafen legen! Eins hat's geschlagen.« Der Pointner rührte sich ein wenig, lallte mit schwerer Zunge und schnarchte weiter. Karli wollte die Weckversuche von neuem beginnen.

Da schob ihn Kuni vom Lehnstuhl fort. »Ich schau schon, dass er einikommt ins Kammerl.«

»No, da kannst noch a schöne Plag haben!« Karli wandte sich lachend zur Tür. Als ihm auf der Schwelle die kühle Luft des offenen Flures entgegen strich, hob er den Arm an die Stirn.

»Was hast denn?«, fragte Kuni.

»Den Wein fang ich a bissl zum spüren an.« Er zog, in den Flur hinaustretend, hinter sich die Tür zu. Da vernahm er aus der Stube die greinende Stimme des Vaters. Ein paar Stufen stieg er die Treppe hinauf, kehrte wieder um und tastete sich in die Küche, um einen Trunk frischen Wassers zu nehmen. Als er wieder in den Flur zurückkehrte, meinte er Kunis zornige Stimme zu hören. Neugierig steckte er den Kopf in die Stube und sah, wie das Mädel aus der Kammer des Pointners trat und die Tür zudrückte. »Was is denn?«

»Ah mei, Dein Vater! A bissl z'viel hat er halt!«, erwiderte Kuni ärgerlich.

»No freilich hat er z'viel!« Karli trat in die Stube, reckte die Arme und setzte sich, wie von Müdigkeit befallen, wieder an den Tisch.

Kuni hatte zwei Talglichter angezündet. Nun brachte sie die beiden Leuchter, und während sie den einen in der Hand behielt, schob sie den andern vor Karli hin und blies die Flamme der Hängelampe aus. »Da hast Dein Licht! Ich leg mich schlafen derweil. Aufräumen kann ich morgen in der Fruh auch noch.« Ihre Stimme hatte heiseren Klang. »Gut Nacht also!«

»Gute Nacht, Kuni! Aber was is denn mit dem Andenken, dös mir versprochen hast?«

Da blitzten ihre Augen. Lautlos trat sie vor Karli hin, fasste ihn zärtlich an den Haaren, beugte das Gesicht zu ihm nieder und wisperte: »Was mit dem Andenken is? Droben hab ich's in meim Stüberl! Musst halt nachfragen, wann ich's grad bei der Hand hab.« Flink huschte sie zur Stube hinaus.

Karli guckte verdutzt dem Mädel nach. Dieser Abschied erschien ihm sonderbar. Aber Müdigkeit und Wein hatten ihm den Kopf so schwer gemacht, dass er keine Lust zum Rätsellösen verspürte. Und wenn er sich schon Gedanken machen wollte, hatte er an ganz andere Dinge zu denken als an die ›Dummheiten‹ einer Magd. Seufzend streckte er die Füße, verschlang die Hände hinter dem Nacken, lehnte den Kopf an die Mauer und sah in den flackernden Schein der Kerze.

Er dachte an den kommenden Tag und überlegte, wie er seinen Entschluss, Sanni zu sprechen, am besten verwirklichen könnte. Selbstverständlich würde er schon am frühen Morgen die blaue Montur anlegen. Erstens stand sie ihm gut; zweitens musste Sanni, wenn er sie nur sehen sollte, ohne sie sprechen zu können, aus seinem Gewand den Zweck seines Besuches erraten. Das war aber nur ein angenommener Fall. In seiner rosigen Hoffnungslosigkeit war er der festen Überzeugung, dass ihm alles nach Wunsch gelingen musste. Er hörte sich schon in einem Waldversteck mit Sanni plaudern und legte sich in Gedanken zurecht, was er sagen müsste, damit sie beide vor dem Abschied doch wüssten, wie sie miteinander daran wären. Mit dem Bygotter würde es reichlich noch ›schieche Sachen‹ absetzen – so schwante ihm. Aber leicht würde er mit dem eigenen Vater ins reine kommen. Der Pointner konnte es kaum erwarten, dass er den Hof an seinen Buben los wurde. Und dass dem Pointner die Sanni als Schwiegertochter wie keine andere gefallen musste, darüber war Karli mit sich im klaren. Seiner Meinung nach gab es auf der weiten Gotteswelt kein weibliches Wesen, das so wie Sanni die Ansprüche des Pointners deckte: ›A richtigs Gmüt und a Gsichtl, dass einer gleich einibeißen möcht!‹ Kein Wunder, dass er in den Träumen des Halbschlummers, der ihn anhauchte, seinen und Sannis Namen von der Kanzel verkünden und die Hochzeitsgeigen klingen hörte! Was sich weiter noch träumen ließ, das nahm er hinüber in den tiefen Schlaf, in den er, trotz seiner unbequemen Lage auf der harten Holzbank, mit lächelndem Behagen hineingeduselt war.

Stille Minuten vergingen. In der Stube die gleichmäßigen Atemzüge des Schlafenden, die leisen Pendelschläge der Wanduhr und das Ticken eines Holzwurmes. Die Kerze brannte nieder; endlich erlosch sie, und die Glut des Dochtes verqualmte in einem dünnen Rauchfaden. Da knarrte draußen die Treppe. Durch das Schlüsselloch der Tür fiel ein dünner Lichtstreif; nun verschwand er wieder. Mit sachtem Knirschen rührte sich die Klinke, und die Tür ging auf, in ihren Angeln ein bisschen pfeifend.

Karli erwachte. Hatte er den morgen verschlafen? War es der Schein der Sonne, was ihm die zwinkernden Augen blendete? Erst als er sich aufrichtete, merkte er, was los war. Kuni stand vor ihm, in der Hand den Leuchter mit brennender Kerze. Ein kurzer, roter Unterrock schwankte um ihre Knie und zeigte die nackten Füße. Den hübschen Kopf ein wenig zur Seite geneigt, stand sie halb ärgerlich, halb verlegen da, während das rotbraune Haar, das ihr lang um die Schultern hing, in metallenem Schimmer glänzte.

»Was is denn?«, stotterte Karli.

»Merkst es net, Du Dapperl?«, Kuni lächelte. »Eingschlafen bist, daherunt in der Stuben, schau, und ’s ganze Licht is ausbrennt.«

»No mei, dös macht ja nix!« Seine Augen huschten scheu über die Gestalt des Mädels.

»Machen tut’s freilich nix!«, wisperte Kuni, während sie flink nach der Kammertür guckte, hinter der man den Pointner schnarchen hörte. »Aber droben hättst a bessers Schlafen, als wie daherunt auf der harten Bank! Ich hab mir’s gleich denkt, wie ich Dich so lang net kommen hab hören. Wie hast Dich denn so versitzen können? Geh, Du Schlafkappen!« Kichernd streckte sie die Hand, mit der sie die Falten des Hemds dicht am Hals zusammengehalten hatte, und haschte den Burschen scherzend beim Schnurrbart.

Karlis Augen wurden heiß. »Kuni!« Er umklammerte ihren Arm und drückte ihn an seine Brust.

Sie taumelte halb auf seinen Schoß, war für einen Augenblick mit dem linden, heißen Mädchenkörper gegen den Zitternden hingepresst und stammelte wie erschrocken: »Aber Bub, was hast denn? Sei doch gscheit!« Während sie mit nicht allzu ernster Anstrengung ihren Arm zu befreien suchte, streckte sie den andern Arm mit dem Licht zur Seite und drückte, als wäre ihr bang vor Karlis drohenden Küssen, den Kopf in den Nacken.

Da öffneten sich Karlis Hände. Betroffen sah er an Kuni vorüber auf die weiße Kalkwand. Dort bewegte sich der große Schattenriss eines Gesichtes. Diese harten Züge glichen nicht dem hübschen Kopf der Kuni, sie glichen dem steinernen Schädel des Götz. Und Karli meinte: Die Mauer wäre von Glas, und Götz stünde in der Nacht da draußen, riesenhaft, mit finsterem Gesicht. Und während er das Unbegreifliche sah, klangen in seinem Ohr die Worte, die Götz im Hof zu ihm gesprochen hatte. Und da waren auch Sannis Augen gleich dabei.

Verblüfft stand Kuni vor Karlis wunderlichem Gebaren, das sie nicht zu deuten wusste. Nun drehte sie, der Richtung seiner Blicke folgend, den Kopf. Jene warnenden Züge an der Mauer verschwanden zu einem formlosen schwarzen Schatten.

Aufatmend wandte Karli das brennende Gesicht. Seine Stimme hatte rauhen Klang. »Geh weiter! Ich bin schon munter jetzt und find mei' Liegerstatt allein!« Er ging zur Tür.

Kuni verfärbte sich. Ein jäh erwachender Hass sprühte aus ihren Augen. Eine Sekunde nur, und jede Spur von Erregung war von ihrem Gesicht verschwunden. Nur ein wenig Verwunderung sprach aus ihrer Stimme, als sie lächelnd fragte: »Was bist denn auf amal so grob? Da hätt doch eher ich an Grund dazu. Völlig weh tut mir mein Arm. Du bist einer!«

Karli sah noch, wie sie das Haar zurückschüttelte in den Nacken. Dann zog er hinter sich die Tür zu. Es war auch höchste Zeit, dass er aus der Stube kam. Die lauten Worte, die Kuni gesprochen, hatten den Pointner aus dem Schlaf geweckt. Karli konnte noch die brummende Stimme des Vaters hören, und es war ihm, als ginge die Kammertür.

Er stieg über die Treppe hinauf, tappte sich durch die Finsternis in sein Stübchen, warf die Kleider ab und steckte sich auf sein Lager. Wirre Gedanken schossen ihm durch den Kopf. Dann wieder lauschte er. Minute um Minute verstrich, ohne dass er Kuni über die Treppe heraufkommen und ihre Kammer betreten hörte. Ärgerlich drehte er sich gegen die Wand und versuchte zu schlafen.

Was hatte er denn überhaupt an die Kuni zu denken? Er hätte sich ohnehin die Ohren aus dem Kopf reißen mögen vor Unmut darüber, dass sein Blut einen Augenblick die Oberhand über sein Herz hatte gewinnen können. Nun fiel ihm wieder jener seltsame Schatten ein. Weil er nicht wusste, wie er sich die Sache erklären sollte, musste der ›gute Schutzengel‹ herhalten, der ihm das eingegeben hatte, was er dem wunderlichen Bild gegenüber empfunden. Ob er wohl auch ohne diese freundliche Assistenz seines Schutzengels der Versuchung Herr geworden wäre? Ach, was – aufs Überstehen kommt's an. Der liebe Heiland ist auch nicht ohne Versuchung geblieben. Das beruhigte ihn, und ungestört konnten seine Gedanken an dem Häuschen im Binderholz vorüber in eine glückselige Zukunft wandern. Dem Pointner-Karli war in dieser schmunzelnden Duselstunde etwas Wohliges in der unbelasteten Christenseele. Das Sündigen kann ja unter Umständen eine sehr nette Sache sein. Aber nicht gesündigt zu haben, ist zuweilen noch viel schöner.

7.

Der Morgen graute vor dem kleinen Kammerfenster, als Karli durch ein Pochen an der Tür geweckt wurde. »Ja? Was is denn?« Er rieb sich die Augen.

Götz streckte den Kopf herein. »Ich bin's! Guten Morgen! Gelt, versäum Dich net!« Ohne eine Antwort abzuwarten, zog er die Tür wieder zu, um seiner Arbeit nachzugehen.

Eine Viertelstunde später war Karli fertig. Wenn er meinte, dass ihm die Uniform der Schweren Reiter nicht übel stände, so war das keine ungerechtfertigte Eitelkeit. Das lichte Blau mit den hochroten Aufschlägen passte prächtig zu seinem frischen, sonnverbrannten Gesicht mit dem sauber gescheitelten Braunhaar. Der knappe Waffenrock gab ihm eine stramme Haltung und hob den Wuchs seines kräftigen Körpers. An dem Tuch war kein Stäubchen, und alle Knöpfe funkelten. Karli warf noch einen letzten zufriedenen Blick in den kleinen Spiegel, setzte achtsam die steife Mütze übers Haar und stapfte sporenklirrend zur Kammertür hinaus. Es ist nicht zu leugnen: Er fühlte sich ein bisschen als Held. An Kunis Stübchen war die Tür offen, und man sah das leere Bett. Karli zog verwundert die Brauen auf; sonst war die Kuni doch keine Freundin von frühem Aufstehen. Unbehaglich war ihm der Gedanke, dass er das Mädel drunten im Flur oder im Hof treffen würde. Ganz erspart konnte ihm die Begegnung freilich nicht bleiben; aber wenn es schon sein musste, dann wenigstens später, nur jetzt nicht, wo er es so eilig hatte, hinaus ins Binderholz zu kommen. Er atmete erleichtert auf, als er den Zaun erreichte, ohne Kuni gesehen zu haben. Wo sie nur stecken mochte? Aber was kümmerte das ihn? Er pflückte, als er am Garten vorüber kam, eine feuerrote Nelke, steckte sie hinters Ohr und wanderte in den schönen Morgen hinaus.

Über dem weiten Tal lag noch das zarte, glanzlose Frühlicht. Die Nebel der Nacht waren schon in Luft zerronnen; nur aus feuchten Wiesen stiegen noch einzelne Streifen und schwebten langsam gegen den steilen Bergwald, über dem auf allen kahlen Felsen schon der rosige Widerschein der steigenden Sonne glühte. Immer tiefer senkte sich der helle Glanz dem Tal entgegen, und als Karli den Wald betrat, blitzten schon die ersten Goldstrahlen durch die Wipfel der leise rauschenden Bäume.

Lautlos schritt er über den moosigen Weg. Kleine Vögel flatterten vor ihm auf, und rings um ihn her war ein vielstimmiges Wispern und Zwitschern. Im tieferen Hochwald gurrte eine wilde Taube, und vom nahen Berghang hallten die Schläge einer Axt. Jetzt traten die Bäume auseinander, und zwischen den braunen Stämmen gewahrte Karli den hohen, dicht gefügten Zaun, der das Besitztum des Bygotters umzog. Unschlüssig blieb er eine Weile stehen, dann ging er auf das Tor zu. Es war von innen verriegelt. Mit beiden Händen rüttelte er, die Bohlen rührten sich nicht. Er lauschte. Aus Haus und Hofraum war kein Laut zu vernehmen. Ratlos guckte Karli herum. Beim Anblick einer alten, bis zur Erde belaubten Buche fand er einen helfenden Gedanken. Doch seine Augen glitten mit Besorgnis über die saubere Montur. Schließlich siegte die Sehnsucht über die ›Propridöt‹, und mit raschen Griffen zog er sich an der Buche über Äste und Äste bis zur Krone hinauf, deren Laubwerk ihn verbarg und ihm doch genügenden Ausblick gewährte. Am Haus, dessen Tür geschlossen war, vermochte er nichts Auffälliges zu beobachten. Inmitten der Wiese aber bemerkte er was Neues und Seltsames. Ein großer, viereckiger Raum war vom Gras befreit, mit feinem Sand glatt überdeckt und von weißen, eng nebeneinander in die Erde gesteckten Stäben umgrenzt, die gegen das Haus einen schmalen Durchgang ließen. In diesem Raum erhob sich ein tischartiger Aufbau aus sorgsam aneinander gefügten Steinbrocken, über denen eine roh behauene Felsplatte ruhte, in der Mitte wie von Ruß geschwärzt.

Während Karli noch das seltsame Ding beschaute und erfolglos sann, wozu es dienen könnte, öffnete sich am Haus die Tür, und der Bygotter trat auf die Schwelle.

»Ah, Narr! Was is denn jetzt dös für an Aufzug?«, murmelte Karli, als er des Alten ansichtig wurde.

Der trat ins Freie, während seine unheimlichen Augen den Hofraum überflogen. Leicht rührte sich im Wind sein mächtiger, silbergrauer Bart, der sich in der Farbe nur wenig von der absonderlichen Kleidung abhob, die der Bygotter trug. Von den eckigen Schultern hing ihm, aus gebleichter Leinwand gefertigt, bis auf die Knie ein Gewand herunter, das halb einem Talar und halb einem Fuhrmannshemd glich; die Ärmel reichten den dunkelbraunen fleischlosen Armen kaum bis an die Ellbogen. Um die Beine schlotterte ihm eine weite Hose von gleichem Stoff. Die Füße waren nackt, und statt eines Hutes trug er eine weiße Binde, die um den Kopf gebunden war.

Wäre Karli bibelkundiger gewesen, als er war, ihm hätte beim Anblick des Alten jene Stelle aus dem Buche des Propheten Hesekiel einfallen müssen, an der es von den Leviten, den Söhnen Zadoks, heißt: ›Sie sollen zu meinem Heiligtum kommen und sollen meinem Tisch nahen, mir zu dienen und meinen Dienst zu besorgen. Und wenn sie eingehen in die Tore des inneren Vorhofs, sollen sie leinene Kleider anziehen, und nicht soll Wolle an sie kommen, während sie mir dienen. Leinene Kopfbinden sollen auf ihrem Haupt sein, und leinene Beinkleider an ihren Lenden.‹

So wunderlich auch der Bygotter anzusehen war, Karli verlor doch alles Interesse an ihm, als Sanni hinter dem Alten aus der Haustür trat. Heftig fing ihm das Herz zu pochen an, und fast hätte er auf seinem lustigen Sitz den Halt verloren, so hastig reckte er sich, um im Laub eine Lücke zu finden, die ihm einen ungeschmälerten Anblick der Geliebten gönnte. Sie schien, seitdem er sie nicht mehr gesehen hatte, größer und voller geworden. Trotz des ärmlichen Kleides, das sie trug, meinte er sich was Schöneres nicht denken zu können, als das liebe, feine Mädel da drüben. Und es schnitt ihm in die Seele, als er ihr Gesicht so blass und traurig sah. Und was hielt sie denn nur auf dem Arm? Das sah sich an wie eine hölzerne Schüssel. Und in der anderen Hand? Das war ein Bündel aus Holzspänen und kleinen Scheiten. Nun folgte sie mit gesenktem Kopf dem Vater, der sich jenem Geviert in der Wiese näherte. Der Bygotter hielt vor den weißen Stäben, nahm Schüssel und Späne aus Sannis Händen und gab ihr in hartem Ton eine Weisung. Verschüchtert blickte sie zu ihm auf und kniete außerhalb des umhegten Raumes auf den Boden nieder. Ihr Vater trat in das Sand bestreute Geviert, schichtete über der Felsplatte aus den Spänen und Scheiten einen kleinen Stoß und steckte ihn auf eine seltsame Weise in Brand. Als die Flammen züngelten, goss er unter murmelnden Worten den Inhalt der hölzernen Schüssel in das Feuer.

Karli, dem der leichte Wind den Rauch entgegen trieb, glaubte den Geruch von verbranntem Fett zu spüren. »Mar' und Josef! Mir scheint ja gar, der tut an Opfer halten? Ganz nach'm alten Testament!« Er sah mit großen Augen zu, wie der Bygotter sich vor dem Steinbau niederwarf und die Stirn auf die Erde drückte. Als auch Sanni mit sichtlichem Widerstreben dem Beispiel des Vaters folgte, ballte Karli die Faust. »Meintwegen kunnt er treiben, was er mag! Wann er nur dös arme Madl aus'm Spiel lassen tät!«

Da richtete der Alte sich wieder auf. Mit starren Augen zum sonnigen Himmel blickend, breitete er die Arme.

»Der ganze Abraham! Bloß der Hammel geht ihm noch ab!«

Karli vernahm die rauhe, rollende Stimme des Bygotters, der mit leidenschaftlichen Lauten empor sprach in die Lüfte: »Im wehenden Rauche, Herr, steigt mein Gebet zu Dir hinauf. Lass mich Deine Stimme wieder hören, dass ich den Weg finde, so der Weg Deines Willens ist. Ich bin Dein Knecht. Du willst nicht, dass ich mich umsonst gemüht habe und meine Kraft vergeudet um nichts. Sende mir den Schall Deines Mundes, auf dass ich ausgehe, die Finsternis zu zerstreuen! Mache meine Zunge gleich scharfem Schwerte, und mit den Schatten Deiner Hand bedecke mich!«

So unbehaglich es Karli um Sannis willen zumut war, jetzt musste er sich Gewalt antun, um nicht laut zu lachen. Es lag nicht in seiner Natur, weiter zu denken, als Ohr und Auge reichten. Sonst hätte er das unheimlich Drohende empfinden müssen, das aus diesem Vorgang redete. Auch mit dem Sinn der Worte, die er hörte, machte er sich wenig zu schaffen. Sie waren eben sinnlos für ihn. Und das Äußerliche dieser Sprache hatte etwas von dem lächerlichen Pathos und dem kauenden Ton, mit dem ein schwerhöriger Bauer, für dessen Zunge das Hochdeutsch eine Arbeit bedeutet, seinem frommen Herzen in einsamer Sonntagsstunde eine Seite aus dem Gebetbuch vorliest.

Als der Bygotter verstummte, bleib er regungslos mit ausgebreiteten Armen stehen und starrte in die Höhe, als erwarte er eine Stimme aus den Lüften oder ein Zeichen am Himmel. Dann riss er, wie in ausbrechender Wut, am Hals sein Gewand entzwei, schlug mit den Fäusten die entblößte Brust und schrie: »Er hört mich nicht! Will nicht hören das Rufen meiner Seele! Nicht riechen den Rauch meines Brandes! Nicht sehen die Flamme meines Feuers! Ekel und Aas ist ihm mein Opfer!« Mit beiden Händen griff er in das verglimmende Feuer, und unter keuchenden Worten schleuderte er die halbverkohlten Scheite und die mit Funken gemischte Asche nach allen Seiten auseinander.

»Vater! Vater!«, jammerte Sanni und sprang in zitterndem Schreck auf den Alten zu. Der schien beim Anblick seines Kindes wie aus einem Traum zu erwachen. Schlaff sanken ihm die Arme, und ein heftiges Zittern befiel seine hohe, magere Gestalt. Mit glühenden Augen starrte er in das bleiche, von Angst verwirrte Gesicht seiner Tochter. Nun streckte er die Hand, spannte die knöchernen Finger um Sannis Arm, und während er den flackernden Blick zum Himmel hob, klang es in dumpfen Lauten: »Es geschah nach diesen Dingen, dass der Herr ihn versuchte. Und Gott rief ihn bei seinem Namen. Und da sprach er: Hier bin ich!« Wieder spähte der Bygotter in Sannis Gesicht. »Komm!« Mit beiden Händen fasste der die Hand der Tochter und führte sie langsam ins Haus.

Dem Burschen in der Buchenkrone war zumut, er wusste nicht wie. Nun war ihm doch das Lachen vergangen. Was er zu dem seltsam erschreckenden Auftritt denken sollte, wusste er freilich nicht. Er fühlte nur die drückende Angst, die in seinem Herzen um Sanni erwacht war. Mit Worten konnte er sich nicht sagen, was er für das Mädel besorgte. Aber von einem Narren war alles zu befürchten. Denn dass der Bygotter ein Narr wäre, das war für Karli eine unbezweifelbare Sache. »Der is ja ganz verruckt! Der gehört hinter Schloss und Riegel!«

Ratlos guckte er über die Wiese hin, über den verlassenen Altar und über die im Gras zerstreuten Kohlenreste, von denen noch einige in dünnen Fäden rauchten. Er hatte dabei so viel mit seinen langsamen Gedanken zu schaffen, dass er nicht merkte, wie schnell die Zeit verging. Schließlich zog er aber doch die Uhr hervor und erschrak, weil sie die neunte Stunde zeigte. Er wollte hinunterklettern. Da wurde am Bygotterhäuschen die Tür geöffnet. Heiß fuhr ihm das Blut ins Gesicht, als er Sanni mit dem hölzernen Wassereimer über die Schwelle treten und um die Hausecke verschwinden sah. Seine langsamen Gedanken bekamen flinke Beine. Er hatte es gleich heraus, dass Sanni zum Brunnen ging, der hinter dem Haus war, im entlegensten Winkel des Gartens, gegen die Fenster gedeckt durch die Stämme und das wirre Efeugeschling der alten Bäume, die das Dach beschatteten. Jede Spur von Rücksicht auf die schöne Montur war vergessen. Mit hurtigem Rutsch erreichte er den Boden, rannte an der Umfriedung entlang und schwang sich auf die Schneide des Zaunes. Das ging ohne Geraschel nicht ab. Sanni, die am Brunnen auf die Füllung des Eimers wartete, blickte erschrocken auf und tat einen leisen Schrei, als sie auf der Höhe des Zaunes die himmelblaue Gestalt erscheinen sah. Sie hatte den Burschen schon erkannt, noch bevor ihr Karli mit leisen Worten zurief: »Musst net erschrecken, ich bin's, der Karli!« Das Erkennen schien ihren Schreck noch zu mehren. Abwehrend streckte sie die Arme, als Karli nieder glitt ins Gras und zu ihr hin sprang. Während er mit glücklichem Lachen ihre Hände fasste, bewegte Sanni wortlos die Lippen und kein Tropfen Blut war in ihrem Gesicht.

»Geh, Du Hascherl, Du arms!«, flüsterte Karli. »So viel erschrocken bist? Aber schau, ich hätt net fort können, ohne dass ich Dir's gsagt hab: Dass ich einrucken muss, auf vier Wochen zu die Manöver.«

»Karli, um tausendgottswillen!«, stammelte sie. Eine namenlose Angst redet aus ihren großen, blauen Augen, die in ruheloser Hast zwischen dem Burschen und dem Haus hin und her huschten. »Wann Dich der Vater sieht! Du kennst ihn net, er kann zum Fürchten sein!« Ein Schauer überflog ihre schmalen Schultern.

»Fürchten? Ah na! Ich fürcht kein' Menschen net, und schon gewiss net, wann's um deintwegen is!«

»Karli, schau doch, schier kein' Herzschlag spür ich nimmer vor lauter Angst! Du kannst net denken, wie der Vater is! Und jetzt grad, in der Stuben drin, da hab ich bei Blut und Leben beschwören müssen, dass –« Sie verstummte, und brennende Röte flog über ihre schmächtigen Wangen. Flehend sah sie zu ihm auf:

»Tu's mir z'lieb, Karli, und geh!« Mit zitternden Händen schob sie ihn von sich.

»Alles tu ich, was d' haben willst«, sagte er, unwillkürlich ein bisschen angesteckt von Sannis Angst, »aber z'erst muss ich wissen, ob Du a bissl an mich denken magst, derweil ich fort bin?«

»Gwiss, Karli, in jeder Stund, hundertmal in jeder Stund!«

Da wurde es ihm schwer, einen Jauchzer zu unterdrücken. Er streckte die Hände, fasste Sanni am Kopf und zog die Widerstrebende an sich.

»Susanna!«, tönte hinter dem Haus die zornige Stimme des Bygotters.

Erbleichend stieß Sanni den Burschen von sich. Und Karli gewann mit flinken Sprüngen den Zaun. Rascher, als er vom Wald hereingekommen, stand er wieder draußen unter den Bäumen, mit dunkelrotem Gesicht, mit hämmerndem Herzen, lauschend unter fliegenden Atemzügen. Er hörte den Schritt des Bygotters näher kommen und hörte Sannis tonlose Timme: »Ich komm schon, Vater!«

»Susanna? Was hast Du? Warum zitterst Du? Warum bist Du so blass?«

»So viel erschrocken bin ich. A Wiesel is aus der Hecken aussigfahren.«

»Närrin! Ein Tier ist Gottes Werk wie Du und ich.«

Karli hörte die Schritte der beiden sich entfernen. Erleichtert atmete er auf, setzte die verschobene Mütze zurecht, klopfe den Rindenstaub von der blauen Montur und rannte davon. Er kehrte nimmer auf die Straße zurück, sondern suchte durch Birken- und Weidengebüsch den nahen Fußpfad zu gewinnen, der sich bis in die Nähe des Dorfes immer am Ufer des Baches hielt.

Zufriedenheit lachte in seinen Augen. Als er die Ereignisse der letzten Minuten noch einmal an sich vorüberziehen ließ, schien sich diese Zufriedenheit merklich zu mindern. »Dös armselige

Bussl hätt ich ihr allweil noch auffipappen können, auf die einzige Sekund wär's nimmer ankommen!« Er machte eine verdrießliche Miene zu der Erfahrung, dass sich die besten Einfälle immer zu spät einzustellen pflegen. Dann dachte er an alles andere, und da war er gleich mit sich darüber einig, dass irgend etwas zur Erlösung Sannis geschehen müsste. Bevor er aber noch ausdenken konnte, was da zu tun wäre, fiel es ihm wieder ein, dass jede Maßregel gegen den Bygotter auch auf Sanni eine böse Wirkung üben würde. Da war es eigentlich seine Pflicht, von allem zu schweigen, was dieser Morgen ihm verraten hatte. Wenn die frommen Seelen des Dorfes oder der Hochwürdige im Pfarrhof von diesem heidnischen Treiben erfahren würden, das müsste einen schönen Spektakel absetzen, aus dem der Bygotter wohl kaum mit heiler Haut entrinnen möchte. Dem Burschen schauderte bei dem Gedanken, was ein unvorsichtiges Wort da heraufbeschwören konnte. Aber dem Götz durfte er sich ohne Sorge anvertrauen; der würde auch sicher einen guten Rat in dieser verzwickten Geschichte finden.

Unter solchen Gedanken hatte Karli den väterlichen Hof erreicht und sah den Götz vor dem Zauntor stehen. Der Knecht schien ihn mit Ungeduld erwartet zu haben. »Bub? Wo bleibst denn so lang? Jetzt hast aber Zeit! Bis zur Station aussi zieht sich der Weg. Länger als a halbs Stündl därfst Dich nimmer verhalten, sonst versäumst den Zug und ruckst am End gleich mit Straf bei Deiner Schwadron ein.«

Karli sah, dass im Hof schon die leichte Einspännerkutsche von Stoffel in Bereitschaft gesetzt wurde, während unter der Stalltür der Martl mit der Frage erschien: »Was is? Soll ich einspannen?«

»Es is noch Zeit. Aber den Schimmel kannst derweil anschirren!« Götz wandte sich wieder zu Karli. »No? Weil gar so lang ausblieben bist, mein' ich, wirst doch ebbes ausgricht haben?«

»Für heut bin ich zfrieden!«, lachte Karli und wollte seinen flüsternden Bericht beginnen, als er Kuni aus der Haustür treten sah. Merkwürdig! Während des ganzen Morgens hatte er mit keinem Gedanken mehr an Kuni gedacht. Jetzt stieg ihm das Blut ins Gesicht. Doch er schmunzelte. »Du, Götz, pass auf, was ich Dir alles verzählen muss! Aber jetzt muss ich z'erst um meine Sachen schauen. Wir zwei haben noch Zeit mitanand, Du fahrst mich doch in d' Station aussi, gelt?«

»Dös is gwiss!«

»No also, nacher richt ich mich zamm derweil.« Steif erhobenen Kopfes stelzte Karli zur Tür.

Kunis Gesicht war nicht so frisch und rosig wie sonst. Ein müder Zug lag um ihren Mund, und leichte Blässe deckte die Wangen. In den Augen war ein unruhiges Funkeln, das sich dämpfte, als Karli näher trat. Freundlich, mit wohlwollendem Lächeln, empfing sie den Burschen. Und heiter schalt sie ihn wegen seines befremdlichen Ausgangs und wegen seines verspäteten Heimkommens.

Er redete sich auf die ›guten Kameraden‹ aus. Ohne ihr ins Gesicht zu sehen, drückte er sich an ihr vorüber und guckte in die Stube, die er leer fand. »Wo is denn der Vater?«

»Fort is er, an notwendigen Gang hat er ghabt.«

»Ah was, notwendig! Hätt auch daheim bleiben können, wann er weiß, dass ich fort muss auf vier Wochen.«

»No schau, schier die gleichen Wort hat der Vater gsagt: Hätt auch daheim bleiben können, der Sakrabub, am letzten Tag!«

Gegen die Logik dieser Erwiderung fand Karli nichts einzuwenden. Ärgerlich stapfte er über die Treppe hinauf.

Kuni sah ihm nach. Während ihr Blick seine schmucke Gestalt verschlang, erschien in ihren Zügen ein Ausdruck wie Bedauern, fast wie quälender Ärger über irgend etwas, das nun nicht mehr ungeschehn zu machen war. Als aber Karli droben verschwand, kehrte sie sich trotzig auf den Hacken um und drückte den Kopf in den Nacken. »Ah was! Mag's gehn, wie's geht!«

Karli hatte seine Kammer erreicht. Eilfertig packte er alles, was für die Reise nötig war, in eine kleine hölzerne Truhe. Dabei dachte er an die eben überstandene Begegnung mit Kuni, kam von einem Gedanken auf den anderen, und so lebte der ganze vergangene Abend wieder in ihm auf. Und da kam es ihm vor, als wäre die merkwürdige Fürsorge, die sein langes Verweilen in der Stube gestern bei Kuni erweckt hatte, einer genaueren Untersuchung wert. Kritisch überdachte er Kunis Verhalten während der letzten Wochen; er hielt sich vor Augen, wie sie die Nachricht von seiner Einberufung aufgenommen hatte; es fiel ihm ein, dass es Kuni gewesen, welche die kleine Kneiperei am vergangenen Abend veranlasst hatte; er besann sich auf die Emsigkeit, mit der sie sein Glas gefüllt; er dachte an die etwas luftige Tracht, in der sie vor ihm gestanden; er wiederholte sich jedes ihrer Worte; und während er so sann und dachte, ging ihm – langsam, aber doch – nicht nur ein Kerzenlicht, sondern gleich ein Großfeuer auf. »Jetzt da schau! Dös is aber eine!« Er hatte wohl seine kleine Portion Eitelkeit; die reichte aber nicht aus, um alle Beweggründe für Kunis Pläne nur in seiner eigenen Unwiderstehlichkeit zu finden. Der schöne Pointnerhof und soundso viel Tagwerk Wald und Wiesen! Das war's! »Ah, da legst dich nieder!« Und wie schlau sie das eingefädelt hatte! Da wurde zuerst der Bauer verhätschelt und verwöhnt, dann der heiratsfähige Sohn ins Netz gesponnen. Aber sein guter Schutzengel war denn doch noch schlauer gewesen. Freilich, sie hatte es geschickt verstanden, sich den Rückzug zu decken. Das musste Karli zugestehen. »Beweisen kann ich ihr allweil nix. Aber es is bloß, dass man sich auskennt! Und unter vier Augen sag ich ihr schon 's richtige Wörtl!«

Mit dieser Absicht schloss er seine kritische Tätigkeit, fasste die Truhe bei den eisernen Henkeln und trug sie hinunter in den

Hof, wo er sie dem Stoffel zur Verladung auf die Kutsche übergab. Während er über die Treppe hinunter gestiegen war, hatte ihm Kuni aus der Küche zugerufen, dass er zum Frühstück kommen möchte. Sehr vergnügt – er fühlte sich nun als Herr der Situation – betrat er die Stube. Da dampfte auf dem Tisch schon die Kaffeeschüssel zwischen zwei faustgroßen Semmeln. Er rückte in die Bank und blickte lustig blinzelnd zu Kuni auf, die einen Löffel aus der Lade nahm und dazu sagte: »Der Kaffee wird nimmer gut sein, drei Stund lang steht er schon in der Röhren drin.«

»No, weißt, a gsunder Hunger und a guts Gwissen, da schmeckt eim alles!« Karli lachte. Es war ein herausforderndes Lachen.

Kuni machte die Augen klein, und etwas Drohendes zuckte um ihren Mund. Schweigend wandte sie sich ab und legte sich mit den Armen in die Fensternische.

»Was is denn, siehst noch nix vom Vater?«, fragte Karli.

»Na! Aber ich mein', jetzt kunnt er bald da sein. Dös heißt, ich kann mich täuschen auch.«

»Täuschen? Warum? Tust denn Du Dich gar so leicht täuschen?«

Kuni sah ihn so harmlos verwundert an, als könnte sie mit dem besten Willen nicht verstehen, was der stichelnde Ton seiner Worte bedeuten sollte. »Täuschen? Wieso? Was meinst denn da?«

»Geh! So a gscheits Madl wie Du! Dös versteht schon, was einer meint!« Karli schmunzelte. »Aber was is denn mit demselbigen Andenken, dös mir anhängen hast wollen? Weißt, dass ich auf'n Pointnerhof net vergessen sollt? Und auf seine Leut?«

Kuni biss sich auf die Lippe. Sie schien an dieses im Übermut gesprochene Wort nicht mehr gedacht zu haben. Als wäre nun die Reihe zu sticheln an ihr, so fein und spitzig sagte sie über die Schulter: »Jetzt lasst aber bei Dir der Verstand a bissl aus! Ich hab dir doch gestern gsagt, dass man für so ebbes brav sein muss. Und gar so brav, mein' ich, bist net gwesen.«

»Ah ja! So brav, wie Du gmeint hättst, dass ich sein sollt, bin ich freilich net gwesen.«

Da stand sie mit blitzenden Augen vor ihm. Und sagte in Zorn: »Jetzt fang ich erst zum merken an, was Dein gspassigs Reden eigentlich bedeuten will? Mir scheint gar, Du bildst Dir ein –« Sie brach in Gelächter aus, trat auf Karli zu und fasste ihn mit derber Hand beim Schopf. »Was fang ich denn an mit Dir? Du Grashupferl, Du dalkets! Jetzt den schau an! Was der sich einbildt!«

»Geh, Du, hör auf mit Deine Spombanaderln!«, brummte Karli, während er sich etwas unsanft von Kunis Hand befreite. »So kannst mit eim Bübl reden, dös noch aufs Millipfandl ansteht, aber net mit mir! Wir zwei haben ausgscherzt mitanand!«

»Ja, recht hast, dass sich der Ernst bei so ebbes besser für mich schicken tät!«, fiel Kuni mit scharfer Stimme ein. »Aber Du, mein' ich, kannst zfrieden sein, dass ich die Sach von der gspassigen Seiten nimm und Deim Vater nix sag davon. Wie Du Dich aufgführt hast und jetzt wieder aufführst, dös passt sich in gar keim Fall net. Am allerwenigsten mir gegenüber, zu der bald Mutter sagen musst. Verstehst?«

Dem Karli blieb der Bissen im Hals stecken. Er würgte und schluckte. Während er sich mit den Armen in die Höhe stemmte, sah er Kuni erschrocken an.

Ein grausames Lächeln zuckte um ihren Mund. »No also? Gelt? Da schaut sich jetzt die Sach doch a bissl anders an? Wie der Pointner gmeint hat, hättst es freilich erst erfahren sollen, wann von die Manöver zruck kommst. Aber jetzt hab ich Dir's sagen müssen. Denn von einer, die Tag und Nacht schon an nix als an d' Hochzet denkt, von so einer wirst net glauben, sie kunnt noch Augen auf an andern haben? Gar auf ihrem Hochzeiter sein' halb gwachsenen Buben!«

Verstört irrten Karlis Augen durch die Stube. »Vater? Wo is der Vater?«

»Fort is er. Zum Pfarr auffi. Völlig pressieren tut's ihm, dass wir in der Kirch verkündt werden mit anand, ich und Dein Vater.«

»Du! Im guten sag ich Dir's: Den Vater lass aus'm Spiel!« Seine Stimme schrillte. »Und überhaupt, jetzt hab ich's gnug! Die ganze Narretei!« Mit zornrotem Gesicht und geballten Fäusten trat er vor Kuni hin, die ruhig zu ihm aufsah. »Oder meinst am End, dass heut schon Fasnacht is?«

Da ließen sich rasche, trippelnde Schritte vom Flur vernehmen. Lauschend hob Kuni den Kopf. Dann sagte sie: »No also, frag halt den Vater, wie lang noch hin is bis auf d' Fasnacht.«

Der Pointner in seinem Sonntagsstaat erschien auf der Schwelle. Er guckte drein, als hätte er das Räuschl vom vergangenen Abend noch nicht völlig ausgeschlafen. Als er den Sohn gewahrte, lachte er gezwungen: »Ah, da schau, da bist ja noch! Grad freuen tut's mich –« Er wurde still. Karlis Aussehen mochte ihm zu denken geben. Mit scheu verlegenem Blick, aus dem kein gutes Gewissen sprach, betrachtete er die beiden, die in der Stube standen. »Was is denn?« Er drückte hinter sich die Tür zu und gab sich alle Mühe, ein lustig verwundertes Lächeln zu zeigen.

Karli streckte die Arme. »Vater! Tu kein' Schritt net weiter, eh mir net gsagt hast, ob dös wahr is?«

Da schien dem Pointner schwül zu werden. Er blies die Backen auf, nahm den Hut mit den schweren Goldtroddeln vom Kopf und strich das Haar in die Stirn. Hilflos schielte er zu Kuni hinüber und greinte: »Jetzt hast mir's heilig versprochen – und jetzt hast es ihm gsagt!«

Kuni drehte ihm den Rücken zu.

Einen Augenblick war's mäuschenstill in der Stube. Dann stürzte Karli mit heiserem Schrei auf den Pointner los und packte den erschrocken Lallenden an der Brust. »Vater!« Er rüttelte und schüttelte ihn, als hätte er einen Berauschten vor sich, den er gewaltsam zu nüchterner Besinnung bringen müsste.

Da wurden seine Arme niedergeschlagen, und ein grober Stoß warf ihn beiseite. Keuchend richtete er sich auf und sah, wie Kuni vor den Pointner hintrat, dem unter Karlis Fäusten Hören und Sehen vergangen zu sein schien. Und während der Alte, Angst und Zorn in dem schlotternden Gesicht, unter schnaufenden Atemzügen an seiner zerrauften Hemdbrust nestelte, sagte Kuni mit ehrlichem Zorn: »Bist a Mensch von Fleisch und Blut? A Mensch, der Hand anlegt an sein' leiblichen Vater?«

Karli war mauerbleich geworden. Er stand wie gelähmt. Nun schwellte ein würgender Seufzer seine Brust. »Der Herrgott soll's an meiner Hand net strafen, was ich verübt hab!« Er sah mit traurigem Blick den Vater an. »Ob mir's verzeihen kannst, will ich net fragen. Ich will Dir auch net reden von Deine Jahr und will net reden von mir, und dass ich Dich in Ehren ghalten und gern ghabt hab. Von gar nix will ich reden. Weil ich 's Recht zum Reden mit meine hitzigen Händ verspielt hab. Du bist der Herr im Haus und musst Dir selber sagen, was tun willst!« Die Stimme erlosch ihm.

»Na, Karli, schau, lass mit Dir reden!«, stammelte der Pointner, dem der Kummer seines Buben ins Herz zu greifen schien.

Karli hörte nicht auf die Worte des Vaters. Er wandte sich zu Kuni, die ihm hart in die nassen Augen sah. »Jetzt hat's freilich den Anschein, als ob ich der einzig wär, der sich täuscht hat. In Gott's Namen, soll's sein, wie's will, ich wünsch Dir a Leben, a langs. Aber so alt wirst net, dass ich Mutter sag zu Dir!« Am Pointner vorüber, der sich greinend die Haare kraute, ging Karli auf das Fenster zu, wo die Soldatenmütze lag. Da fiel sein Blick auf eine verblasste Fotografie, die in dünnem Goldrahmen an der Mauer hing. »Geh, Mutter«, Karli wandte das Bild auf die Glasseite, »drah Dich um und mach d' Augen zu!« Da sprang die Kuni zu ihm hin, als wollte sie hindern, was er tat. »Ah so? Dös taugt Dir net, an was ich Dich jetzt gmahnt hab? Hast ja selber Mutter und Vater ghabt. Viel Ehr machst ihnen net. Freilich, sie werden Dich halt zogen haben darnach.«

Kunis Gesicht verzerrte sich, und ihre Stimme grillte: »Du! Bring mei' Mutter net in d' Red! Und den net, der mein Vater war!«

»Du bringst ja d' Red von selber drauf! Man braucht nur merken, was Du für eine bist, so kann man's leicht erraten, was für an Acker Dich in d' Höh bracht hat!«

Erblassend sprang sie auf ihn zu, und während sich der Pointner scheltend zwischen die beiden zu drängen suchte, krampfte sie die Fäuste um Karlis Hand und krümmte ihm in sinnloser Wut die Finger. »Die Red nimm zruck! Leicht kunnt mich noch alles reuen. Aber die Red nimm zruck! Und wann ich Dir d' Finger brechen müsst – die Red nimm zruck!«

»Na! Und net a Wörtl nimm ich zruck! Kein Wörtl net!« Karli riss sich los, stülpte die Mütze übers Haar und ging zur Tür.

Nun schoss der Pointner auf ihn los. »Himmelsakra! Jetzt lass in Fried mit Dir reden!«

»Du bhaltst Dir ja Dein' Fried im Haus! Der Unfried bin ja ich. Und ich muss fort!« Karli war zur Türe draußen, ehe der Pointner ihn haschen konnte.

»Karli! Karli! Kreuz Teufel!«, zeterte der Alte und rannte hinter dem Burschen in den Flur hinaus. Unter der Haustür bleib er stehen und wischte mit dem Ärmel über die Stirn. Er mochte wohl denken, dass es ihm wenig zieme, den häuslichen Streit vor die Augen der Dienstboten hinauszutragen; drüben bei der Stalltür sah er die Zenz und den Martl stehen, und während Stoffel die zwei Flügel des Zauntors auseinander zog, stand Götz vor der mit einem kugelrunden Schimmel bespannten Kutsche, zur Abfahrt fertig, Zügel und Peitsche in den Händen.

Mit Sorge musterte Götz das verstörte Gesicht des Burschen, der in Hast auf ihn zugeschritten kam. »He? Karli? Was is denn?«

»Zeit is, dass ich fort komm! Mach weiter, Götz! Mir brennt der Boden unter die Füß!«

Kuni erschien unter der Haustür, an der Seite des Pointners; ihre Augen überflogen den Hof; dann flüsterte sie dem Bauer was ins Ohr.

»Na! Und net um alles! Dös tu ich meim Karli net an!«, wehrte sich der Pointner, um kleinlaut beizufügen: »Wann Du's haben willst, musst es ihm selber sagen!«

Mit scharfer Stimme rief Kuni in den Hof: »Du, Götz, der Bauer will haben, dass an andrer fahrt! Dich braucht er daheim bei der Arbeit.«

»Aber Bauer! Was is denn?«, fuhr der Knecht unmutig auf.

Karli riss ihm unter heiserem Lachen Zügel und Peitsche aus den Händen. »Man fürcht sich vor der Nachred, die wir zwei mitanand halten kunnten. Tu Dich bei der Herrschaft net verklampern wegen meiner! Dein Herr is der Bauer auf der Point. Pfüet Dich, Götz! An andern Fuhrmann brauch ich net! In der Station tu ich 's Ross zum Wirt eini. Da kannst es holen lassen!« Er sprang in den Wagen und ließ den Schimmel die Peitsche kosten, dass das erschrockene Tier mit fuchtelnden Hufen in die Höhe stieg. »Fort, Schimmel!« Mit schnatternden Rädern sauste die Kutsche zum Tor hinaus.

Götz, um dessen Mund sich ein hartes Lächeln legte, wandte langsam das Gesicht und sah zur Haustür hinüber. Kuni verschwand. Der Pointner humpelte über die Stufen herunter und kreischte hinter dem Wagen her: »Bub! Karli! Gelt, schau a bissl auf Dich, dass mir gsund wieder heimkommst!«

Drüben vor der Stalltür puffte die Zenz ihren Ellenbogen an Martls Arm und zischelte: »Da hat's ebbes geben!«

Martl spie durch die Zähne und schlurfte brummend in den Stall.

Am Zaun drückte Stoffel die Torflügel zu, warf die Quaste der Zipfelmütze von der einen auf die andere Seite und sang vor sich hin:

»'s Radl geht um und um,
Hurax dax do –
's Glück findt man über Nacht.
Ja, aber wo?«

8.

Seit drei Tagen war Karli beim Regiment. Der angestrengte Dienst gestattete ihm nicht, sich allzu viel mit den Angelegenheiten zu beschäftigen, die er daheim verlassen hatte. Das alles ging ihm freilich keinen Augenblick aus dem Kopf; aber es lag wie eine Betäubung über ihm, die sich nur löste, wenn er an Sanni dachte, um dann einem hoffnungslosen Kummer Platz zu machen. Sobald ihm aber seine Zukunft so schwarz erschien, dass er sie schwärzer nicht mehr malen konnte, kam auch immer wieder in ihm zum Durchbruch, was er von der leichtlebigen Natur des Vaters geerbt hatte. Dann war er geneigt, alles, was er mit wachen Augen gesehen und mit eigenen Ohren gehört hatte, für einen bösen Traum zu halten, aus dem er jäh zu glückseligen Behagen erwachen musste. Und da konnte er sich was anderes gar nicht vorstellen, als dass er nach seiner Rückkehr von den Manövern im Pointnerhof alles so finden würde, wie es seinen Wünschen am besten taugte. War aber seine steigende Hoffnung auf solcher Höhe angelangt, dann kam der Rückschlag, unter dessen Wirkung ihm wieder schwarz vor den Augen wurde.

Am vierten Tag, vor dem Abmarsch ins Lager, hatte er dienstfreien Nachmittag. Und als er da, nach der Mittagsstunde, müde auf seiner Pritsche lag, wurde es ein wenig heller in seinem Kopf. Er begann sich zu sagen, dass ihm aller Zorn und Kummer keinen Nutzen brächte. Irgend etwas musste unternommen werden. Aber was? Karli vergrübelte eine Stunde, bis ihm einfiel, dass er an den Vater schreiben und ihm in Güte vorstellen könnte, was eben dem Pointner ›verstandsamer Weise‹ vorzuhalten war.

Er sprang von der Pritsche und setzte sich zum Schreiben ans Fenster. Das Datum schrieb er dich an den oberen Rand des Bogens, mit winzigen Buchstaben. Ihm war das Herz so voll, und das alles musste jetzt heraus und auf das Papier hin. Da hieß es sparen mit dem Platz. Dann kam die Überschrift, mit einem schönen Schnörkel um das Ganze: »Mein liber Vatter!«

Weiter kam er nicht; der Schweiß brach ihm aus allen Poren; vor Aufregung zitterten seine Hände; mit knirschenden Zähnen zerkaute er die Spitze des Federstiels, fuhr in die Tinte, bekleckste das Fenstergesims und seine Finger. Weiter kam er nicht.

Es war aber auch ein waghalsiges Unterfangen, schreiben zu wollen bei dem Spektakel, der hinter seinem Rücken tobte. Die Kameraden putzten sich für den Ausgang und genossen das Vorgefühl der kommenden Nachmittagsfreuden. Von dem Schabernack, den sie trieben, bekam auch Karli sein Teil zu kosten. Als er zornig wurde, lachten die andern vor Vergnügen. Dann wollten sie wissen, was er denn so Wichtiges zu schreiben hätte; ob er um ein ›Busserl‹ ans ›Schatzerl‹, oder um eine ›Rauchwurst‹ schriebe. Schließlich zogen sie ihm die Feder aus den scheckigen Fingern, rissen ihm das Papier unter den Händen fort, und da half ihm kein Sträuben, er musste seine gute Montur aus der Truhe holen, und dann ging's hinaus zum Tempel, geraden Weges zum ›Schimmelwirtsgarten‹, wo die Blechmusik unter grünen

Bäumen schmetterte und das Hofbräu schäumte in steinernen Krügen.

Karli saß da wie ein ›angmalter Türk‹ inmitten der lustigen Schar. Als aber das Gespräch aufs ›Dahoam‹ kam und jeder mit leuchtenden Augen von seinem ›Ort‹ erzählte, begann er doch die Ohren zu spitzen. Er sah es nicht als einen Zufall, sondern als eine offenkundige Fügung Gottes an, dass einer der Kameraden in Rosenheim zu Hause war, ein anderer im Oberisartal, in Kunis Heimat.

Der Kamerad aus dem Oberisartal kannte die Kuni, obwohl er sie seit Jahren, seit dem Begräbnis ihrer Mutter nicht mehr gesehen hatte. Das wäre eine saubere, stattliche Frau gewesen, die ›Bachwirtin‹; nur hätte sie ›allweil so viel traurig‹ in die Welt geschaut. Alle Leute wären ihr gut gewesen und hätten ihr schließlich das Sterben wie eine Erlösung vergönnt; bei ihrem Mann, der eine Berühmtheit als der größte Grobian des Tales genossen, hätte sie es nicht zum Besten gehabt; von dem hätte sie mehr Schimpfnamen als gute Worte, mehr Schläge als gute Bissen bekommen. Die erste Frau war ihm plötzlich weggestorben, und da hatte er sich seiner Wirtschaft und seiner zwei kleinen Buben willen zu einer neuen Heirat entschließen müssen. Im ganzen Umkreis des Tales hatte er keine gefunden, die es mit ihm hätte wagen mögen. Da war er einmal für einige Wochen verschwunden und hatte zur Überraschung des Dorfes eine bildsaubere, blutjunge Frau von irgendwo mit nach Hause gebracht. Fleißig hatte die junge Bachwirtin zugegriffen, hatte die verlotterte Wirtschaft ›auf den Glanz‹ wiederhergerichtet und hatte durch ihr stilles, freundliches Wesen viele Gäste in ihre Schenkstube gezogen. Ein paar Monate war die Sache gut gegangen. Als aber der Bachwirt etwas von dem verschwiegenen Heiratsgut zu merken begann, das ihm die junge Frau unter dem Herzen mit in die Ehe gebracht, da nahm's mit dem Frieden ein jähes Ende. Von dem Tag, an dem die Bachwirtin der Kuni das Leben schenkte, hatte sie keine gute Stunde mehr, ausgenommen ihre letzte. Und von der Art, wie der Bachwirt mit der Mutter umsprang, lernten es die beiden Buben, ihre jungen Fäuste auf Kunis Rücken zu üben. Man kannte sie im Dorf nur unter dem Namen: ›das Prügeldeandl‹. Bei solchem Leben war es völlig zu verwundern, dass nicht ein Krüppel aus ihr wurde, sondern eine saubere, musper gewachsene Person. Sie war noch nicht siebzehn Jahre alt, da fingen schon die Burschen an, ihr nachzusteigen. Wenn einer mit einem Antrag herausrückte, lachte sie ihm ins Gesicht, huschte in die Küche und tätschelte ihrer Mutter die eingefallenen Wangen. Jeder Korb, den sie austeilte, trug ihr ein Dank von sechs groben Fäusten ein; der Bachwirt und seine Buben hätten es gern gesehen, wenn ihre Tischrunde um einen hungrigen Magen ärmer geworden wäre. So arg sie es aber auch trieben, es gelang ihnen nicht, ihr das Bleiben bei der Mutter zu verleiden. Nach Kunis Meinung schien die Welt nur von zwei Menschen bewohnt: Von der Mutter und von ihr. Diese Dinge spielten sich fort, bis die Bachwirtin zu kränkeln begann. Der Doktor vermochte ein bestimmtes Leiden nicht zu erkennen, doch die Sache wurde immer schlimmer. Tag und Nacht wich Kuni nicht von dem Bett der Mutter. Als die Bachwirtin trotz dieser aufopfernden Pflege eines Tages die Augen schloss, um sie nie wieder aufzumachen, gebärdete sich Kuni wie eine Verrückte. Man musste sie, als der Sarg gebracht wurde, mit Gewalt von der Leiche reißen. Zwei Tage später, als man die Bachwirtin zur ewigen Ruhe trug, schien Kunis Schmerz sich ausgetobt zu haben.

»'s Madl is dagstanden, wie von Stein auf und auf!«, erzählte der Oberisartaler. »Kein' Greiner hast ghört von ihr, die Zähn hat s' überanand bissen, gradauf in d' Höh hat s' allweil gschaut, und kein Zahrl is in ihre Augen gwesen. Bei der Totenmess, da hat man s' noch gsehn, ganz z'hinterst in der Kirch. Wie aber nach der Mess der Bachwirt mit die Klagleut heimgangen is zum

Schmaus, da war die Kuni nimmer da. Und seit der Zeit hat sich 's Madl daheim im Ort nimmer anschauen lassen. Erst zwei Jahr darnach, wie der Schnaps übern Bachwirt Herr worden is, und wie man d' Hinterlassenschaft ausgschrieben hat, is a Brief von der Kuni kommen. Auf alles tät s' verzichten, hat s' gschrieben. Und 's ganze Dorf hat sich krank glacht über den Brief, bloß die zwei Bachwirtbuben haben a Wut ghabt, das ihnen d' Haar aufgstiegen sind, so spöttisch hat er sich glesen! Ja, und der Brief ist aus Rosenheim gwesen.«

»Was? Was is?«, mischte sich der Rosenheimer ins Gespräch, als er seine Heimat nennen hörte.

»Von eim Madl is d' Red, Kuni Rauchenberger heißt's.«

»Kuni Rauchenberger? So eine von der mittlern Größ, net? Schön mollet beim Zeug, a mudelsaubers Gsicht, kohlschwarze Augen und a bissl fuchsige Haar? Hab ich recht? No also! Dö is beim Bräu in Rosenheim Kellnerin gwesen.«

»Was? Kellnerin?«, fuhr Karli auf.

»Ja! Dö hat ihr Gschäft verstanden, wie wann s' mit'm weißen Schurz auf d' Welt kommen wär. Ja! Beim Bräu is d' Stuben allweil voller Leut gwesen, da hat er a guts oder a schlechts Bier haben dürfen. Die Kuni hat allweil zogen, besonders, wann s' grad beim richtigen Hamur war. Aber oft hat s' ihre Täg ghabt, wo kein Wörtl net aussibracht hast aus ihr, und wo s' an jeden nur so angschaut hat über d'Achsel. Aber grad so was hat bei die Leut verschlagen. Es hat sich schier a jeder verschaut in ihre Teufelsaugen. Ich selber bin so dumm gwesen. Aber für an jeden hat s' den gleichen, spöttischen Lacher ghabt.«

»Geh? Als Kellnerin? So ebbes is a bissl hart zum Glauben?«, fragte Karli in Spannung.

»No, weißt, einer is schon allweil zukehrt in der letzten Zeit, so a Schlari, so a gspassiger, mit dem man 's Madl zammgredt hat. Aber es kann nix dahinter gwesen sein. Vor der ganzen Stuben voll Leut hat's dem Kerl amal eine abigfuiert übers Gsicht, und hinther hat's gheißen, es wär ihr Bruder gwesen. Und d' Stadtleut erst! Die hat's Dir weiters net anlaufen lassen! Und doch is keiner davonblieben, weil s' ihr Gaudi ghabt haben an ihre gschnappigen Reden. Und der Bräumeister, natürlich, der hat glacht, was er lachen hat können. Dem hat's am besten taugt. Dafür hat er auch d' Händ überm Kopf zamm gschlagen, wie 's Madl im letzten Herbst amal über Nacht auf und davon is, und wie nach a paar Wochen d' Fliegen in jener Wirtsstub die einzigen Zehrgäst gwesen sind. No, und d' Leut haben a Zeitl gredt. Nacher hat kein Mensch mehr ans Madl denkt. Und da kannst Dir fürstellen, was man für Augen gmacht hat, wie 's Madel heuer im Fruhjahr über Nacht auf amal wieder da war. Der Bräu, natürlich, der hat's aufgnommen mit offene Arm. Es is auch die alte Gaudi gleich wieder angangen. Aber ich weiß net, der richtige Zug is nimmer drin gwesen. Mir scheint, sie hat die alte Freud nimmer ghabt zu ihrem Gschäft. A paar Monat hat sie sich ghalten, nacher hat s' wieder aufkündt. Es heißt, sie wär ins Reichenhallerische ummi. Wer weiß, leicht hat sie sich gärgert über d' Leut. Sie wird halt ebbes von dem Gred erfahren haben, dös selbigs Mal im Ort umgangen is. No ja, wie d' Leut halt reden! Aber ich glaub's net. Wann ich mir denken will –«

Was sich der Rosenheimer denken wollte, sollte Karli nicht mehr erfahren. Die Blechmusik stimmte mit schmetternden Klängen eine Münchener Volksweise an, und dazu erhob sich ein johlender Gesang:

So lang der alte Peter,
Der Petersturm noch steht,
So lang die grüne Isar
Durch d' Münchnerstadt noch geht.

Säbelgerassel, lautes Klappern der zinnernen Krugdeckel und taktmäßige Stockschläge begleiteten diesen Gesang.

Einer von den wenigen Gästen im Schimmelwirtsgarten, die bei diesem Gesang nicht mittaten, war Karli. Er saß mit aufgestützten Armen und guckte in seinen Krug. Dann erhob er sich, um ohne Abschied von seinen Kameraden davonzuschleichen.

Jetzt wusste er, was er dem Vater schreiben musste. Mit glühendem Kopf erreichte er die Kaserne. Er warf Mütze und Waffenrock beiseite, suchte den angefangenen Brief hervor und setzte sich wieder ans Fenster.

»Mein liber Vatter!« Das sagte er nur. Geschrieben war es schon.

Erst ging es langsam vorwärts. Doch immer rascher kritzelte seine Feder über das von den Händen der Kameraden beschmutzte und zerknitterte Blatt. Zuerst verallgemeinerte er den Fall und stellte den Vater in herzlichen Worten vor, was eine Heirat in seinen Jahren zu bedeuten hätte. Nun gar eine Heirat mit einer ›Bersohn‹, die den Jahren nach seine Tochter sein könnte! Und was die Leute dazu sagen, die bisher von der ›Hochehrensamkeit‹ des Pointnerhofes den Hut bis auf die Erde gezogen? Und gar nicht zu reden davon, was er mit dieser Heirat einem Gewissen zufüge, der freilich mit seinen ›hitzigen Händen‹ Das Recht zum Reden verspielt hätte – »aber doch, das es mir Mein liben Vatter verzeichn würd, weil ich mir allweil noch bihaupten trau, das es mein liben Vatter auch nich anders ankommen wär, wenn ihm der libe Ahnl selig auch so gmacht hätt, und nur so für die Tir hinsetzen und ein Tritt und zuschlagen, wo ein drinnen sliebe Mutterl Selig in schmerzen gebohren hat.«

Während er diese Worte schrieb, fiel ihm eine Träne auf das Blatt; er suchte sie mit dem Handballen fortzuwischen und verlöschte dabei die nasse Schrift. Seufzend fuhr er sich mit dem Ärmel über die schweißbetropfte Stirn, schluckte ein paar Mal, trocknete die Augen und kritzelte mit zitternden Fingern weiter. »Und überhaupts, wenn Mein liber Vatter leicht glaubt, das ich soh bin und von Heiratn überhaupts nich Wissen wil, wenns eine von Ort is und wo zu Mein liben Vatter bassen tut und man eine Achtung haben kan. Aber dass is was ahnders, weil es mir mein liben Vatter zlib schier das Herz Abdruckt wenn man sicht, das es soh Eine is eine solchene. Wo man in Schimmelwirt beim Bier davon Reden hert was dass für eine is. Einmal schon di Familli wo man sich schamen muss, wenn man mit ihnen beinander kommt, wo sich der Vatter in Schnaps versoffen hat, und die miserablichten Brüder wo ihre Stifmutter schier Umbracht haben und die Schwester nich viel mehr. Dann auch will die Kuni iberhaupts kein erlichen Namen nicht hat und bis iber ihrene Ohren rott werden muss, wehn Man sie nach ihrem Vatter fragt. Und dass ich nur Mein liben Vatter verzel, wo er sie fragen kann obs nich Durchbrennt is und hat in Rossenheim eine Kellnerin gemach. Und dass wiß mer schon das eine Kellnerin nichs ist nur ein Handtüchl, für ein Jeden seine Händ, wo er Sich dran hinbutzt. Wo man auch in Rossenheim nur nachfragen braucht was d'Leit reden –«

Karli stockte; es war ihm, als hätte sich eine Hand mit schwerem Druck auf seine Finger gelegt, um ihn am Weiterschreiben zu hindern. Verdrossen blickte er auf, und während er durch das Fenster nach dem Himmel starrte, verschwamm das lichte Blau da draußen in eine trübe, graue Fläche, aus der er Kunis Gestalt herauftauchen sah. Drohend blickte sie ihn an – nein, nicht drohend – mit dem Ausdruck müder Traurigkeit. Und das war auch die Kuni nicht, das war ein Kind, ein kleines Mädel mit rötlichen, zerzausten Haaren, mit einem schmalen, blassen Gesicht, auf dessen Wange sich blutige Nägelspuren zeigten. Es trug nur ein rotes Unterröckl und hielt mit den kleinen Händen das Hemd an den Hals gezogen – dann plötzlich streckte es die zitternden

Ärmchen in Zorn und Angst von sich, und da fiel ihm das Hemd über die Schultern, die bedeckt waren mit blauen Striemen. Nun stand an des Kindes Seite eine junge Frau mit gramvollen Augen, und das Prügeldirnlein flog auf die Mutter zu, krampfte die Ärmchen um ihre Knie, drückte das Gesicht in ihren Schoß und schluchzte.

Missmutig neigte Karli den Kopf und schrieb mit schwerer Hand noch die Worte an den Brief: »Aber ich Glaube das es genug is und dass Mein liben Vatter sich dass überlegen würd. Und indehm ich mein Liben Vatter auf das beste grisse, verbleibe ich mit den herzlixten Grissen Mein liben Vatter bis in den Tott – sein Liber Karli.«

Tief atmend sprang er auf und blies so lange auf den Brief, bis die Tinte eingetrocknet war. Dann rannte er aus der Kaserne, um den nächsten Briefkasten zu suchen. Und da kam's ihm wieder so in die Augen – auf dem ganzen Weg brachte er dieses Bild nicht mehr aus den Gedanken, dieses zerraufte, zerschlagene Dirnlein. Welch ein entsetzliches Leben, das Leben dieser Mutter und dieses Kindes! Da war es wirklich zu verwundern, dass eine ›so saubere, musper gewachsene Person‹ aus diesem Kind geworden und nicht ein Krüppel! Oder war es unter dem grausamen Druck dieser bitteren Jugend nicht doch zum Krüppel verwachsen? Zum Krüppel an Herz und Seele? Zu einem Krüppel des Glückes, mit dem man Erbarmen haben müsste, statt in Zorn mit ihm zu rechten? Geschlagen, gepeinigt bis aufs Blut, verlassen von Gott und Menschen, umher gestoßen in fremder Welt, ohne Trost und Tat! War es nach solch einem Leben zu verwundern, dass Kuni mit beiden Armen sich an einem Ort festzuklammern suchte, an dem sie zum ersten Mal sich wohl und behaglich fühlte, lachende Gesichter sah und freundliche Worte hörte? Freilich hätte ihr die Dankbarkeit einen andern Weg zeigen müssen als jenen, den sie für ihren Zweck gewählt. So meinte Karli. Und eines war unter keinen Umständen zu entschuldigen: Die schlaue Scheinheiligkeit, mit der sie es zu vertuscheln verstanden, was zwischen ihr und dem Vater im Gange war. Die Sache musste doch seit langem reif gewesen sein; sonst hätte die Bescherung an jenem Unglücksmorgen nicht so Knall und Fall über ihn herplumpsen können, gerade in der Stunde, in der er sich durch seine ›unsinnige Einbildung‹ vor Kunis Augen in den Anschein lächerlichster Eitelkeit gebracht hatte. Aber mochte sie so grundschlecht gehandelt haben, wie keine andere gehandelt hätte – ein gutes und gesundes Fleckchen musste doch in ihrem verkrüppelten Herzen sein; sonst hätte sie nicht mit solch einer abgöttischen Liebe auf Leben und Tod an ihrer Mutter hängen können.

Da gewahrte Karli an einer Mauerecke den Briefkasten. Hastig schob er den Brief in den schmalen Spalt. Als er ihn niederfallen hörte, zwängte er die zitternden Finger unter die Klappe, wie um den Brief noch zu haschen. Der lag aber schon in der unerreichbaren Tiefe des Kastens.

»Meintwegen! Jetzt kann ich's auch nimmer anders machen!«

Am andern Morgen ritt das Regiment ins Lager. Es kamen Tage, deren Strapazen dem Burschen nur selten Einkehr bei sich selbst gestatteten. Wenn er wirklich einmal darüber grübelte, welche Wirkung sein Brief auf den Vater geübt haben könnte, überkam ihn ein Gefühl von Unbehagen, über dessen Ursache er sich keine Rechenschaft abzulegen wusste. Er schüttelte unwillig den Kopf, schluckte alles mit Gewalt hinunter, was in ihm aufstieg, und redete sich in eine Hoffnungslosigkeit hinein, die ihm statt des zweifelhaften Gesichtes der Gegenwart eine Zukunft mit lachenden Augen zeigte.

So war eine Woche vergangen. Als Karli eines Nachmittags vom Manövergefecht in sein Quartier einrückte, wurde ihm durch die Post eine kleine Kiste überbracht. Sie kam von daheim und war mit allerlei Fleischwaren voll gepackt. Auf dem Boden der

Kiste fand sich ein kleines Säckchen angenagelt, das zwanzig Preußentaler und einen Brief des Pointners enthielt.

»Mein lüber Karli! Da schig ich dir was zum Schnabulüren weil mir ein Sau gschlacht haben und ein Lampl, das du mir nich vom Fleisch fahlen dust mein armer Bub, beim Esserzieren und der filen Plach und slechte Kohst. Un ein bisl Geld auff ein gute Mas Bier und das dein Gschtrenge Herr Wachtmeister ein bisl einreiben kannst, dass er Dich beser halten duht. Und so ietzt las dir Schmeggen und nur gwis nix lass dir nix abgehen was dein alten Vater in Herzen kimmern dät. Sonst get es mir gutt nur das Du nicht da bis, was ich in mein Draurigkeit immer dran denke. Und als Dir kein graus Haar nich waxen wo ich Dir son verzichen hab. Weil ich kein solchener bin, wo sein libben Son des sein kann, und dass ich gwis alles Recht mach, das es Dir recht is. Wo es schon einmahl so sein muss, und wies ich auch, dass der lübe God schon noch die Stund kommen last, wo ich mit mein gutten Karli alles dadrüber mit einand ausred, das er sein alten dummen Vater nich bes is. Was ich Dir auch sreiben Wil dass der Stoffel gestern auf sein nas gfallen ist und sich ganz blüedig schlagen hat im Gsicht, grad derwil die Kuni fort is in ihr Heimahd, und das sie Dich schön grießen lasst. Und musst nich derschreggen, weild er Schiml, wo du so hitzig gfahren hast, ganz dempfig heim Komen is und leicht grebieren mus. Aber, machtnichs und gibts auch ned, das ich zwegen ein lausigen Ros mein lieben Karli bes sein kunt. Und also mach dir nigs draus und pfiet dich Gott mein lüber Bub, womid ich dich grisse und so auch der Getz und ale und isbesonder dein alter

dalketer Vader
mit sein Gsalbader.«

Karli las, und las zum zweiten und dritten Mal, und während ihm die Tränen über die Backen rieselten, lachte er. Und das war ein übermütig seliges Lachen!

Dass sein Brief solch eine rasche, radikale Wirkung üben könnte, hätte er sich denn doch nicht träumen lassen. Wohl kam ihm in des Vaters Brief die eine und andere Stelle etwas dunkel vor. Um so deutlicher las er die Erfüllung seines ganzen Hoffens aus jenen anderen Worten: Dass der Vater alles so richten wolle, wie es seinem lieben Buben recht wäre – das die Kuni bereits ihren Laufpass erhalten und den Weg nach ihrer Heimat genommen. Der Vater hätte nicht deutlicher schreiben können! Und wie zufrieden und fröhlich musste den Pointner der verständige Entschluss gestimmt haben! Das verriet sich aus dem lustigen Verslein, mit dem der Vater seinen Brief geschlossen. Nach diesem Schluss konnte Karli die Stelle mit der ›Draurigkeit‹, die ihn anfangs so schwül berührt hatte, nur als einen gut gemeinten, aber etwas missglückten Scherz betrachten. Dass sein eigener Brief vom Vater mit keiner Silbe berührt wurde, fiel ihm nicht auf. Die Freude war in ihm zu mächtig, als dass sie ihn hätte zu langem Denken kommen lassen. Nun war alles wieder gut! Das war sein einziger Gedanke. Der ließ in ihm nur noch Raum für die Erwägung, wie lieb der Pointner seinen Buben haben musste, da er nicht einmal wegen der Geschichte mit dem Schimmel ein hartes Wort für ihn fand. Dass ihm der Vater die ›hitzigen Händ‹ vergessen konnte, und dass er die Kuni aus dem Haus gestampert, das waren in Karlis Augen für die Liebe des Vaters zwei Beweise, die noch von diesem dritten übertrumpft wurden: Dass ihm der Bauer auf der Point den in Zorn und Erregung zu Schanden gehetzten Schimmel verzieh.

In seligem Taumel durchschwärmte Karli die Nacht. Jetzt waren Glück und Sanni in seinem Herzen wieder oben auf. Wie im Flug verflossen ihm die folgenden Tage, und dennoch meinte er die Stunde der Heimkehr kaum erwarten zu können.

Die Manöver gingen zu Ende; in drei Tagesmärschen kehrte Karlis Regiment nach München zurück, und dann kam der ersehnte Mittag, an dem er, als der eiligste von der ganzen Schar der ›Urlauber‹, aus der Kaserne nach dem Bahnhof stürmen konnte.

Gegen zehn Uhr Abends erreichte er die Endstation seiner Bahnfahrt. Hier nächtigte er, weil es ihm die größere Freude schien, das Wiedersehen bei hellem Sonnenlicht zu feiern, statt den guten alten Vater mitten in der Nacht aus dem besten Schlaf zu reißen.

Bei grauendem Morgen brach er auf, nachdem er für die Heimschaffung seines Koffers Sorge getragen hatte.

Rosige Gedanken kürzten ihm den Weg, der hügelauf und hügelab durch Wiesen, Wälder und kahle Felder zog. Der Herbst verriet sich schon in dem kränkelnden Grün; an manchen Stellen deckte ein dünner Reif das Gras; und die schweren Frühnebel schienen sich untrennbar in den Bäumen verfangen zu haben; dennoch war es Karli zumut, als hätte er nie noch einen schöneren Morgen gesehen. Das war ein Morgen, der in seiner Wirkung jenem Abend glich, an dem ein Stern sich über dem Bygotterhäuschen geschneuzt hatte. Wie damals auf der Straße, so jodelte und dudelte Karli durch den Wald dahin. Als er dem Dorf bis auf eine halbe Wegstunde nahe gekommen war, schlug er einen Umweg ein. Auf der Straße musste man ihn im Pointnerhof schon von weitem kommen sehen; er wollte aber den Vater überraschen, wollte sich von der Waldseite über die Wiesen in das Haus schleichen.

Schon traten die Bäume auseinander, und Karli konnte schon den Wiesenhang gewahren. Da fiel im Dorf drunten ein Schuss, nun wieder einer, ein dritter und vierter, dann mehrere zugleich, und in das Knattern und Krachen mischten sich viele Jauchzer. Wurde da drunten eine Taufe gefeiert? Nein! Jetzt trug der bergwärts ziehende Wind auch die Töne von Trompeten und Klarinetten, die Klänge eines lustigen Marsches herauf. Das musste eine Hochzeit sein! Und das hörte sich an, als käm' es aus nächster Nähe? Aus dem Hof des Nachbars? Karli lachte. Er gönnte der Huber-Kathl diese Freude. Es war bei dem Mädel hoch an der Zeit gewesen, dass die Hochzeit kam!

Karli trat vom Waldsaum auf die Wiese – und das Lachen verging ihm. Zu seinen Füßen lag das elterliche Haus, der Hofraum war mit Menschen angefüllt, das Zauntor weit geöffnet; über den Köpfen der Leute schwankte der bunte Bänderstab des Hochzeitladers; ein langer Zug entwickelte sich aus der Haustür; ihm schlossen sich die Menschen an, die den Hofraum füllten; und während die Musikbande unter schmetternden Klängen in die Straße schwenkte, blitzten hinter den Scheunen der Nachbarhöfe die krachenden Schüsse.

Karli war bleich geworden. Die dünne Gerte mit der Blätterquaste, die er sich im Wald geschnitten, fiel ihm aus der Hand. Eine Weile stand er, als hätte der Anblick eines Gespenstes seine Glieder gelähmt. Die lustigen Töne des Hochzeitsmarsches entfernten sich und der Zug da drunten verschwand hinter den Häusern. »Vater! Vater!« Karli schlug die Hand in den Nacken, um die sinkende Mütze auf seinem Kopf zu halten, und keuchend stürmte er talwärts über die Weisen. Mit jeder Sekunde steigerte sich die Hast seines Laufes. Als er die Stelle erreichte, an der sich der Wiesengrund steil gegen den umzäunten Garten senkte, verlor er die Gewalt über seinen Körper. Er stürzte und wurde gegen den Gartenzaun geschleudert, dass die Staketen krachend unter ihm zusammenknickten.

Rasche Tritte. Der Götz erschien. »Jesus! Karli! Du!« Er zog den Halbbewusstlosen vom Boden auf. »Und grad heut muss Dich Dein Unstern heimführen!«

»So? Du?«, fragte Karli tonlos. »A Knecht daheim? Wann sein Bauer Hochzet macht?«

»Wer soll denn 's Haus hüten, wann alles bei der Gaudi is?« Götz führte den Taumelnden zu einer Gartenbank. »So! Hab Dich stad, dass ich um an Trunk Wasser schauen kann.«

Schwer atmend, das bleiche Gesicht von Schweiß bedeckt, saß Karli auf der Bank und sah dem Knecht nach, der um die Scheune verschwand.

Götz brachte einen Krug Wasser. Karli trank und ließ es geschehen, dass ihm Götz mit nassem Tuch das Gesicht erfrischte. Dann krampfte er die Hände um den Arm des Knechtes. »Götz! Därf's denn wahr sein, dass der Vater so ebbes tun kann?«

»Was hilft 's Reden jetzt? Mag's sein, wie's will. Jetzt heißt's halt: tragen! Dass Dich zum Schaden net auch der Spott trifft! Schau, von die Nachbarsleut spitzt schon einer her über d' Hecken! Geh, komm mit eini ins Haus!«

Als Karli die Stube betrat, suchte sein Blick die Stelle, an der das Bild der Mutter gehangen. Die Mauer war leer. »So, Mutter? Hast Platz gmacht? Für mich wird's auch bald Zeit sein!« Er fiel auf die Bank, warf sich über den Tisch und fuhr wieder auf: »Alles kunnt ich ihm verzeihen! Aber dass er mir net amal den Tag anzeigt, an dem er Hochzet macht –«

»Dein Vater hat Dir gschrieben. Gestern muss der Brief in München gwesen sein.«

»Gestern bin ich fort! Aber ins Lager hat er mir doch gschrieben, dass alles gut wär, und dass die Kuni fort is in ihr Heimat?«

»Fünf Tag später war s' wieder da, mit die Schriften, die s' zur Heirat braucht hat. Bei der kunnt a Fuchs in d' Schul gehn. Im Haus hat man kein Wörtl ghört. Kannst Dir denken, wie d' Leut gschaut haben am letzten Sonntag! Da is Dein Vater mit der Kuni verkündt worden in der Kirch, ein Mal für drei Mal. Und gleich am andern Tag is d' Hochzet ausgmacht worden.«

»Und Du, Götz? Du hast zugschaut? Statt dass meim Vater fügstellt hättst –«

»Was willst von mir? Ich bin der Knecht, Dein Vater is der Bauer. Amal, da hab ich ihn drum angredt. D' Antwort hab ich von der Kuni kriegt. Und 's Madl is Deim Vater nimmer von der Seiten gwichen. Wo ich gangen und gstanden bin, war die Kuni net weit. Ich weiß, dass ich ihr nie net taugt hab. Und unrecht hat s' net. Beim ersten Schritt ins Haus hab ich's kennt: Die bringt nix Guts unters Dach eini! Aber manchmal is mir's doch wieder gwesen, als ob ich mich täuscht hätt mit meim unguten Glauben. Ich will Dein' Vater net weiß malen. Aber sie hat ebbes in ihr, dös eim ankann.«

Mit höhnischem Gelächter schrie Karli gegen die Decke: »Jetzt is schön! Du auch! Leicht bist am End gar noch eifersüchtig auf mein' Vater?«

Ruhig sagte Götz: »Dir kann ich nix verübeln. Heut schon gwiss net! Dass ich in der Kuni 's Weibsbild gsehen hab, dös glaubst ja doch net von mir. Nur an einzigs Mal haben meine Augen nach so ebbes ausgschaut. Kein zweits Mal nimmer im Leben!« Er fuhr mit der Hand über die geschlosssenen Augen. »Was mich diemal an der Kuni so gspassig anpackt hat? Ich kann's net sagen. Lang hat so ebbes nie net dauert bei mir. Oft war's bloß a Schnaufer, und im nächsten hab ich 's Madl schon wieder angschaut wie selbigs Mal, wo s' mir die erste Hand hinboten hat. Ich hab's von Anfang gwusst, dass mit der Kuni der Unfried zur Tür einitanzelt. Und dass ich Dir's offen eingsteh: Ich hab gforchten für Dich. In junge Jahr is halt 's Blut oft stärker wie aller Verstand im Menschen. Dös kann Dir keiner besser sagen als ich. Und um Dich wär mir leid gwesen. Und um d' Sanni!«

»Für mich hast gforchten, Götz?« Eine heiße Röte huschte über Karlis verstörte Züge. »No schau, dei' Offenheit is die meinig wert!« Mit ehrlichen Worten berichtete er dem Knecht, was in jener Nacht nach seinem lustigen Abschied vorgefallen. »Wie ich am andern Morgen nachdenkt hab über alles, hab ich nix anders glaubt, als dass die Kuni ihr Rechnung gmacht hätt mit meim rauschigen Blut. Was für an Unsinn dös gwesen is, hab ich gleich erfahren müssen, wie ich eini kommen bin in d' Stuben –«

Karli verstummte und sah betroffen in die Augen des Knechtes, der mit heftigem Griff seinen Arm umklammert hatte und in leisen Worten auf ihn nieder sprach: »Und wie in d' Stuben kommen bist, hast zum Spötteln angefangt, gelt? Und hast es ihr hingrieben, was sie für eine wär? Und z'erst, da hat s' Dich angschaut, wie wann s' kein Wörtl net verstünd? Und nacher hat s' Dir ins Gsicht einiglacht und hat Dir gsagt, wie Du so ebbes von eim Madl denken kannst, dös über a paar Wochen Hochzet mit Deim Vater macht?«

»Ja, Götz!«, stammelte Karli. »Aber wie kannst denn Du erfahren haben –« Wieder verstummte er und betrachtete verwundert den Knecht, der unter heiserem Lachen den Kopf zwischen die aufgezogenen Schultern drückte.

In dieses Lachen mischten sich die Klänge von Trompeten und Klarinetten, mischten sich die Jauchzer und Schüsse, die den von der Kirche kommenden Hochzeitszug auf seinem Weg begleiteten.

Erbleichend schnellte Karli von der Bank auf und wollte zur Tür. Götz hielt ihn zurück. »Wo willst denn hin?«

»Soll ich da in der Stub stehn müssen, wann der Vater die Bäuerin zur Tür einiführt?«

»Die kommen net heim. Der Zug muss am Hof vorbei, wann er zum Wirtshaus will. Da, schau zum Fenster aussi, da sind d' Musikanten schon!«

Draußen auf der Straße zogen die Bläser vorüber, Paar um Paar, die hohen Spitzhüte mit dicken Blumensträußen geschmückt. Ihnen folgte der Hochzeitlader; in tanzendem Gang schwenkte er den hohen Stab, dessen bunte Bänder lustig im Wind flatterten. Dann kam der Pfarrer, zwischen dem Paar, das er verbunden ›für Leben und Sterben, für Erde und Himmel‹. Kuni, in reichem bäuerlichen Gewand, trug den Kopf mit der schimmernden Brautkrone stolz erhoben; leichte Blässe lag auf ihrem hübschen Gesicht; sie blickte gerade vor sich hin, mit einem leisen, fast verächtlichen Lächeln, das um ihren Mund herum wie versteinert schien. Mit dem energischen Gang dieser beiden vermochte der Pointner nicht Schritt zu halten. Er ging gebückter als sonst und hob keinen Blick von der Straße.

»Götz! Schau ihn an, den Vater!«, fuhr Karli auf. »Schaut er net aus, wie wann er die schwere Sünd am Buckel spürt, die er an mir verübt? An mir und noch mehr an ihm selber?« Er schlug den Arm vor die Augen und ging aus der Stube.

In Sorge sah Götz ihm nach. Dann wandte er die Augen gegen die Kammertür und nickte unter rauhem Lachen vor sich hin: »Ja, Bauer, jetzt erbarmst mich! Dös Räuscherl, dös Dir anzecht hast zum Abschied von Deim Buben, dös kommt Dir teuer z'stehn.« Draußen im Flur stieg Karli schwer über die Treppe hinauf. Als er die oberste Stufe erreichte, musste er sich am Geländer festhalten. Keuchend streckte er sich und suchte seine Kammer. Hier fand sein erster Blick das verblasste Bild der Mutter, das am Haupt des Bettes an der Wand hing. »Mutter! Gelt, wir zwei, wir ghören zu anand!« Er warf sich über das Bett und grub das Gesicht in die Kissen. So lag er und rührte sich nicht; nur die Schultern zuckten unter lautlosem Schluchzen.

Eine Stunde mochte vergangen sein, als sich Stimmen im Flur und Schritte auf der Treppe vernehmen ließen. Erschrocken fuhr Karli in die Höhe. Da öffnete sich schon die Tür, und Götz erschien: »Karli, Dein Vater is da. Er meint, Du sollst mit ihm ummi ins Wirtshaus!«

»Ich? Ah na! Nie net!«, schrie Karli in Zorn. »Ehnder fall ich um am Platz!«

»Karli! Bub!«, tönte von draußen eine schüchterne Stimme, und in der Tür tauchte der Pointner auf.

»Vater!« Dem Buben schoss das Blut in die Stirn. Und dem Pointner zitterten die Backen; er flocht die Hände ineinander, wie es Leute machen, die nicht reden können. »Lass gut sein, Vater!«, stieß Karli mit versagender Stimme vor sich hin. »Rechten därf ich net mir Dir. Und dass wir zwei in Güt mitanand reden, dazu is's lang schon z'spat!«

»Na, Karli, schau, lass Dir sagen – schau, grad erst hab ich ghört, dass kommen bist. Und da hat's mir kei' Ruh nimmer lassen. Vom Mahl bin ich weg. Und schau, da wirst mir doch so ebbes net antun können, dass net amal zu meiner –«, der Pointner würgte das Wort hinunter, das er hatte sagen wollen, »dass Du daheim bleibst, wo 's halbe Dorf Dein Vater die Ehr gibt! Schau, Karli, grad dös einzig tu mir net an!«

»Ich kann net, Vater, ich kann net!«

»Bub! Jesus Maria! Tu mir so was net an!«

Karli vermochte nicht zu antworten; er schüttelte nur den Kopf und wandte sich ab.

Da schien der Pointner am Erfolg seiner Bitte zu verzweifeln. Er ließ die Hände fallen und tat einen tiefen Seufzer. »No also, wann halt gar net kannst, nacher kannst halt net! Und schau, Karli, ich bin Dir net harb drum. Gwiss net! Aber was mir jetzt antust, dös kann ich Dir net sagen!« Langsam wandte er sich zur Tür, und immer tiefer sanken ihm die Schultern, während er mit tastenden Füßen über die Schwelle schlich. Es schien, als wäre in diesem Augenblick das Alter über ihn gekommen.

Karli fuhr auf, und als wollte er vom Götz einen Rat hören, flogen seine Augen nach der Stelle, wo der Knecht gestanden. Götz war verschwunden. Eine Weile stand Karli wie versteinert auf dem gleichen Fleck; in seinen Zügen spiegelte sich der quälende Kampf seines Herzens. Dann stürzte er aus der Stube, und als er auf der Treppe den Vater gewahrte, rief er ihm mit versagender Stimme zu: »Vater, tu warten a bissl – nacher komm ich halt!« Bevor es der Pointner zu einer Antwort brachte, war Karli wieder in seiner Stube, schlug hinter sich die Tür zu, riss mit zitternden Händen die Uniform vom Leib und warf sich in seinen bäuerlichen Sonntagsstaat.

Als er so verwandelt die Treppe hinunter stieg, streckte ihm der Pointner von drunten die Arme entgegen. »Karli, dös vergiss ich Dir net! Und mag's jetzt gehn, wie's will. Eh lass ich mir d' Haut übern Buckel ziehen, eh ich zugieb, dass Du in Deim Recht verkümmert wirst! Na, Karli, dös vergiss ich Dir net! Und komm jetzt, komm!«

Mit beiden Händen fasste er den Sohn am Arm und zog ihn mit sich fort ins Freie. Auf der Hausbank saß der Götz. Karli atmete erleichtert auf, als er den herzlich ermunternden Blick gewahrte, der ihn aus den Augen des Knechtes traf. Zu einem Wort ließ ihn der Pointner nicht mehr kommen. Er riss ihn mit sich fort, durch das offene Zauntor, auf die Straße hinaus, vorüber an Häusern und Gehöften. Wer den Weg der beiden kreuzte, bekam es vom Pointner mit Lachen zu hören: »Du, da schau, mein Karli is kommen! Ganz extra auf den heutigen Tag! Gelt, da schaust!« Und als die zwei das Wirtshaus erreichten, in dessen ebenerdiger Stube die ›halbeten‹ Hochzeitsgäste, die nicht zur Tafel geladenen Burschen und Mädchen, auf den Beginn des Tanzes warteten, füllten sich alle Fenster mit neugierigen Gesichtern. Das sah der Pointner nicht; er sah nur immer seinen Buben an, zog ihn über die Schwelle, schleppte ihn hinter sich die Treppe hinauf und zerrte ihn gegen die Tür des leeren Tanzsaales. Hier ließ er die Hände von ihm und stotterte in Sorge: »Karli, gelt, tu's mir z'lieb! Und nimm Dich zamm!«

Aus der Tür des Nebensaales, in dem an langer Tafel die Mahlgäste saßen, kam ihnen Kuni entgegen. Während hinter ihr die Tür sich mit Leuten füllte, streckte sie dem Burschen lächelnd die beiden Hände hin: »Grüß Dich Gott, Karli! A größere Freud hätt ich net haben können, als dass der Haussohn net fehlt an mein Ehrentag!« Ein spöttischer Zug kam in ihr Lächeln, und während sie Karlis Hände schüttelte, dämpfte sie die Stimme: »Jetzt komm nur gleich! Grad ummi von mir musst sitzen! Von meiner Familli is keiner da. Weißt, dass Dich net schamen musst! Und ich? Ich bin jetzt die Bäuerin auf der Point. Dös is halt doch a bissl ebbes als so a lumpige Kellnerin, die nix anders net is als a Handtüchl für alle Pratzen. So geh, so komm doch, Bub!«

Karli war bleich geworden. Mit zornigem Blick suchten seine Augen den Vater. Der machte ein Gesicht, dem es deutlich anzusehen war, dass er nicht wusste, was er zu Kunis seltsame Rede denken sollte. Jetzt war aber auch für ihn keine Zeit zum Denken. »So geh, Bub, und komm!« Er fasste Karli am Arm und zog ihn gegen die Tür des Nebensaales. Mit dem Ellbogen stieß er die Leute beiseite, die sich zur Begrüßung herandrängten, und kreischte: »Da schauts her, was für a Gast kommt!« Was noch auf den Stühlen saß, erhob sich; nur der Hochwürdige Herr blieb sitzen. Der Pointner zog seinen Buben zur Tafel, ergriff ein Glas und stieß es auf den Teller, dass er in Scherben auseinander fuhr. »Stad sein, sag ich! Jetzt muss ich ebbes reden! Da schauts her! Mein Bub is kommen zum heutigen Tag! Und dass ich a größere Freud net hätt erleben können, dös is wahr! Da gibt's fei nix zum Lachen – hörst es, Holzerbauer? Ja! Und grad freuen tut's mich, dass man mich als Hochzeiter noch net leben hat lassen! Denn der, wo z'erst heut leben soll, dös is mein Bub! Leben soll er hundert Jahr, na, gleich tausend Jahr. Für so an Buben sind hundert Jahr wie gar nix! Gelt, jetzt könnts lachen, ja! Dös is der Neid, weil keiner von enk Glatzköpf so an Buben hat wie ich! Und drum soll's ihm gut gehn, und alles soll er haben, was er sich einbildt! Und leben soll er! Blasen, Musikanten! Blasen, sag ich! Kreuzsaxen! Grad blasen! Und leben soll er! Dreimal, na, hundertmal hoch!«

Gerührt und lachend schlang der Pointner den Arm um Karlis Hals und leerte in glucksenden Zügen das Glas bis auf die Neige.

9.

An der Hochzeitstafel war die Ordnung wiederhergestellt. In das schnatternde Geplauder mischte sich das Klappern der Gläser und Teller.

Dem Pfarrer gegenüber, der still zwischen dem Brautpaar saß, hatte Karli seinen Platz erhalten. Er hob fast keinen Blick von seinem Teller. Um jedem Gespräch auszuweichen, nahm er zwei- und dreimal von jeder Schüssel und aß von jeder Speise so lang, bis die nächste an die Reihe kam. Auf die sprudelnden Fragen des Vaters konnte er freilich nicht immer die Antwort schuldig bleiben. Der stieß vor jedem Trunk mit ihm an und tat, als hätte der festliche Tag nur den einen Zweck, seinen Buben zu ehren, und als während die fünfzig Gäste nur geladen, um Karlis Heimkehr mit ihm zu feiern. Er wurde ganz verdrießlich, als draußen die Musik begann und der Pfarrer sich erhob, um das Hochzeitspaar zum Ehrentanz in den Saal zu führen.

Auch Karli erhob sich, erleichtert aufatmend. Es war ihm eine Wohltat, endlich von Kunis funkelndem Blick und ihrem steinernen Lächeln erlöst zu werden. Unter der Schar der anderen Gäste ließ er sich in den Tanzsaal drängen. Der Pointner mochte wohl seit langen Jahren kein Tänzchen mehr versucht haben; seine

Füße waren der flinken Bewegung entwöhnt und gerieten immer wieder aus dem Takt. Dafür tat Kuni durch energische Führung das möglichste, damit ihr ›Ehrentanz‹ für die hundert neugierigen Augen nicht zu einem lächerlichen Schauspiel wurde.

Finster sah Karli zu. Als er gewahrte, dass dem Vater wirblig zumut wurde, näherte er sich rasch dem Paar, löste Kunis Hand von der Schulter des Vaters und tanzte mit ihr weiter, während der Pointner schnaubend an die Mauer taumelte.

Drei Runden tanzte Karli mit Kuni, dann stellte er sie an die Seite des Pfarrers, stieß mühsam ein ›Vergelt's Gott, Hochzeiterin!‹ hervor und schoss davon. Als er die Treppe erreichte, scholl ihm aus der unteren Wirtsstube lautes Gelächter, Zitherklang und eine jodelnde Stimme entgegen. Ein Bursch kam mit wieherndem Lachen aus der Stube, packte den jungen Pointner am Arm und schrie: »Jesses! Grad hat man gredt von Dir! Und wann jetzt dagwesen wärst, hättst lachen können! Weißt, der Maurer-Hansl hat a Liedl zum Besten geben, ja, vom Haserl und der Feechin[1]. Geh, komm eini, Dir z'lieb muss er's noch amal singen!« Karli wurde in die Wirtsstube gezogen, wo unter einer lachenden Gruppe von Burschen und Weibsleuten der Maurer-Hansl vor der Zither saß. »He, da schauts her, wen ich bring! Und mach weiter, Hansl, fang nur gleich wieder an, der Karli muss Dein Liedl hören!«

»Ah na, ich trau mich net!«, lachte der Hansl, während er mit dem dicken Daumen über die Saiten strich.

»Därfst Dich schon trauen! Der Karli is Dir net harb drum. Kannst es ihm am Gsicht ablesen, was ihm der heutige Tag für Freud macht. Geh weiter und sing!«

---

1 Füchsin

Während sich alle Gesichter in Neugier und Schmunzeln nach dem jungen Pointner wandten, ließ der Hansl die Saiten schwirren und sang mit näselnder Stimme:

»Z'naxt war ich beim Holzen,
Net lang noch is's gwe'n,
Hab a ganz an alts Haserl
Im Daxboschen gsehn.
Vor Kältn hat's gschnadert,
Kei' Sonn hat's derwarmt –
O mein Gott, wie hat mich
Dös Haserl derbarmt!«

Einer der Burschen ließ ein grölendes Lachen hören, die andern wiederholten in misstönigem Chor:

»O mein Gott, wie hat mich
Dös Haserl derbarmt!«

Lauernd schielte der Maurer-Hansl zu Karli auf, griff einen schnurrenden Akkord und sang:

»Z'naxt war ich beim Holzen,
Weiß nimmer, wann's war,
Hab a Feechin drauß gsehen,
Mit brandrote Haar,
Mit schneeweiße Prankerln
Mit eim sakrischen Gschau!
Mit eim bluhweißen Brüsterl,
Hab's gsehen ganz gnau!«

»Ah, den schau an! Ganz gnau hat er's gsehn!«, kicherte ein Bursch, während die andern vor lachen kaum die Worte des Refrains zu wiederholen vermochten.

Karli trat mit blitzenden Augen dicht an den Tisch, als der Maurer-Hansl die dritte Strophe begann:

»Z'naxt war ich beim Holzen,
hab Schindelholz kliebt,
Da hat sich dös Haserl
In d' Feechin verliebt.
Und a Mannderl hat's gmacht,
Und a Hupferl a kloans,
Und hat – –«

Weiter kam der Hansl nicht. Karli hatte ihm die Zither unter den Händen fortgerissen. In der Stube wurde es so still, dass man eine Stecknadel hätte fallen hören. Und da beugte sich Karli über den Tisch und sprach dem Hansl mit Zorn bebender Stimme ins Gesicht: »Du! Solang ich noch zwei gsunde Fäust hab, lass ich kein' Spott auf 'n Vater kommen. Und was d' Hochzeiterin angeht? Von ehut an tragt s' meim Vatern sein' Nam. Für den steh ich ein! Und wann Du Dein saubers Liedl noch an einzigs Mal singst, nacher wachsen wir zamm, verstehst mich!«

Er richtete sich auf, warf einen funkelnden Blick über die verdutzten Gesichter, rückte den Hut und verließ die Stube. Unter der Haustür schüttelte er sich, als möchte er alles, was drückend auf ihm lag, gewaltsam von sich werfen. Mit einem Satz sprang er über die drei Stufen hinunter, huschte hinter das Haus, übersprang einen Zaun und eilte zum Binderholz.

Als er den Waldsaum erreichte, stieg er über den Straßengraben, schleuderte den Hut beiseite und warf sich ins Moos. Gleich richtete er sich halb wieder auf und lauschte gegen die Stelle, an der sich die Straße mit einer Biegung im Wald verlor. Nun vernahm er den Hall von Schritten und wollte flüchten. Nein! Dort kam einer gewandert, laut vor sich hin pfeifend, die eine Hand in der Hosentasche, die andere Hand am Stock, mit dem er über der Schulter ein dickes Bündel trug. Vor dem brauchte sich Karli nicht zu verstecken. Ein Fremder! Da hatte er keine Frage zu befürchten, vor der er die Fäuste hätte ballen müssen.

Seufzend warf sich Karli ins Moos zurück, verschlang die Hände hinter dem Nacken und schaute unter halb geschlossenen Lidern dem näher Kommenden entgegen, den man für einen wandernden Handwerksgesellen halten konnte. Aber sicher hatte nicht er dem Meister, sondern der Meister ihm gekündigt. So meinte Karli, auf den der Fremde einen unbehaglichen Eindruck machte. Eine schlanke Gestalt, die bei faulem Gang träg in sich versank. Das in halb städtischem, halb bäuerischem Schnitt aus schwarz und grün gewürfeltem Tuch gefertigte Gewand war zertragen und unsauber. Ein mürber, hellgrauer Filzhut saß schief über den schwarzen, glatt frisierten Haaren, die sich mit breiten Haken in die Schläfe des blassen, scharf geschnittenen Gesichtes krümmten. Der dünne, schwarze Schnurrbart war in steif gewichste Spitzen gezogen; Kinn und Wangen waren rasiert. An der rechten Seite des Halses zeigte sich eine schlecht verheilte Narbe, die sich unter dem weißen Papierkragen verlor. Eine hellblaue Krawatte verdeckte nur halb die zerknüllten Brustfalten des unreinlichen Hemdes.

Als sich der Fremde näherte, drückte Karli die Augen zu; wenn er schlief, brauchte er nicht zu grüßen. Es schien auch, als wollte der Fremde vorübergehen; plötzlich verhielt er den Schritt, musterte den im Moos Liegenden mit einem stechenden Blick seiner grau schillernden Augen, überstieg den Straßengraben, puffte die Stiefelspitze an Karlis Sohle und sagte spöttisch: »Geh, Du, mach Deine Guckerln auf!«

Karli öffnete die Augen.

»Bin ich da recht am Weg ins Ort eini?«

»Natürlich, geht ja d' Straßen grad aus!«

»Und 's Wirtshaus? Is wohl net weit von der Straß?«

»Hart dabei. Wer Durst hat, verleidt kein Umweg.«

»Wie schaut's denn da mit der Unterkunft aus?«

»Für unserein' tut's es. Für noblige Leut wird's spuken.«

»Und a saubere Kellnerin? Was?«

»Wann s' Ihnen gfallt! Ich hab s' noch nie drum angschaut.«

»Geh!« Lächelnd kniff der Fremde die Augen ein. »Ich mein', ich sollt s' kennen, Euer Kellnerin. Sie is doch erst vor a paar Monat eingstanden? Neet?«

»Was? D' Walli? Die is schon vier Jahr beim Zeug.«

Der Fremde zeigte ein verdutztes Gesicht. Eine Weile stand er schweigend; dann nickte er einen Gruß, sprang über den Straßengraben zurück, und während er weiter bummelte, murrte er vor sich hin: »Verflucht, da hab ich am End gar den Ludersweg umsonst gmacht!«

Je weiter er sich von Karli entfernte, desto rascher wurde sein Gang. Nach einer Viertelstunde erreichte er das Wirtshaus und schob sich in die Stube hinter einen Tisch. Als die Kellnerin den Krug brachte, winkte er gegen die zitternde, hallende Decke und fragte: »Wen graben s' denn da droben ein?«

Die Kellnerin kicherte. »Den alten Bauer auf der Point. Der heirat sei' junge Hauserin, die vor a paar Monat erst bei ihm eingstanden is. Mit der haben s' uns ebbes Saubers geschickt, d' Rosenheimer!«

Der Fremde sprang auf und klatschte unter wieherndem Gelächter die Hand auf den Tisch.

»Jesses, was haben S' denn?«

»Was ich hab? Den Bauer muss ich mir anschauen! Und die saubere Hochzeiterin!«

Er schob mit dem Ellbogen die Kellnerin aus dem Weg, sprang flink die Treppe hinauf und drängte sich in den Tanzsaal. Hier stand er in einer Gruppe von Burschen und spähte über das Gewirr der Tanzenden. Da zuckte es in Spott über sein Gesicht, und immer folgte sein lauernder Blick einem Paar. Jetzt trat dieses Paar aus der Reihe, und während sich der Tänzer mit den Fäusten den Schweiß von den Backen wischte, fuhr sich Kuni mit dem weißen Tuch über Stirn und Wangen. Sie wollte schon wieder zu tanzen beginnen, als sie über die Schulter eine spöttische Stimme hörte: »Grüß Dich Gott, Hochzeiterin!«

Erschrocken fuhr sie herum. Die glühende Röte ihres Gesichtes verwandelte sich in Blässe. Sie stand wie gelähmt, einen angstvollen Blick in den Augen.

»Grüß Dich Gott, hab ich gsagt!«, wiederholte jene spottende Stimme. »Oder hat's Dir d' Red verschlagen? Gladen hast mich freilich net zu Deiner Hochzet. Aber ich trag Dir's net nach, ich bin a guter Kerl. Tag und Nacht bin ich glaufen, dass ich noch recht komm zu Deim Ehrentag. Da wirst mir doch an Tanz verlauben? Mir? Als Deiner nächsten Gfreundschaft?«

Kuni schwieg und übersah die Hand, die der Fremde ihr bot.

Lächelnd trat er an ihre Seite: »Oder meinst, es tät sich net schicken für Dich? Freilich hast bis heut den gleichen Namen tragen mit mir. Aber vielleicht bildst Dir ein, dass dei' Familli die besser is als die meinig?«

In scheuer Hast hob Kuni die Hand, als hätte sie diesen lauten Mund verschließen mögen. Ihre Augen füllten sich mit Tränen, als sie sich in die Arme des Fremden gab, der sie hineinriss in das Gewühl der Tanzenden.

Im gleichen Augenblick schob sich der Pointner aus dem Nebensaal; sein Gesicht brannte und seine Stimme kreischte: »Karli! Bub! Wo is denn mein Karli? Hat denn niemand mein' Buben gsehen? Karli! Karli!«

Da konnte der Pointner lange rufen und suchen. Wenn er seinen Buben hätte finden wollen, hätte er einen andern Weg nehmen müssen, als vom Tanzsaal in das Nebenzimmer, von dort in die untere Wirtsstube und von der Stube wieder in den Tanzsaal. Er hätte hinauswandern müssen ins Binderholz, wo Karli im Wipfel einer Buche saß, die schon rote Blätter hatte.

Vielleicht ahnte der einsame Späher, dass er im Wirtshaus vermisst und gesucht wurde; seufzend warf er einen letzten Blick auf das öde Bygottergehöft, ließ sich nieder gleiten, eilte lautlos den hohen Zaun entlang und schlüpfte durch die Birkenbüsche, um den Fußweg zu gewinnen. Als er einer kleinen Lichtung nahe kam, über die der Pfad hinwegführte, blieb er lauschend stehen. Durch dünnes Buschwerk scholl ihm sachtes Plätschern und ein halblauter Gesang entgegen, dessen schwermütige Weise vor dem Gemurmel des Baches begleitet wurde. Heiße Röte schoss ihm in die Wangen; vorsichtig teilte er die Büsche; dann sprang er lachend dem Ufer zu.

Erschrocken fuhr Sanni auf, und die weiße Leinwand, die sie im rinnenden Wasser des Baches gespült hatte, fiel ihr aus den Händen. Ehe sie noch ein Wort herausbrachte, hatte Karli sie schon umschlungen. Unter Stammeln und Lachen überströmte er Sannis Mund mit Küssen. Regungslos, als wüsste sie nicht, wie ihr geschähe, ließ sie die stürmische Zärtlichkeit über sich ergehen. Nun hob sie selbst die Arme, schlug sie um den Buben und drängte sich an seine Brust, als wäre sie einsam in weiter Welt gestanden und hätte plötzlich ihre Heimat gefunden.

»Sannerl! Du Liebe! Jetzt kann meintwegen heiraten, wer mag! Weil nur wir zwei beinand sind!« Karli führte das Mädel zu einem halb von Gebüsch umwachsenen Steinblock und zog es an seine Seite. »Hast Dein Versprechen ghalten? Hast fleißig an mich denkt in die vier ewigen Wochen? So oft hast gwiss net an mich denkt, wie ich an Dich! Schau, wann ich ’s Denken an Dich net ghabt hätt, ich hätt ja narrisch werden müssen in meiner Kümmernis. Aber was schaust denn so? Weißt denn net, was heut im Ort drin geschieht?«

Wie hätte Sanni das wissen können? Seit Karlis Abschied hatte sie keinen anderen Menschen gesehen als ihren Vater; seit Wochen war es heute zum ersten Mal, dass sie den Bereich des umzäunten Hofes überschritt.

Karli sagte ihr, was dieser Morgen über ihn gebracht hatte. Diese Nachricht schien auf Sanni nicht die niederschmetternde Wirkung zu üben, die Karli befürchtet haben mochte; als er sie an den ›Bsuch‹ erinnerte, den sie vor Wochen an einem Fenster des Pointnerhofes gewahrt hatte, und als er nach Umschweifen damit herausplatzte, dass dieser ›Bsuch‹ mit seinem Vater Hochzeit hielte, fand Sanni statt eines Jammerrufes nur ein freudiges »Gott sei Dank?«

Verdutzt guckte Karli drein. »Was? Gott sei Dank?«

»Dass derselbige Bsuch Deim Vater golten hat!« Weiter kam Sanni nicht; in Verwirrung drehte sie das Gesicht.

Nun verstand er und wurde ein bisschen verlegen. »Aber Schatzl! Wie hast denn da an Augenblick eifern können? Ich? Und so eine!«

»Sie hat so glanzige Augen ghabt!«

Karli drückte das Mädel glückselig an sich. »Ah na! Wer Dich hat, schaut sich auf nix anders nimmer um. Und weiter brauchst Dich net kümmern wegen der gspassigen Heirat da. Seit wir zwei mitanand auf gleich sind, kümmert mich gar nix mehr! Mag der Vater hausen mit seiner Bäuerin. Ich hab zwei junge Arm, ich will mir schon a Heimat schaffen für Dich und mich! Mein Muttergut kann mir der Vater net verwehren. Dös will er auch net. Heut in der Fruh erst hat er mir's gschworen, und unser Herrgott hört an jeden Schwur und straft an jeden, der brochen wird.« Karli verstummte, erschrocken über die Wirkung seiner Worte.

Sanni war bleich geworden, ein Zittern befiel ihren Körper, angstvoll starrte sie ins Leere und schlug die Hände vor das Gesicht. »Er hört an jeden Schwur, und jeden straft er, der brochen wird! Und ich hab gschworen und –« Sie ließ die Hände sinken und sah mit nassen Augen zu Karli auf. »Ich kann nix dafür, ich hab net anders können, und es reut mich auch net, und wann ich's gleich büßen müsst an meim Leben.«

»Aber Schatzl, Jesus Maria, was is denn?«

»Wie mir selbigsmal so an lieben Abschied gsagt hast, selbigs Mal in der Fruh, da is ebbes geschehen. Da muss meim Vater ebbes in Kopf einikommen sein, was Seltsames, ich weiß net, was. Und da hat er mich an der Hand in d' Stuben gführt, ganz zum Fürchten is er gwesen, und hat mich Sachen gfragt, dass ich ganz erschrocken bin. Und weil ich ihm nix anders hab sagen können, als dass ich brav gwesen bin mein Leben lang, da hat er aufgschnauft, und ghalst und druckt hat er mich, dass mir angst worden is. Und nacher hab ich bei Blut und Leben schwören müssen –«

»Was, Sanni, was hast schwören müssen?«

»Ich kann's net sagen, wie's der Vater gsagt hat. Weißt, er hat gmeint, es sollt für mich kein andres Mannsbild geben als wie der Herrgott und der Vater. An kein' dürft ich denken, mit keim sollt ich reden und kein' dürft ich gern haben.«

»Da hört sich aber alles auf!«, fiel Karli mit heißer Empörung ein. »So a Vater, der so ebbes von seiner Tochter verlangen kann! Und bei so einer Narretei soll unser Herrgott mithelfen? Ah na! Unsern Herrgott kenn ich besser. Wann sich Dein Vater gar so gut auskennt im Testament, da muss er wissen, dass unser Herrgott in seiner Gütigkeit gsagt hat: Liebet einander, und es is net gut, wann der Adam allein is!«

Aufatmend schmiegte sich Sanni an diesen zärtlichen Bibelkenner.

Karli predigte in glühendem Eifer: »Unser lieber Herrgott is gscheider als Dein Vater. Für so an unsinnigen Schwur, zu dem Dich Dein Vater zwungen hat, für so an Schwur hat unser Herrgott an Lacher! Bei so ebbes sagt man Ja, dass man vor der Narretei sein' Fried hat. Und weiter braucht man sich net dran z'halten. Dös sag ich, und wann's der Pfarrer hört. Und grad so sag ich's Deim Vater und geh auf der Stell zu ihm eini und sag's ihm schnurgrad ins Gsicht.« Er schüttelte die Fäuste, als hätte er nichts Eiligeres im Sinn, als seine Worte zur Wahrheit zu machen.

Erschrocken zog ihn Sanni wieder auf den Stein zurück. »Jesus! Karli! Du kennst mein' Vater net! Und Gott sei Dank, heut is er net daheim! Am Sonnberg is er droben. Sonst hätt ich mich net wegtraut vom Haus. Aber mir is gwesen, als müsst ich wieder amal an andre Luft zum Schnaufen kriegen als grad die unser.«

»Hast schon recht! D' Viecher sperrt man hinter die Zäun, net die gwachsenen Leut. Aber der Sonnberg? Der ghört ja zu unserm Hof. Was tut denn Dein Vater da droben?«

»Ich kann mir's selber net denken. Er redt über seine Sachen nie mit mir. Aber oft schon is er draußen im Hof gstanden, und allweil hat er auffigschaut gegen d' Sonnbergplatten.«

»Am End is er auffigstiegen, weil er meint, da droben redt er sich leichter mit seinem Herrgott. Kann sein, er zündt ihm wieder a Fuierl an?« Dazu lachte Karli. Dieses Lachen tat ihm leid, als er die Tränen sah, die aus Sannis verstörten Augen tröpfelten. Zärtlich drückte er das Mädel an seine Brust. »Geh, musst mir net harb sein, dass ich so dumm hab reden können! Mir is halt wieder eingfallen –« Und da erzählte er, wie er an jenem Morgen zum heimlichen Zeugen des seltsamen Opfers geworden.

In Kummer nickte Sanni vor sich hin: »Oft muss ich fürchten, als ob er nimmer ganz licht wär im Kopf. Aber d' Lieb redt mir's allweil wieder aus. Er schafft und hantiert, viel gscheider und anstelliger als hundert andere. Gahlings packt's ihn wieder, dass ich mir nimmer z'helfen weiß vor Ängsten. Im Zorn kann er sein, dass mir der Herzschlag völlig ausbleibt. Und net bloß im Zorn, grad so in seiner Lieb.« Sie verstummte, und ein Schauer rüttelte ihre Schultern. – »Und da sollt's kein Helfen net geben?«, grollte Karli, während er den Arm um Sannis Nacken schlang.

»Diemal redt er, dass ich kein Wörtl net versteh. Und 's andermal redt er wieder, dass ich glaub, dös hätt ich alles schon ghört, in der Schul oder in der Christenlehr. Ganze Täg und Nächt sitzt er über seine Bücher. In der Stuben tut er predigen für ihm selber. Wann ich's recht versteh, passt er auf die richtige Zeit, wo er alles in der Welt wieder so richten möchte, wie's um Abrahams Zeiten unter die Patriarchen gwesen is. Vom lieben Heiland und der heiligen Mutter därf ich kein Sterbenswörtl net sagen. Da kann er ganz ausanand kommen! Und auf die geistlichen Herrn hat er's abgsehen! Die heißt er ein' Baalspfaffen um den andern, dass ich mich heimlich oft kreuzigen tu.«

»Wann da der Pfarr amal dahinter kommt, da kann's ebbes absetzen!«

»Und nie net därf ich mit ihm reden von überm Wasser drüben und von der Mutter selig. Ich möchte doch a bissl ebbes hören, wie's ihm in Amerika gangen hat. Aber wann ich mit ihm diskrieren möchte von der Mutter, da kann er ganz verblassen. Und wenn ich ihm zusprich, dass er 's Verdienen wieder anfangen müsst, da hat er gleich den lieben Herrgott in der Red, der d' Vogerln speist und die Blümln aufm Feld draußt gwanden tut. Allweil ärger wird's mit jedem Tag, allweil redt er von der ›Erleuchtung‹ und von der ›Vorbereitung zu Gottes Werk‹. Und allweil sagt er ebbes von eim ›Ausgang‹. Was er meint, kann ich mir gar net denken. Ganze Täg lang tut er beten in seiner gspassigen Weis, und martern tut er sich und fasten, dass er ganz von die Kräften fallt.«

»O mein Gott, Schatzl, da fehlt's aber weit!«

»Ja, gelt? Und am schwersten liegt's mir auf der Seel, dass mich der Vater mit Gwalt von meiner Christenpflicht abhalt. Es kann schon gar nimmer möglich sein, dass mich der liebe Herrgott noch a bissl gern hat!«

»Aber geh! Wen sollt er denn mögen, wann er Dich net mag? Du bist eine von dieselbigen, die unserm Herrgott sei' Sonntagsfreud ausmachen!« So tröstete Karli. Als ihm die Worte ausgingen, half er sich mit Küssen. Und plötzlich, wie beim Hall eines Schrittes, drehte er das Gesicht über die Schulter, sprang auf und riss das Mädel erbleichend an sich.

Hinter dem Stein, von Stauden halb verdeckt, stand der Bygotter. Sein Gesicht war grauenhaft verzerrt. Was aus seinen blutunterlaufenen Augen funkelte, war wie der Blick eines Raubtiers. Unter gurgelndem Laut schlug er die Büsche auseinander und stürzte mit erhobenen Fäusten auf Karli zu.

Sanni stieß einen gellenden Schrei aus und warf sich dem Vater entgegen. Karli riss sie an seine Seite zurück. »Sorg Dich net, Sanni! Ich fürcht mich net. Und sehen soll er's, Dein Vater, dass wir zamm ghören, ich und Du!«

Nun stand der Bygotter vor den beiden. Einen Augenblick schien es, als möchte er die erhobenen Fäuste niederschmettern auf das junge Paar. Dann ließ er die Arme sinken und stierte keuchend zu Boden, als könnte er den unerschrockenen Blick nicht ertragen, der ihm aus Karlis Augen entgegenblickte.

Aufatmend drückte Karli die Geliebte an sich. Sie wand sich aus seinen Armen und stammelte: »Vater!«

Der Bygotter richtete sich auf. Vor der unheimlichen Wildheit, die in seinen irrenden Augen flackerte, erloschen die Worte auf Sannis Lippen. Taumelnd trat er vor die Tochter hin; sich niederbeugend, raunte er mit zerdrückter Stimme seinem zitternden Kind zu: »Das Siegel der Vollendung warst Du mir, Deines Vaters Leben solltest Du sein und Deines Vaters Vernichtung willst Du werden. Tausend Wege sind, und einer nur ist Gottes Weg. Wähle zwischen Deinem Vater und diesem, der Deinen Sinn betört, auf dass Du buhlest mit ihm in Sünden!« Er drückte die Fäuste an seine Stirn und wankte in das Gebüsch, dessen Zweige hinter ihm zusammenschlugen.

Das junge Paar stand wie versteinert. Karli fand zuerst die Sprache. »Dös is ja die lichte Narretei! Sanni! Zu dem lass ich Dich nimmer! Komm, Sanni! Du gehst mit mir!«

Aus ihrer Betäubung erwachend, sah sie angstvoll zu ihm auf. »Er is mein Vater, Karli!«

»Und ich, Sanni? Was bin denn ich?«

Sie schlug die Arme um seinen Hals. »Mein alles bist mir! Aber –« Schluchzend riss sie sich von ihm los, raffte das Leinenzeug vom Ufer und floh davon wie ein gehetztes Reh.

Blass und zitternd erreichte sie das Zauntor des Gehöftes. Auf der Haustürschwelle kauerte der Vater, das Gesicht in die Hände vergraben. Als Sanni den Hof betrat, hob er den Kopf. Wilde Freude blitzte über sein Gesicht. Je näher ihm Sanni kam, desto härter wurden seine Züge wieder. Regungslos, mit lauerndem Blick, spähte er in ihre flehenden Augen, während sie vor ihm stand, keines Wortes mächtig. Er stellte keine Frage; schweigend wartete er, bis sie zu sprechen begann. Sie sagte ihm, es wäre nie der Gedanke in ihr gewesen, ihm das Herz zu betrüben, ihn zu hintergehen. Als er das Haus verlassen, hätte sie getan, wie er ihr befohlen: hätte seine leinenen Gewänder am Brunnen gewaschen. In dem moosigen Brunnenwasser hätte sie die Leinwand nicht rein und weiß bekommen. So wäre sie gegangen, um die Wäsche im Bach zu spülen. Da wäre plötzlich der Karli vor ihr gestanden. In ihrer Freude hätte sie vergessen, was sie dem Vater vor Wochen in die Hand gelobt. Zitternd verstummte sie. Immer noch schwieg der Bygotter. Da fing sie wieder zu sprechen an, unter Tränen. Alles sagte sie dem Vater, was sie ihm von Karli und von ihrem eigenen Herzen zu sagen wusste.

Der Bygotter erhob sich und winkte ihr, dass sie ihm folgen sollte. Er schritt ihr voran in die traurige Stube und trat auf den morschen Tisch zu. Hier lag ein großes Buch. Das schlug er auf. »Wenn Du die Wahrheit geredet hast, so lege Deine Hand auf Gottes Wort!«

Sie legte ihre Hand auf das Buch. »Dass ich d' Wahrheit gsagt hab, Vater!«

»Und dass Du mir nichts verschwiegen hast?«

»Dass ich nix verschwiegen hab!«

So beängstigend die finstere Starrheit des Vaters auf Sanni gewirkt hatte, ebenso beängstigend wirkte jetzt die unheimliche Freude, die aus seinen Augen brach. Er riss sie an sich und drückte sie an seine Brust, dass ihr der Atem fast verging. Er streichelte ihr mit zitternden Händen das Haar und bedeckte ihre Stirn mit Küssen. »Susanna, mein Kind! Mein Leben gibst Du mir wieder und die Hoffnung meiner Seele! Meines Ausgangs Schwelle bist Du, von reinem Holz und unbetreten! Die Leiter Jakobs bist Du mir, das Siegel der Vollendung! Meine Augen hatten wider Dich gezeugt, und Gott hat gezeugt für Dich. Seine Arme stehen Dir offen. Harren wird er und sitzen auf den Steinen des Weges, wenn Du mir vorangehst, auf dass ich ihn finde, der sich verschließt vor mir!« Wieder presste er sie an seine Brust, so wild, dass ihr unter stöhnendem Laut die Sinne vergingen.

Als sie wieder zum Bewusstsein erwachte, lag sie in ihrer Kammer auf dem Bett. Draußen in der Stube hörte sie den Schritt des Vaters, ein Poltern wie von fallenden Scheitern, ein Rascheln, als würden Späne auf die Dielen geworfen. In einem traumhaften Zustand lauschte sie den Geräuschen, die an ihr Ohr schlugen.

Sie hörte eine Tür gehen, und es kam ihr vor, als verließe der Vater das Haus. Nun hörte sie seinen Schritt über den gepflasterten Vorplatz hallen, gegen den Kiesweg hinaus. Sie sprang vom Bett und fand die Tür verschlossen. Erschrocken starrte sie die Bretter an. Dann erwachte in ihr eine namenlose Angst. »Jesus Maria!«, schrie sie und begann an der Tür zu rütteln. Unter ihrer schwachen Kraft zerbrach das vom Rost zerfressene Schloss. Aufatmend taumelte sie in die Stube. Auf dem Tisch sah sie zwei lange Kienholzfackeln und ein großes Bündel dünn gespaltener Späne neben schweren Fichtenscheiten liegen, die mit Stricken zu einem großen Pack verschnürt waren. Von ihrer ziellosen Angst getrieben, sprang sie in den Flur hinaus und fand auch die Haustür versperrt. Aber die Stubenfenster waren nicht vergittert! Sie riss von den Fenstern eines auf und sprang in den Hof. Zitternd lehnte sie sich an die von der sinkenden Sonne beschienene Mauer, drückte die Hände vor die Augen und wusste nicht, warum sie das alles getan hatte. Weshalb diese namenlose Angst in ihr? Da fiel ihr verstörter Blick auf das offene Zauntor. Sie sprang hinüber, trat unter die rauschenden Bäume hinaus und rief in die Dämmerung des Waldes: »Vater! Vater!«

Der Bygotter war schon weit von seinem Gehöft entfernt, hatte die Straße schon erreicht und wanderte dem Dorf entgegen. Die Flügel seines Rockes flatterten hinter ihm her; der graue mächtige Bart wehte über seine Schultern; unter seinen Schritten dampfte der Staub und legte sich weiß in die Runzeln der hochschäftigen Stiefel. Seine Augen starrten mit irrem Geflacker ins Leere. Er sah nicht die Schönheit des Abends, dessen glühender Himmel die herbstliche Landschaft mit zauberhaftem Schimmer übergoss. Als er das Dorf erreichte, sah er nicht, wie die Leute aus den Türen sprangen, ihm nachdeuteten und lachend zueinander traten. Vor einem Haus hielt er an. Vor dem Kramladen des Dorfes. Der alte Krämer riss die Augen auf, als er hörte, was der Bygotter von ihm zu kaufen wünschte: Ein Messer, wie es die Schlächter führen, mit langem und breitem Stahl, scharf geschliffen, noch unbenützt. Kopfschüttelnd legte ihm der Krämer die Klinge vor. Mit funkelnden Augen betrachtete der Bygotter das Messer und prüfte die Schärfe des blitzenden Stahls an seinem Daumennagel. Was es kosten sollte? Zwei Mark und achtzig Pfennige; das wäre geschenkt, meinte der Krämer; nur aus alter Freundschaft könnte er das Messer zu diesem Preis lassen. Der Bygotter nickte, stieß das Messer in die lederne Scheide und schob es hinter den hohen Schaft des linken Stiefels. Dann sagte er, dass er nicht bezahlen könne; er wolle tauschen: Gold für Eisen. Dabei griff er in die Tasche und legte einen kleinen goldenen Reif auf den Ladentisch: Den Ehering seines Weibes. Der Krämer machte verdutzte Augen, war aber mit dem Tausch zufrieden. Das konnte er dem Bygotter nicht mehr sagen. Der hatte den Laden schon verlassen. Auf der Straße blieb er wie angewurzelt stehen. Meckernde Klarinettentöne und schmetternde Trompetenklänge schollen ihm entgegen.

Dem Pointner und seiner jungen Bäuerin wurde heimgeblasen. Der Zug füllte die ganze Straße. Voraus die Musikanten. Hinter ihnen der Hochzeitlader zwischen den Brautleuten; während Kuni frei an seiner Seite schritt, mit blassem Gesicht und gesenkten Augen, hatte der Hochzeitlader schwere Mühe, den taumelnden Pointner vorwärts zu bringen. Den dreien folgte ein einzelner Hochzeitsgast, die Zigarre schief im Mund, die beiden Hände in den Taschen der schwarz und grün karierten Jacke. Dann kam die lange Paarreihe der Mahlgäste, unter ihnen Karli, finster zu Boden starrend, Martl, Zenz und Stoffel mit lachenden Gesichtern. Ein Trupp johlender Burschen und schwatzender Weibsleute hatte sich dem Zug angeschlossen.

Näher und näher kam dieser Zug, und immer stand der Bygotter auf der gleichen Stelle. Aus seinen Augen sprühte wilder Zorn; an Stirn und Schläfen schwollen ihm die Adern. Jetzt hob er die

Arme. Die Worte, mit denen er diese Gebärde begleitete, erstickten unter den Schmetterklängen der Trompeten.

Nun standen die Musikanten vor dem Bygotter; der Zug staute sich; die Leute reckten die Hälse und traten aus der Reihe. Da schien es, als möchten die Musikanten die Klügeren spielen; weil der Bygotter nicht zur Seite wich, schwenkten sie um ihn herum. Einen der Bläser schien aber doch die Neugier zu packen; er setzte die Trompete ab und schaute lachend zurück; ein anderer tat's ihm nach, die übrigen gerieten aus dem Takt; nach einem kurzen Tongewirr verstummte die Musik, und das Gelächter wurde hörbar, mit dem es durch die Reihen kreischte: »Der Bygotter, schauts her, der Knotzensepp!« Im Nu hatte eine lachende Schar den Bygotter umringt, dessen zornig rollende Stimme alles andere Geschrei übertönte: »Feste feiern sie, den Bauch füllen sie mit Fraß und Jauche. Mit Pauken und Zinken tanzen sie die Straße des Lasters und der Sünde, statt dass sie wandeln den Weg des Herrn in Sack und Asche. Aber kommen wird ein Tag, nahe ist er und eilt schon herbei! Ein Tag des Grimmes ist selbiger Tag, ein Tag der Vernichtung, ein Tag der Finsternis, ein Tag der Drangsal und Angst!«

»Miau, ouih, au, oooh!« So klang es mit Winseln und Gelächter von allen Seiten, während man den Hochzeitlader die Musikanten anschreien hörte: »Malefiz noch amal! Spielen, sag ich, und weiter! Wie könnts enk denn aufhalten lassen von dem alten Narren, dass mir der ganze Zug auseinand kommt!«

Dem Pointner schien diese Anordnung nicht zu taugen. »Nix da, blieben wird!«, lallte er. »Ich möchte ebbes hören. Wann ich gleich an Rausch hab, ich bin der Hochzeiter!«

Dazu grollte die Stimme des Bygotters: »Das Unheil und die Rache seht ihr schwellen über Eurem Haupt, und nichts tut ihr, sie abzuwenden. Ihr zieht Euch die Strafe her an Stricken des Lasters, und an Wagenseilen den Sündenlohn. Das Rind kennt seinen Hüter und der Esel die Krippe seines Herrn. Ihr aber kennt nicht den Gott, von dem ihr ausgegangen. Ein Volk Gomorras seid ihr! Von Euren Köpfen bis zu Euren Füßen ist an Euch nichts Reines und Gesundes. Die sich Männer heißen, mästen sich vom Raub der Armen, der in ihren Häusern ist. Stolz dünkt ihr Euch, und Helden meint Ihr zu sein! Ja, Helden seid Ihr im Schlemmen und Völlern! Und hoffärtig sind Eure Weiber und Töchter. Sie gehen einher mit gerecktem Hals, frech die Augen werfend und klirrend mit silbernen Ketten, die Haare duftend von Öl. Aber ein Tag wird kommen, und statt des Wohlgeruchs wird Moder sein, Verwesung statt schwellenden Fleisches, und statt der duftenden Haare wird Glatze sein!«

Über das Johlen und Lachen, das die Reden des Bygotters begleitete, hob sich eine schrille Mädchenstimme: »Buben! Ös wollts Buben sein und lassts auf enkere Madln söllene Sachen sagen! Pfui Teufel! Von mir aus könnts heut Nacht mit die Besenstiel tanzen! Was a richtigs Madl is, halt's mit mir!« Aus der Schar der Weibsleute kam die Zustimmung: »Ja! Ja! Ös seids Buben! Schöne Buben!« Einer der Burschen lachte: »Recht hat d'Wabi, ganz recht!« Eine andere Stimme schrie: »Werfts ihn eini in Straßengraben!« Und eine dritte rief: »Hauts ihn durch, dass ihm d' Heiligkeit zu blaue Fleck auswachst!«

Der Bygotter streckte die Arme und donnerte in die Lüfte: »Ihr Schmähen hörst Du, Gott, und ihre Anschläge wider mich! Zahl ihnen Vergeltung nach ihrem Tun und Reden! Dein Fluch komme über sie! Verfolge sie im Zorn! Tilge sie hinweg!«

»Tilgen? Was? Tilgen? Wart, Dir will ich tilgen!«, kreischte der Maurer-Hansl, stürzte auf den Bygotter zu und packte ihn an der Brust. Ein wilder Tumult erhob sich. Während die Besonnenen, unter ihnen Karli vergebens zu wehren suchten, regnete es Faustschläge über Kopf und Schultern des Bygotters.

Der rührte keinen Arm zur Abwehr. Mit jauchzender Stimme schrie er zum Himmel: »Sieh, Herr, Deinen Knecht sieh an, was er duldet um Deines Namens willen! Meinen Rücken gab ich den Stoßenden und meine Wange den Schlagenden. Mein Antlitz biet ich der Schmach und dem Speichel! Sieh, Herr, Deinen Knecht sieh an!«

Da hatte sich Karli durch den Knäuel der Raufenden Bahn gebrochen. Unter zornigen Worten schlug er die Arme nieder, die den Propheten gefesselt hielten, und stieß ihn gegen die freie Straße. Unter der Wucht des erlösenden Stoßes taumelte der Bygotter bis an den Zaun des nächsten Gehöftes. Er raffte sich auf, riss am Hals das Hemd entzwei und schrie: »Hier! Seht! Meine nackende Brust! Ich fürchte nicht Eure Fäuste. Nahe ist, der mir Recht schafft. Mit ihm zusammen will ich auftreten. Wer ist mein Gegner, er nahe sich mir! Siehe, sie alle, wie morsche Rinde zerfallen sie, und ihr Staub zergeht im fließenden Wa –« Das Wort erlosch ihm auf der Zunge, und während rinnendes Blut seine linke Backe färbte, stürzte er mit dumpfem Schlag zu Boden.

Über die Köpfe der Burschen hinweg hatte von irgendwo ein Stein die Schläfe des Bygotters getroffen.

Karli eilte auf den Ohnmächtigen zu. Wirres Geschrei erhob sich. Keiner wollte wissen, wer den Stein geworfen, keiner wollte es getan haben. In dieses Schreien und Schelten schmetterten die Trompeten der Musikanten hinein, die der Hochzeitlader endlich zu Paaren gebracht. Energisch fasste er den Pointner unter dem Arm und zerrte ihn an Kunis Seite. Den dreien folgten die vielen, die jetzt nicht mehr ›dabei sein‹ wollten, und so ging es vorwärts unter lustigen Klängen, bis der Pointnerhof erreicht war. Hier ersparte der Hochzeitlader dem neu vermählten Paar den üblichen ›Zuspruch‹. Er schob den lallenden Pointner über die Hausschwelle bis unter die offene Stubentür. Dann warf er ihn in Kunis Arme, rückte den Hut und kehrte schnaufend in den Hof zurück, um die Musikanten zum Wirtshaus zu führen.

Während sich unter einem fidelen Marsch der Hof entleerte, zog Kuni in der dämmerigen Stube den schwankenden Pointner gegen die Kammertür. Der wollte nicht folgen; mit Gewalt suchte er sich loszureißen und lallte mit schwerer Zunge: »Na! Net! Ich mag net! Den Karli möcht ich haben, mein' Buben! Kreuz Teufel noch amal, ich lass ihn net draußen unter dene Wildling. Dass ihm ebbes gschieht! Söllene Räuber und Mörder! Spitzbuben! Halunken! Mordbrenner! Mein' Buben will ich haben!«

Kuni stieß ihn mit zorniger Faust in die Kammer und warf die Türe zu. Schwer atmend stand sie und presste die Hände an die Stirn. Eine Weile noch hörte sie den Pointner in seiner Kammer rumoren. Dann wurde es still da drinnen. Kuni fiel auf die Holzbank hin und warf sich über den Tisch. Das Gesicht in die Arme grabend, brach sie in Schluchzen aus.

10.

Eine Stunde später lag die stille Nacht über dem Pointnerhof. Scharf und schwarz hoben sich die Dächer vom Himmel ab, an dem die Sterne funkelten. Manchmal trug der Wind den verwischten Hall eines Jauchzers und gedämpfte Klänge der Tanzmusik vom fernen Wirtshaus her. In den Ställen rasselte ab und zu eine Kette, und der Brunnen plauderte.

Die qualmende Pfeife zwischen den Zähnen, saß Götz auf einer Ecke des Brunnentroges. Vor ihm, die Fäuste hinter dem Rücken, stand Martl. Sie hatten viel geredet über die Hochzeit und über den Bygotter. Das heißt, geredet hatte der Martl, während Götz ein wortkarger Zuhörer gewesen. Jetzt reckte Martl gähnend die Arme. »No also, leg ich mich alt schlafen! Und Du?«

»Ich hab kein' Schlaf net.«

»Geh, versumst ja die schönste Zeit! Aber meintwegen! Gut Nacht!« Martl hatte sich schon zum Gehen gewandt. Da kehrte er wieder um. »Was ich schier vergessen hätt: Weißt denn schon, dass wir morgen an neuen Einstand kriegen am Hof? Den Herrn Bruder von der gnädigen Frau Bäuerin!«

Götz setzte die Pfeife ab und hob den Kopf.

»Heut Nachmittag bei der Hochzet hat er sich eingstellt, der Herr Bruder. A sakrische Freud muss die Bäuerin ghabt haben! Alle Farben hat s' gspielt, und völlig zittert hat s' an Händ und Füß. Wie der Bauer dazukommen is, hat sich der Herr Bruder gleich auf Bsuch eingladen. Da is die Bäuerin nobel erschrocken! Und wie s' so gredt hat, als wär kein rechter Platz net im Hof, da hat der Herr Bruder seiner Frau Schwester grad eini ins Gsicht glacht. Und den Bauer hat er untern Arm gnommen, und da haben s' ein Haferl ums ander ausbichelt mitanand. Kannst Dir denken, was d' Leut für Augen gmacht haben! Und wie da gredt worden is! Wann die Bäuerin an Bruder hätt, warum hat s' ihn net zur Hochzet gladen? Wann s' ihn net eingladen hat, warum is er kommen? Wann 's ihn net mag, weswegen lasst s' ihn eini ins Haus. Aber noch, jetzt is er da, der Bruder! Auf wie lang, dös weiß ich net. Geht mich auch nix an. Gut Nacht!« Gähnend schlurfte Martl davon.

Götz schleuderte die Asche aus der Pfeife und sprach mit zornigem Lachen vor sich hin: »Morgen oder übers Jahr, ausblieben wär er nie, der Bruder von weiß Gott woher!«

Rasche Schritte näherten sich auf der Straße. Götz erhob sich und ging auf das Zauntor zu. »Karli?«, rief er in die Nacht hinaus.

»Ja, Götz!« Karli betrat den Hof.

»Wo kommst denn her so spät?«

»Den Bygotter hab ich Heim schaffen helfen. Wirst wohl ghört haben, was gschehen is. D' Haar möchten eim aufstehn! Komm, Götz! Ich muss mich ausreden zu Dir!«

Karli zog den Knecht mit sich fort, quer durch den Hof und in den Garten, zu jener gleichen Bank, zu der ihn Götz am Morgen geführt hatte. Noch auf dem Weg zur Bank erzählte Karli, wie er unter Beihilfe einiger Burschen den Bygotter nach Hause geschafft hätte. Der wäre aus seiner Betäubung bald erwacht. In schäumendem Zorn hätte er sich gegen die Führung gewehrt und hätte dazu mit lächerlichen und unheimlichen Worten getobt.

»Stockfinster is's gwesen. Im Binderhölzl, beim Zauntor, war so a gspaßiger Fleck. Der fangt sich zum rühren an, und gleich hab ich d' Sanni kennt. ›Vater, Vater!‹, schreit 's Madl. Und der Bygotter macht an Rumpler, fahrt wie der Teufel auf d' Sanni zu, reißt 's Madl am Arm mit eini in Hof und wirft die Bretter zu, dass alles gscheppert hat.«

Sie hatten die Bank erreicht. Karli erzählte von seiner Begegnung mit dem Bygotter am Bach, von dem Morgen vor seiner Abreise, von allem, was er selbst gesehen oder durch Sanni erfahren hatte. »Da muss ebbes gschehen. Dös arme Madl hat a Leben, dass's net zum sagen is! Was meinst? Ich hab mir schon denkt, ich sollt mit'm Lehrer reden, dass er sich um d' Sanni annimmt. Oder es muss der Pfarr übern Bygotter einrucken.«

»Der Pfarr? Ah na! Mir scheint, dass da der richtige Helfer der Doktor is.«

Karli atmete schwül. »Ja, gelt? So ebbes hab ich mir selber schon gsagt. Aber der Sanni z'lieb hab ich net dran glauben mögen.«

Götz erhob sich. »Machst halt morgen a Sprüngl zum Dokter und verzählst ihm alles. Oder wann's Dir lieber is, geh ich statt Deiner. Und jetzt überschlafen wir die Sach!«

»Schlafen? Ich und schlafen? Unter so eim Dach?« Karli presste die Fäuste an seine Stirn.

Der Knecht legte ihm die Hand auf die Schulter. »Geh, Bub, sei gscheid! Gschehen is gschehen. Jetzt heißt's weiter denken. Ungute Zeiten wird's freilich setzen für Dich.«

»Kein' Tag net bleib ich im Haus! Und wann ich an Bauernknecht machen muss!«

»Ja, natürlich, dass Dich d' Leut auslachen! Bist Dein halbeter Vater, der auch gleich 's Kind mit 'm Bad ausgießt und meint, er müsst a Dummheit hinter einem Unsinn verstecken. Nix da! Grad jetzt musst bleiben, Dir selber und Deim Vater z'lieb! Wie sich alles anschaut, wirst Dich mit ihm gar hart net fahren. Fallt 's Wetter schiech aus, so musst net gleich an Bauernknecht machen. Der schöne Breithof wär billig zum haben. Mit deim Muttergut zahlst ihn aus.«

»Vergelt's Gott, Götz! Und recht hast! Gleich morgen red ich mit'm Vater.«

»Öha, langsam!«, lächelte Götz. »Brennt Dir schon wieder 's Ross mit der Deichsel durch? Erst schau a Zeitl zu, wie 's Wetter ausfallt. Und vergiss net, dass Dein Vater allweil Dein Vater is! Und dass über die ersten Täg a bissl leichter wegkommst: In der letzten Woch hat d' Holzarbeit am Sonnberg angfangen, und morgen in der Fruh müsst ich wieder auffi. Geh Du statt meiner! Zeitlich musst in d' Höh. Ich hab um Sechse in der Fruh 's Treffen angsagt mit die Holzknecht bei der Holzerhütten. Jetzt schau Dich um an gsunden Schlaf um, dass morgen frisch beinand bist. Wann's Zeit is, weck ich Dich schon. Gut Nacht! Sei gscheid!«

Der Knecht suchte sein Stübchen im Gesindetrakt, Karli seine Kammer im Haus. Eine schwarze Stunde verging ihm, bis der Schlaf ihn überfiel. Seine Gedanken an Sanni spannen sich hinüber in einen sorglosen Traum. Auf einem Sessel saß der kurierte Bygotter, von dessen Kopf der Doktor eine ellenlange, weiße Binde herunterwickelte, und Sanni stand neben dem Vater, lachend, ein flimmerndes Krönl über dem zierlich geflochtenen Haar.

Dieser Zukunftstraum widersprach bedenklich der Gegenwart und Wirklichkeit.

In der Stube des Bygotters züngelte der rötliche Schein eines mit rußender Flamme brennenden Kienspanes, der in einer Klumse des brüchigen Kachelofens steckte. Hinter dem Ofen lag der Bygotter auf seinem Kotzenbett, mit verbundenem Kopf. Frische Blutspuren zeigten sich auf seiner fahlen Wange, und von geronnenem Blut war sein Bart verfilzt. Sanni saß vor ihm auf einem hölzernen Schemel. Während sie die Arme des Vaters auf die Decke niederzudrücken suchte, stammelte sie: »Um Tausendgotteswillen tu ich Dich bitten, halt Dich stad und lass mich gehn, dass ich um an Dokter schau!«

»Törin, Du! Was schaust Du mit Deinen Augen aus nach Menschenhilfe? Den Gott verderben will, für den ist Hilfe nicht bei Menschenhänden. Den Gott erretten will, den haucht er an mit seines Mundes Odem, und sieh, er wandert gesund von dannen.«

»Vater, Vater, so tu Dich doch stad halten! Es muss Dir ja schaden.«

»Nicht ruhen will ich und will nicht schweigen, und stille will ich nicht sein. Siehe, meine Feinde toben und meine Hasser heben das Haupt. Herr! Tu ihnen wie Midian, wie Siffera, wie Jabin am Bache Kison! Mache sie dem Wirbel gleich, den Stoppeln vor dem Winde! Verfolge sie mit dem Feuer, das den Wald verbrennt und den Berg entzündet! Verfolge sie mit Deinem Sturm, mit Deiner Windsbraut scheuche sie fort! Zu Schanden müssen sie werden, umkommen in Hohn und Ekel!« Er wollte vom Lager springen. Kraftlos sanken ihm die Arme, und schwer fiel sein Kopf zurück auf das raschelnde Kissen. »Wie glühender Brand ist mein Gebein, meine Zunge klebt am Gaumen, welk gesengt wie Gras ist mein Herz um Deines Zornes willen. Aufgehoben hast Du mich und hast mich niedergeworfen.«

In ratlosem Kummer schlug Sanni die Hände vor das Gesicht. »Mein lieber, lieber Herrgott, was tu ich denn?«

Die flackernde Helle, die in der Stube herrschte, wurde trüb. Der Span war niedergebrannt, und glühende Kohlenstückchen fielen von dem qualmenden Stumpf, der zu erlöschen drohte. Mit einem Seufzer erhob sich Sanni, steckte einen neuen Span in Brand und trat die auf den Dielen glimmenden Funken aus. Dann kehrte sie zum Vater zurück und befühlte seine glühenden Hände. Schwer atmend lag er, unverständliche Worte raunend, die heißen Augen starr zur Höhe gerichtet. Ohne sich zu regen, ließ er es geschehen, dass ihm Sanni den blutbefleckten Bund von der Schläfe löste. Beim Anblick des zerrissenen Fleisches überrann ein Schauer ihre Schultern. Sie tauchte den Bund in kaltes Wasser und legte ihn wieder auf die Wunde. Wankend, als brächen ihr die Knie, ließ sie sich auf den Schemel nieder und hing mit nassen Augen am Gesicht des Vaters.

Lautlose Minuten verrannen. Immer ruhiger wurden die schweren Atemzüge des Bygotters; seine Züge verloren ihre Starrheit und erschlafften; seufzend schloss er die runzligen Lider.

Zweimal erhob sich Sanni, um neues Kienholz aufzustecken. Einmal ging sie, ein Fenster zu öffnen, damit der Qualm, der die Stube füllte, einen Abzug fände. Immer lag der Vater regungslos, mit geschlossnen Augen. Und da meinte Sanni, dass sie das Haus verlassen könnte. Es war ein weiter Weg bis zum Doktor. Sie wollte rennen wie ein Hund, der seinen Herrn verloren. Vorsichtig erhob sie sich, zog ein wollenes Tuch von der Ofenstange und schlang es um die Schultern. Unhörbar näherte sie sich der Tür und verwandte keinen Blick von den geschlossenen Augen des Vaters. Ihr Atem stockte, während sie mit der einen Hand den Drücker, mit der andern den Schnabel der Klinke fasste. Tief atmete sie auf, als es ihr gelungen war, die Türe lautlos zu öffnen. Auf den Zehen huschte sie über die Schwelle.

Ein Ächzen in der Stube. Der Bygotter war aus den Kissen aufgefahren. Mit glühenden Augen spähte er nach allen Winkeln;

seine Züge erstarrten wie in tödlichem Schreck; keuchend hob sich seine Brust, und mit gellendem Schrei durchhallte Sannis Name das nachtstille Haus.

Bleich und zitternd stürzte Sanni in die Stube, riss das Tuch von ihren Schultern und eilte auf den Vater zu, der sich vom Lager erheben wollte. Mit stammelnden Worten suchte sie ihn zu beruhigen. Er krampfte die knöchernen Finger um ihre Hände und schrie ihr mit schäumendem Zorn ins Gesicht: »Wohin wolltest Du?«

Unter Schluchzen gestand sie, weshalb sie die Stube verlassen hätte.

Er beugte sein Gesicht dem ihrigen entgegen und sah ihr mit bohrendem Blick in die Augen. Dann zog er sie an seine Brust und streichelte ihr Haar. »Nein! Du hast mir nicht entlaufen wollen, zu ihm, der Deinen Vater bestehlen will um den Baustein seines Werkes, um den Tag der Vollendung. Deines Vaters Tochter bist Du, nicht das Kind Deiner Mutter, die ihren Mann verwarf und nicht hören wollte seines Gottes Stimme.« Er fühlte, wie Sanni unter seinen Armen zuckte und sich ihm entwinden wollte. Noch enger presste er sie an seine Brust. »Deines Vaters Tochter bist Du«, flüsterte er in Lauten von unheimlicher Zärtlichkeit, »Deines Vaters, an dem Du hangest in Liebe! Und einen weiß ich, der es Dir lohnen wird. Auf seine Hände wird er Dich nehmen, dass Du die Größe Deines Vaters siehst. Das Fürchten wird er aus Deiner Seele blasen, und Deine Angst wird sein wie Spreu im Wind. Mein Leiden sieht er, sein Blick ist Heilung und Kraft. Er ist der Gott, der Wunder tut. Ihn sahen die Wasser und bebten. Fluten gossen die Wolken, vom Donner dröhnte die Luft und seine Pfeile flogen. Horch, mein Kind! Hörst du ihn? Seine Stimme redet wie Donner im Wirbelwind.«

Unter Tränen schüttelte Sanni den Kopf und blickte traurig zu ihrem Vater auf, der lauschend ins Leere starrte.

Da huschte ein Klirren durch die Stube. Ein großer Nachtfalter war gegen eines der beleuchteten Fenster geflogen.

»Hörst Du ihn?«, schrie der Bygotter. »Er pocht an bei mir mit seiner weiten Hand. Er will mich des Weges mahnen. Sein Wille ist geschehene Tat! Wie Wasser vom Stein rinnt, rinnt der Schmerz von mir. Sieh her, Susanna!« Mit zuckenden Händen riss er den feuchten Bund vom Kopf. »Wo siehst Du noch Blut und Wund an meinem Haupt? Er ist der Gott, der Wunder tut! Lobt ihn!«

»Vater, um Gottes willen!«, schluchzte Sanni in Angst und Sorge.

Ihr Schluchzen verhallte unter dem Jauchzen des Bygotters: »Lobt ihn vom Himmel her, all seine Engel, all seine Heere! Lobt ihn, Sonne und Monde, alle leuchtenden Sterne! Er gebot und ihr wart geschaffen. Lobt ihn, von der Erde her, ihr Ungeheuer und alle Tiefen, Feuer und Schnee, Sturmwind, der seine Stimme trägt! Lobt ihn, Berge und Täler, Felsen und Gewässer, Bäume und liebliche Blumen! Lobt ihn, Tiere und alles Vieh, Gewürm und gefiederte Vögel! Lobt ihn, Könige und Völker, Jünglinge und Jungfrauen, Greise und Knaben! Lobt ihn, erhaben ist sein Name allein, seine Herrlichkeit über Erde und Himmel!«

Mit verzücktem Gesicht sank der Bygotter in die Kissen zurück. Wie Flammen brannten seine Augen, und es zitterte sein mächtiger Bart, während seine Lippen in Gemurmel sich bewegten.

Scheu blickte Sanni zu ihm auf; es berührte sie seltsam, als sie gewahrte, dass die Wunde an des Vaters Schläfe zu bluten aufgehört hatte. Während sie den Bund, den er noch immer festhielt, unter seinen Händen hervor nehmen wollte, zog er sich an ihren Armen in die Höhe. »Geh, Susanna! Geh zum Fenster! Siehe, wie weit der Tag noch ist!«

Sie erhob sich, näherte sich dem Fenster und wischte den Taubehauch vom Glas. »Es muss bald tagen, Vater. Die Stern erlöschen schon.«

Tief atmend streckte sich der Bygotter. Feierlich klang seine Stimme: »Hole mir Wasser, dass ich mich wasche!«

Sanni zögerte und wollte sprechen. Ihr Zögern schien den Vater in Zorn zu bringen. Heftig wiederholte er: »Bringe mir Wasser, dass ich mich reinige!«

Da nahm sie das Becken mit dem blutigen Wasser von der Erde und verließ die Stube. Müde trat sie ins Freie. Auf dem Grund und über dem Wald lag noch die dunkle Nacht, während die Spitzen der Berge sich schon in mattem Grau vom Himmel abhoben, an dem nur einzelne Sterne noch gegen das bleiche Licht des nahenden Morgens kämpften. Leise wehend zog der herbstlich kühle Frühwind um das Haus. Über den Bach herüber, von den Waldgehängen des Sonnberges, hallte das dumpfe Röhren eines brünstigen Hirsches.

Ein Schauer flog über Sannis Schultern.

Nun stand sie am Brunnen. Im Trog wusch sie das Becken rein und schob es unter den spärlich rinnenden Strahl. Während das Gefäß sich langsam füllte, schlang Sanni die Arme um den Brunnenstock und drückte die heiße Stirn in den kühlen Moosbehang. Sie war wie betäubt und hatte keinen Gedanken. Nicht nur in ihren Gliedern spürte sie die durchwachte Nacht; nach Aufregung, Angst und Sorge kam die Gedanken tötende Erschlaffung.

Das Becken war gefüllt. Sie nahm es und kehrte in das Haus zurück.

Als sie die Stube betrat, erschrak sie. Was der Vater sonst bei Aufgang der Sonne zu tun pflegte, schien er jetzt schon bei grauendem Morgen beginnen zu wollen. Er stand inmitten der Stube, hatte die weiße Leinenbinde um das Haupt gewulstet und trug jenes seltsame leinene Gewand, das Sanni vor Wochen nach seiner Angabe hatte fertigen müssen. Und hastig verbarg er irgend etwas hinter dem breiten Leinengurt, der um seine Hüften geschlungen war.

Sanni, als sie seine glühenden Wangen und seine brennenden Augen sah, wollte sprechen. Die Heftigkeit, mit der ihr der Vater befahl, das Becken unter seine Hände zu halten, erstickte jeden Laut in ihr.

Unter murmelnden Worten wusch er die Hände; dann musste sie das Gefäß auf die Erde stellen; er tauchte die nackten Füße in das Wasser. »Rein bin ich, Herr, und den Weg will ich gehen, den du gezeigt Deinem Knecht!«, sprach er mit hallender Stimme vor sich hin. »Die Stunde ist gekommen, schon graut der Tag, es ist Zeit zum Werk.« Seine hagere Gestalt schien zu wachsen, als er dem Tisch sich näherte. »Komm, Susanna! Dis sollst Du tragen!« Er nahm das Bündel Späne vom Tisch und band es auf Sannis Rücken. Das schwere Scheitholz schnürte er über die eigenen Schultern. Eine der zwei langen Kienholzfackeln schob er gleich einem langen Schwert hinter den Leinengurt, die andere nahm er in die Rechte und entzündete sie an dem flackernden Span, der den stillen Raum erleuchtete. Als die Fackel mit heller Flamme brannte, hieß er Sanni vorangehen in den Flur, schlich dem Ofen zu und riss die Leuchte aus der Klumse. »Alles! Alles, Herr! Mein Weib, mein Haus und mein Letztes!«, raunte er mit grinsendem Lächeln vor sich hin und stieß das brennende Ende des Spanes zwischen die Kotze und das Heu seines Bettes. Ein rasches Feuer, die krausen Härchen der wollenen Decke sengend, lief über die ganze Länge des Lagers. Ehe noch aus dem Heu die helle Flamme aufwärts leckte über die Wand, hatte der Bygotter schon den Flur betreten und die Tür hinter sich ins Schloss geworfen. Er fasste Sanni bei der Hand und zog sie über die Haustürschwelle. Während sie hinaustraten in den grauen Morgen, fiel es Sanni auf, dass der Vater vergessen hatte, was ihm sonst bei solchem Gang die Hauptsache war. Damit ihn diese Vergesslichkeit, wenn er sie wahrnähme, nicht erzürnen möchte, mahnte sie mit schüchterner Stimme: »Vater! Feuer hast Du und Holz, aber –«

Der Vater sagte: »Gedulde Dich, mein Kind, Gott wird sich sein Opfer ersehen!«

Sie schritten über den knirschenden Kies. An der Stelle, wo der schmale Sandweg sich nach dem steinernen Tisch abzweigte, zögerte Sanni.

»Komm, es dehnt sich der Weg!« Der Vater schloss seine Hand noch fester um ihre Finger.

So durchschritten sie das Tor und wanderten zwischen Birkenstauden dem Bach zu, den sie an seichter Stelle durchwateten. Dann ging es bergwärts durch den pfadlosen Fichtenwald. Von der brennenden Fackel des Bygotters qualmte der Rauch und scheuchte die kleinen Vögel auf, die mit erschrockenem Pispern durch das wirre Netz der Zweige flatterten. Einmal flog ein Häher über den Weg und gackerte. Die Fackelflamme loderte im talwärts ziehenden Wind, und immer trüber wurde ihr rötliches Licht, je heller der Himmel durch die nickenden Zweige blickte.

Rastlos schritten die beiden bergan. Sanni atmete schwer; sie hatte nicht den Mut, den Vater um kurze Rast zu bitten; er schien es eilig zu haben.

Nun erreichten sie einen breiten Pfad, der in mäßiger Steigung zur Höhe führte. Ihm waren sie eine kurze Weile gefolgt, als der Bygotter den Schritt verhielt. Zorn und scheue Furcht sprachen aus den weit offenen Augen, mit denen er nach einer feuchten Stelle des Weges starrte, auf der sich die frische Spur eines genagelten Schuhes zeigte. Lauschend richtete er sich auf und schüttelte den Kopf, dass sein Bart in langer Welle schwankte. Sie stiegen weiter zur Höhe. Immer wieder zeigte sich jene Fährte. Je häufiger sie erschien, desto mehr überkam eine zitternde Unruhe den Bygotter. Nun blitzte eine wilde Freude aus seinen Augen; er hatte gewahrt, dass die Spur einen schmalen Steig folgte, der von dem breiten Weg seitwärts in den Hochwald führte.

Sanni war so erschöpft, dass sie auf einen Baumstock niedersank. Der Vater riss sie am Arm empor. »Komm! Des Herren Auge will erwachen.«

Sie gelangten auf eine lichte Rodungsfläche und sahen ein Rudel Hochwild über Gestrüpp und dorrende Kräuter flüchten.

Eine kurze Strecke ging es noch durch steilen Lärchenwald.

Die Dämmerung hatte sich zu hellem Morgen gewandelt, als sie eine von welkem Gras übersponnene Kuppe erreichten, die zwei bewaldete Schluchten voneinander trennte und gegen die kahlen Wände des Sonnbergs hin mit niederen, brüchigen Abstürzen in ein weites, von wirren Steinblöcken überstreutes Felsenkar verlief.

Der Bygotter entzündete die zweite Fackel an dem niedergebrannten Stumpf und stieß sie aufrecht in eine morsche Stelle des Grundes. Dann warf er die Fichtenscheite von seinem Rücken und nahm die Späne von Sannis Schulter.

Atemlos, vor Erregung am ganzen Leib zitternd, kauerte sich Sanni auf den kalten Boden. Verloren schaute sie zum zerrissenen Grat des Sonnbergs auf, der schon in rötlichem Schein erglühte. Sie schaute in die weite Ferne, wo der Himmel mit lang gestreckten, in Farben leuchtenden Wolken überzogen war. Sie blickte nieder ins Tal, das noch im grauen Morgenschatten lag und von weißen Nebelstreifen übersponnen war, die in trägem Zug die winzigen Häuser des Dorfes enthüllten und wieder verbargen. Ihr Blick wanderte aufwärts über die tausend Wipfel und irrte über die zur Linken liegende Waldschlucht nach dem jenseitigen Gehäng, durch dessen Lärchen das steinbeschwerte Schindeldach einer Holzerhütte herüberschimmerte. Dann wieder folgte sie mit müdem Blick dem Vater, der aus dem Felsenkar mit keuchender

Eile Steine um Steine schleppte, die er auf der Höhe der Kuppe zu einem breiten, ebenen Sockel aneinander reihte. Über diese Steine schichtete er im Geviert die schweren langen Fichtenscheite. Beinahe kindisch war die emsige Genauigkeit anzusehen, mit der er die in der Mitte gebrochenen Späne in die Lücken des Holzstoßes verteilte.

Da flutete eine warme Helle über den Grund. Hinter den fernen Bergen war die Sonne heraufgetaucht. In wirren Stößen wechselte der Wind; er trug den Glockenschlag der sechsten Stunde vom Tal herauf und machte die trüb qualmende Fackelflamme lodern und rauschen.

Fröstelnd, die Arme um die Knie geschlungen, saß Sanni auf der Erde. Traumverloren starrte sie in die Sonne. Sie sah nicht, wie der Vater mit seinem seltsamen Werk zu Ende gedieh, ein Bündel Stricke vor den Holzstoß legte und ein großes, blitzendes Messer zur Bereitschaft in eines der obersten Scheite stieß. Sie fühlte nur plötzlich, dass er sie am Arm fasste und emporzog. Als sie zu ihm aufschaute, erschrak sie bis ins Herz vor seinem Gesicht, und da folgte sie ihm willenlos zur Höhe der Kuppe.

»Knie nieder, mein Kind! Ich will Dir sagen, wie Du beten sollst.«

Zitternd tat sie, was er wollte, und sprach in stotternden Lauten seine Worte nach.

»Gott ist mein Hirt«, so betete er mit heiserer Stimme vor, »auf grünem Anger lagert er mich und meine Seele erquickt er. Auch wenn ich wandle durch ein Tal des Todesschattens, fürchte ich nichts Übles. Denn Du, Herr, bist bei mir, ich stütze mich auf Deinen Stecken! Du rüstest mir ein Mahl, salbest mit Öl mein Haupt, mein Becher fließt über –«

»Mein Becher fließt über!«, stammelte Sanni. Bei diesen Worten glitt ihr Blick hinunter ins Tal, und Entsetzen lähmte ihre Zunge, als sie an einer Stelle des ebenen Waldes schwarze, von roten Flammen durchzüngelte Rauchwolken in die Luft steigen sah.

»Und ich wohne in Deinem Hause immerdar!«, betete der Bygotter.

Da raffte sich Sanni von der Erde auf, krampfte eine Hand in die Schulter des Vaters, streckte die andere gegen das Tal und kreischte in Angst: »Jesus Maria, Vater! Brennen tut's! Unser Haus brennt, unser Haus!« Sie wollte talwärts stürzen. Mit eisernem Griff fühlte sie sich von den Händen des Vaters gefangen.

»Lass brennen!«, keuchte er. »Gott wird Deinem Vater Paläste bauen. Lass brennen! Nicht warten soll er! Gott sehnt sich seines Opfers.«

Er griff nach ihrem Haar und riss ihr die Zöpfe nieder, dass sie aufschrie in Schmerz und Angst. Mit beiden Händen zerrte er das Mieder von ihrem Leib. Und da begann sie mit schlagenden Armen sich zu wehren und kreischte: »Um Herrgotts willen, Vater, lass mich doch gehn! Jesus Maria! Vater! Was tust Du denn?«

Er hörte ihr Flehen nicht. Gewaltsam sprengte er den Bund ihres Rockes, zerriss das Hemd an ihrem Hals und keuchte: »Es geschah nach diesen Dingen – dass mich der Herr versuchte – und er sprach: Nimm Dein Kind, Dein einziges, das du liebst –« Während sein glühender Blick über die nackte Schönheit seines Kindes irrte, wiederholte er mit röchelnder Stimme: »Das Du liebst! Und opfere mir Dein Kind auf einem Berg, den ich Dir sagen werde.«

Da wich aus Sannis Armen die letzte Kraft; wie Erstarrung kam es über ihre Glieder; sie stierte in das grinsende Gesicht des Vaters, erkannte den Wahnsinn in seinen Augen und erkannte, dass sie verloren war. Unter gellendem Aufschrei schwanden ihr die Sinne.

Wie der Ton einer springenden Glocke zitterte dieser Schrei durch die Lüfte, weckte im Wald und an den kahlen Felswänden das Echo und drang über die schattige Schlucht bis vor das kleine hölzerne Haus, vor dessen offener Tür Karli stand, den Hut in der Hand, den Bergsack mit dem Wettermantel hinter den Schultern. Lauschend stand er. Vor einer Weile schon meinte er Sannis Stimme gehört zu haben. Nun schlug der verhallene Schrei an sein Ohr. Er schleuderte den Hut ins Moos und sprang zwischen den Bäumen hin. Als er das Gehäng der Schlucht erreichte und den Ausblick nach der Sonnbergplatte gewann, bot sich seinen Augen ein Bild, das ihm einen Schauer über den Nacken jagte. Der Herzschlag stockte ihm; er stand einen Augenblick wie gelähmt; nun rannte er mit verzweifelten Sprüngen über den Hang der Schlucht hinunter; während er sich auf der anderen Seite aufwärts mühte, stammelte er mit blassen Lippen: »Heilige Mutter, ich tu Dich bitten, grad net z'spät kommen lass mich, grad net z'spät!«

Als der den waldigen Saum der Kuppe erreichte, wankten ihm vor Erschöpfung die Knie. Beim ersten Blick, mit dem er die Fackelflamme gewahrte, den Scheiterhaufen, und auf ihm die weißen, leblos scheinenden Körper, halb verdeckt durch die Gestalt des Bygotters, der zum Himmel starrte und in der Rechten das blitzende Messer hielt – bei diesem ersten Blick schon kehrten ihm die verlorenen Kräfte zurück. Er stürzte mit irrsinnigen Sprüngen den grasigen Hang empor. Unter seine Füßen bröckelte der Grund, Steine rieselten und rollten.

Das hörte der Bygotter nicht. Der hatte nur Ohr und Auge für den Himmel und rief mit Zorn in die Lüfte: »Herr! Was schweigt Deine Stimme? Siehe, ich stoße zu – ich stoße!«

Er griff mit der Linken in Sannis gelöste Haare. In seiner Rechten zuckte die blitzende Klinge. Ehe sie zum Stoß niederfahren konnte, spannten sich Karlis Hände mit eisernem Griff um den Arm des Bygotters. Dem sprangen die Finger auf, im Bogen schwirrte das Messer über die Böschung der Kuppe hinaus. Ein Laut, wie das kurze heisere Brüllen eines rasenden Stieres. Ein starrer Blick noch, Aug in Auge. Dann lagen die beiden aneinander, Brust an Brust, mit den Armen sich umkrampfend. Kein Wort, kein Schrei, nur Keuchen und rasselnder Atem quoll aus ihren Kehlen. Sie schwankten im Ringen hin und her, ihre Füße wühlten sich in die morsche Erde. Gegen die zähe Kraft des Wahnsinns kämpfte die doppelte Macht der Jugend und Liebe. Der Bygotter taumelte, Karli gewann den ersten Schritt. Dieser Vorteil befeuerte seine Kräfte; er gewann einen zweiten Schritt, einen dritten. In Verzweiflung kämpfte der Bygotter. Karli zerrte und drängte ihn Schritt um Schritt aus der Nähe des Holzstoßes, dem Absturz der Kuppe entgegen. Da wich der Grund unter den Füßen des Wahnsinnigen. Karli stieß die befreiten Fäuste gegen die Brust des Bygotters. Der taumelte, brach unter einem gurgelnden Wutschrei in die Knie und rollte, von Steinen umwirbelt, hinunter in die Felsmulde.

Karli, mit gestreckten Armen, eilte dem Scheiterhaufen zu. Während sein Blick über die schutzlose Schönheit des jungen Mädchenkörpers glitt, der in Ohnmacht auf den Scheiten lag, war die Freude stärker in ihm als aller Schreck. Unter frohem Auflachen riss er das Messer von der Hüfte und durchschnitt die Stricke, mit denen Sannis Hände und Füße gefesselt waren. Ihren Körper in den Wettermantel hüllend, hob er sie mit beiden Armen an seine Brust. Ihr blasses Gesicht schwankte über seine Schulter, und die gelösten Haare rieselten ihm bis zum Knie hinunter.

Da tauchte über den Rand der Kuppe das verzerrte, blutüberronnene Gesicht des Bygotters herauf. Getrieben von Entsetzen stürzte Karli mit seiner Last davon. Er gewann den Schatten der Bäume und die Tiefe der Waldschlucht. Bei dem Sprung, mit dem er über das Rinnsal des Baches setze, erwachte Sanni aus ihrer Ohnmacht. Starr blickte sie um sich her, schlang unter wimmerndem Laut die Arme um Karlis Hals, und wieder schwanden ihr die Sinne.

Karli wankte, immer schwerer wurde auf dem steilen Gehäng sein Schritt. Während tief aus dem Tal ein verworrener Lärm und die rasch aufeinander folgenden Schläge der Feuerglocke tönten, hörte Karli hinter sich das Brechen von Zweigen, das Knattern fallender Steine und das Keuchen des Verfolgers.

Schon meinte er, dass ihm kein anderer Ausweg bliebe, als seine Last auf die Erde zu legen und von neuem den Kampf mit dem Wahnsinnigen aufzunehmen. Da schollen von der Höhe des Waldes laute Rufe.

Ein erstickter Freudenschrei. Das mussten die Holzknechte sein, mit denen Götz um die sechste Morgenstunde das Treffen angesagt. Karli raffte seine schwindende Kraft zusammen und schrie mit gellender Stimme: »Mannerleut! Jesus Maria! Mannerleut!« Erschrockene Stimmen gaben Antwort, und unter den Bäumen tauchten drei stämmige, verwitterte Gestalten auf. Was ihre Augen gewahrten, verstanden sie nicht. Es genügte ihnen, dass sie den Sohn ihres Brotherrn verfolgt sahen. Als sie in der halb lächerlichen, halb grauenvollen Erscheinung, die über den Hang der Waldschlucht nieder stürmte, den Bygotter erkannten, warfen sie ihr Gerät beiseite und stürzten an Karli vorüber dem Verfolger entgegen.

Der Bygotter sah sie kommen, hielt inmitten des Hanges inne, ballte in Wut die dürren, blutigen Fäuste – und während Karli erschöpft mit seiner Last die sichere Höhe gewann, flüchtete der Wahnsinnige in rasendem Lauf talwärts und verschwand hinter schlagenden Zweigen.

11.

Längst war die Feuerglocke verstummt. Doch immer noch eilten neue Gruppen von Leuten und Kindern zum Binderholz. Nur Schreck und Neugier trieb sie, nicht das Mitleid; von jenen, die schon ins Dorf zurückkehrten, konnten sie erfahren, dass es da draußen nichts mehr zu helfen und zu retten gab.

Das Bygotterhäuschen lag in sich zusammengestürzt, ein glostender Trümmerhaufen, dessen strahlende Hitze kein Nähertreten gestattete. Der dünne, immer wieder versiegende Wasserstrahl, den die Spritze zwischen die glühenden Balken schickte, verpuffte wirkungslos zu weißem Dampf. Schreiend eilten Männer, Weiber und Kinder, eines das andere hindernd, mit den ledernen Wasserkübeln hin und her. Als aber der Maurer-Hans meinte: »Ich mag nimmer, es is alles umsonst!«, da redete ihm eines ums andere diese Meinung nach, warf den Kübel beiseite und schob die nassen Hände in die trockenen Taschen. Sie hatten es überhaupt von Anfang an mit dem Reden nötiger gehabt als mit dem Wassertragen und Löschen. In Schreck hatte man hin und her gestritten, ob der Bygotter mit seinem Kind verbrannt wäre, oder ob er vor Ausbruch des Brandes mit Sanni das Haus verlassen hätte. Nur wenige waren dieser letzten Ansicht. Die meisten glaubten, dass Vater und Tochter unter dem glühenden Gebälk begraben lägen. Während sie Sannis Schicksal beklagten, sprachen sie, wenn vom Bygotter die Rede war, von einem ›Gericht Gottes‹. Haben Menschen eine Schweinerei oder eine Dummheit angestiftet, so hält man es immer für eine unerlässliche Pflicht der ewigen Vorsehung, dass sie den Saustall wieder reinige. Vor dem Gluthaufen des Bygotterhauses wurde diese Meinung besonders laut in der Nähe des Pfarrers debattiert, der im Kreis der Gemeinderäte stand, nachdenklich auf die rauchenden Trümmer guckte und keine Silber verlauten ließ.

Einer hatte die Schreier immer wieder zum Zugreifen angetrieben und selbst mit verzweifelter Hartnäckigkeit gegen das Feuer gekämpft, um die Glut der Balken zu ersticken, die über Kammer und Stube nieder gestürzt waren. Schließlich hatte auch er seine Mühe als erfolglos aufgeben müssen. Die stäubenden Funken hatten ihm Löcher in die Kleider gebrannt, sein Haar war angesengt, und sein Gesicht und seine Hände waren schwarz von Ruß. Er ging zum Brunnen, um sich zu waschen, drängte sich durch die schreienden Leute, nickte dem Lehrer und seiner Frau, die mit blassen Gesichtern Seite an Seite standen, einen wortlosen Gruß zu und verließ das Gehöft. Es war der Götz.

Als er den Pointnerhof erreichte, hörte er aus der Stube das zornige Keifen des Bauern. Ein bitteres Lächeln ging über den Mund des Knechtes. »A guter Anfang, dös muss ich sagen!« Zögernd betrat er die Stube. Da humpelte der Pointner gerade in die Kammer, und während er hinter sich die Tür zuwetterte, rief ihm Kuni nach: »Musst ihn halt an anders Mal an Dein' Bettfuß anbinden! Oder hätt ich vor seiner Tür aufpassen sollen, wo er hinrennt?«

»Wann der Bauer wissen möchte, wo der Karli is«, ließ sich Götz von der Schwelle vernehmen, »am Sonnberg is er droben bei der Holzarbeit.«

»Wer hat's ihm gschafft?«, fuhr Kuni zornig auf.

»Ich, Bäuerin! Dass er über die ersten Tag leichter wegkommt.«

Kuni schien heftig erwidern zu wollen. Sie schwieg. Und als sie das Aussehen des Knechtes gewahrte, sagte sie erschrocken: »Götz? Wie hast Dich denn zurichten lassen! Es wird Dir doch nix geschehen sein?«

»Was soll mir denn geschehen sein? A paar Löcher hat's mir halt in d' Joppen brennt.«

»Aber draußen? Im Binderholz?«

»Da is alles hin. Wann der Bygotter net mit der Sanni auf und davon is, vor 's Feuer zum Dach aussigschlagen hat! Gelt, da kann ein' d' Red verlassen!« Götz war auf Kuni zugetreten. Den Hals gestreckt, sah er der Bäuerin in die Augen. Und Kuni erwiderte diesen Blick, mit einem blassen, von scharfen Zügen durchschnittenen Gesicht, das über Nacht um Jahre gealtert schien. Wäre

Karli jetzt vor den beiden gestanden, so hätte er bei der Erinnerung an jenen seltsamen Schatten nicht mit der Klugheit seines Schutzengels rechnen müssen; er hätte die Erklärung in der Ähnlichkeit gefunden, die sich in den Gesichtern dieser beiden verriet. Während sie so voreinander standen, flüsterte Götz: »Und weißt auch, wer d' Sanni gwesen is? Dem Karli sein Glück!«

Sie hatte es geahnt, seit jenem ersten Tag, an dem sie den Pointnerhof betreten. Diese Ahnung war es gewesen, die ihren Übermut gereizt hatte. Der Wettlauf mit dem blassen, schwächlichen Mädel war ihr erschienen als ein Kampf, der sich spielend gewinnen ließ. Wie übel war ihr das Spiel geraten! Daran aber dachte sie in diesem Augenblick mit keinem Gedanken. Tiefe Erschütterung sprach aus ihrem Gesicht.

»Drum wirst nix dagegen haben, Bäuerin, wann ich auffispring zur Holzerhütten?«

»Ja, Götz, schau, dass d' auffikommst! Und sag's ihm net grob ins Gsicht!«

Verwundert sah Götz die Bäuerin an. Ein freundlicher Ausdruck erschien in seinem Gesicht. »Hätt's net denkt, dass Dich der Bub so jammert! Dich lernt sobald keiner aus. 's is schad um Dich. Aus dir hätt was werden können.«

»So?«, lachte Kuni bitter auf. »Und was denn?«

»Was anders, als aus Dir worden is!« Götz zog die Schultern auf und verließ die Stube.

Als er den Flur betrat, hörte er über den gepflasterten Vorplatz einen langsamen Schritt kommen. Er trat unter die Haustür und gewahrte einen Fremden in schwarz und grün kariertem Anzug, den grauen Filzhut schief über den schwarzen, ölig glänzenden Haaren. Götz hatte diesen Menschen noch nie gesehen. Dennoch meinte er zu wissen, wer vor ihm stünde. Der bewusste Bruder! Mit scharfem Blick maß er den Gast, und das Resultat dieser Musterung schien kein beruhigendes für ihn zu sein.

Der Fremde, mit der Hüfte auf den Stock gelehnt, ließ sich diesen Empfang eine Weile gefallen. Aus seinen grauen Augen funkelte ein spöttischer Blick. »Is die Bäuerin daheim?«

»Mir scheint.«

»No also, siehst net, dass ich ins Haus will, Lackl! Geh halt auf d' Seiten!«

»Die Lackln sind bei uns net daheim. Wir kriegen s' allweil von auswärts.« Götz trat von der Schwelle fort.

Als er später das Gesindehaus verließ und den Weg nach dem Sonnberg einschlagen wollte, hörte er von einem der Fenster her die jammernde Stimme des Pointners. Er sah auch gleich, mit wem der Bauer sprach; draußen vor dem Zaun stand der Lehrer mit seiner Frau. Götz näherte sich den beiden. Er hatte den Zaun noch nicht erreicht, als er die lange Straße her ein wirres Schreien hörte. Er sprang zum Gatter und sah, dass sich ein dichter Menschenknäuel, der noch vor jedem Haus neuen Zulauf bekam, dem Pointnerhof entgegenwälzte. »Was is denn da wieder?«, greinte der Pointner, der mit verkatertem Gesicht im offenen Fenster lag.

Götz spähte dem lärmenden Trupp entgegen. »Bauer! Da muss ebbes geschehen sein! Dein Karli is voran. Und tragen tut er, ich weiß net was!«

»Du lieber Herrgott!« Der Kopf des Pointners verschwand. Dann erschien der Bauer verstört in der Haustür und humpelte der Straße zu. »Jesus Maria! Karli! Was is denn?«, kreischte er seinen Buben an, der dem Vater entgegenwankte, von einer schreienden Schar umdrängt, das blasse Gesicht von Schweiß überronnen, erschöpft, eine seltsame Last auf den zitternden Armen. Der Pointner sah aus dem dunklen Wettermantel zwei nackte Füße herausschwanken, während an Karlis Brust mit geschlossenen Augen ein blasses Mädchengesicht gebettet lag, um das die schwarzen Haare in wirren, feuchten Strähnen herumhingen.

»Vater!«, stammelte Karli. »Da schau, d' Sanni! Mein Glück, mein alles!« Er taumelte in den Hof. Während sich die Schar der Schreier nachschob, erfuhr der Pointner von den Holzknechten, was droben auf der Sonnbergplatte vorgefallen. Noch hatten sie ihren konfusen Bericht nicht zu Ende gebracht, als Karli keuchte: »Den Dokter! Schauts um an Dokter! 's Madl kennt mich schon nimmer.«

Götz rannte davon.

Eine zitternde Hand legte sich auf Karlis Arm. Als er das verstörte, schweißglitzernde Gesicht erhob, sah er in die erschrockenen Augen der jungen Pointnerin. »Komm, Karli! Schnell ins Haus! Trag 's Madl auffi zu mir!« Willenlos folgte er, als ihn Kuni zur Türe zog. Den beiden schloss sich die Frau des Lehrers an, und so erreichten sie den Flur und stiegen die Treppe hinauf. Droben in dem Stübchen, das Kuni bis zum verwichenen Tag bewohnt hatte, hoben die zwei Frauen das bewusstlose, im Fieber lallende Mädel von Karlis Armen auf das Bett. Während Kuni die Riemen löste, mit denen der Wettermantel um Sannis Körper geschnürt war, schob die Lehrerin den Burschen über die Schwelle und schloss die Tür.

Draußen taumelte Karli an den Vater hin. Der zog ihn mit sich fort und stützte ihn auf der Treppe gleich einem Kranken. In der Stube drückte er ihn auf den Lehnstuhl nieder, rannte um frisches Wasser, gab dem Erschöpften aus einem Glas zu trinken und strich ihm das nasse Haar aus der bleichen Stirn.

Inzwischen stand der Lehrer draußen unter der Haustür und verteidigte die Schwelle gegen die Schreier, die am liebsten den Pointnerhof gestürmt hätten. Sie kamen zu der Meinung, dass einer, vor dem das Leben des eigenen Kindes nicht sicher wäre, eine Gefahr für das ganze Dorf bedeute.

Während diese Klugen mit kreischenden Stimmen ihre Urteile tauschten, erzählte Karli in der Stube dem Vater die Geschichte dieses Morgens, soweit er sie selbst begriff. Immer wieder schlug der Pointner unter Anrufung aller Heiligen die Hände über dem Kopf zusammen. Die Rührung trieb ihm dicke Zähren aus den Augen. Mit beiden Händen fasste er seinen Buben am Kopf. »Sag's aussi! Brauchst Dich net scheuen vor dem Vater! Sag's aussi, dass Du d' Sanni gern hast.

Karli nickte.

»Wie lang denn schon?«

»Seit ich halt denk!«

Da mischte sich ein zorniger Ton in die wässerige Rührung des Pointners. »Warum hast denn net lang schon gredt? Tausendmal für einmal hätt ich mein Jawort gsagt! Und heireten hättst können! Und alles wär anders!« Er verstummte; ängstlich drehte er das Gesicht über die Schulter und fuhr erschrocken zusammen, als sein Blick auf das Ledersofa im Ofenwinkel fiel. Dort in der Ecke saß Kunis Bruder, einen erloschenen Zigarrenstummel zwischen den gelben Zähnen. Der Pointner kraute sich das Haar und stotterte: »Jetzt hab ich ganz vergessen –«

»Nur net schenieren wegen meiner!«, lächelte der Gast. »Ich mach's grad so, ich schenier mich auch net.«

Karli wusste noch nichts von dem Besuch, der sich da ins Haus geladen; doch gleich erkannte er den spöttischen Fragesteller aus dem Binderholz.

Der kam auf ihn zu und streckte die Hand. »Wir zwei, mein' ich, müssten uns schon wo gsehen haben?«

Karli schwieg und guckte verdutzt den Vater an.

»Ja, schau, Bub, der Herr da hat uns bsucht. Weißt, a Bruder von meiner – von der Kuni, ja!«, stotterte der Pointner. »Gregor heißt er, und a Metzger is er. Jetzt hat er d' Schwester bsucht. Wird halt a paar Täg bei uns bleiben.«

»Wann's mir gfallt, bleib ich länger auch.«

»No, ja, natürlich, so lang's der Schwager halt aushalt! Dös is gwiss! Natürlich!« Dem Pointner gingen die verzagten Worte aus, und weder Karli, noch der Schwager wollte ihm weiterhelfen. Ein unbehagliches Schweigen folgte. Dann machte Karli einen Sprung zur Türe. »Der Götz! Der Götz kommt mit 'm Dokter!« Aufatmend humpelte der Pointner seinem Buben nach, der draußen im Flur mit überstürzten Worten auf den bejahrten, ruhig horchenden Doktor einsprach.

Bedächtig nickte der Arzt und schob die Brille höher. Gemächlichen Schrittes stieg er die Treppe hinauf. Karli und der Pointner folgten. Sie durften die Krankenstube nicht betreten. Nur die Frau des Lehrers blieb bei dem Doktor; Kuni kam in den Flur heraus. Während Karli sich wortlos an die weiße Kalkmauer lehnte, trat Kuni, die Arme hinter dem Rücken verschränkend, zu dem kleinen Flurfenster und blickte durch die trüben Scheiben.

Der Pointner schneuzte sich immer.

Eine bange Viertelstunde verging. Dann wurde die Kammertür geöffnet und man hörte die knarrenden Stiefel des Doktors. Der sagte: »Ein schweres Nervenfieber. Und das Schlimmste zu befürchten.«

Der Pointner guckte hilflos drein, die junge Bäuerin drehte rasch das blasse Gesicht, und Karli ging stumm davon, auf eine wunderliche Art mit den Fäusten schlenkernd. –

Ein Tag verrann um den andern.

So sehr der Bygotter in aller Leute Mund war, so wenig bekamen ihre Augen von ihm zu sehen. Der ausführliche Bericht, den der Pfarrer an das Bezirksamt hatte abgehen lassen, hatte bewirkt, dass ein zwei Mann hoher Gendarmerieposten in das Dorf gelegt wurde. Auch war für den Fall, dass man des Bygotters habhaft würde, ein Irrenwärter in Aussicht gestellt. Bei diesen Verfügungen hatte es vorerst sein Bewenden; so viele Stunden auch die beiden Wächter der Sicherheit bei Tag und Nacht im Binderholz verpassen mochten, so häufig sie auch alle Winkel und Schlupfe der Sonnbergschluchten durchstöberten, der Bygotter bleib verschollen, als wäre er durch die Luft entflogen oder in die Erde versunken. Die abenteuerlichsten Gerüchte waren über ihn im Umlauf. In diesen Gerüchten spielte jener bekannte Unbekannte, dessen Namen man gerne durch drei Kreuze zu ersetzen pflegt, eine wichtige Rolle. Aber je unheimlicher den Leuten der Vater wurde, desto menschlicher rückten ihre Herzen seinem Kind zu. Es war eine Art von Fanatismus in dem Mitleid, das man für Sanni empfand. Weder alt noch jung, weder Mann noch Weib ging am Pointnerhof vorüber, ohne sich nach dem Befinden der Kranken zu erkundigen.

Da war wenig Tröstliches zu vernehmen. Immer lag Sanni bewusstlos und in hohem Fieber. Was zu ihrer Pflege geschehen konnte, geschah. Zweimal des Tages kam der Doktor. Kuni, die Frau des Lehrers und eine Wärterin teilten sich in die Wache. Der ganze Hofraum, auf eine weite Strecke auch die Straße, war dick mit Stroh überschüttet, um das Rollen der Wagen und den Hufschlag der Pferde zu dämpfen. Mit Eifer und Ängstlichkeit bewachte der Pointner die Ruhe im Haus. Wo sich was rührte, war er gleich bei der Hand mit seinem »Pst, pst, Jesus Maria, stad sein!« Im übrigen trippelte er umher – das Sprichwort sagt: Wie einer, dem das Zäpfl hinuntergefallen. Eine Verzagtheit lag über ihm, die sich zu seltsamer Unruh steigerte, sooft ihm Karli in die Nähe kam. Der schien alles vergessen zu haben, was die vergangenen Wochen zwischen ihm und den Vater geworfen. Den letzten Brief des Pointners, den er von der Regimentskanzlei nachgeschickt erhalten, hatte er zerrissen, ohne ihn zu lesen. Sanni war sein einziges Denken, ihre Genesung sein einziges Hoffen. Er rannte wie verloren umher. Wenn er bei der Arbeit zufasste, griff er alles von der verkehrten Seite an. Hundertmal des Tages schlich er auf den Zehen vor das Stübchen hinauf und pochte mit leisem Finger.

Nie war er zu bewegen, die Krankenstube zu betreten. Er lugte nur manchmal durch eine Türspalte, und dann war's ihm anzusehen, wie ihm der Anblick des schmächtigen, von brennender Fieberröte übergossenen Gesichtes, das so regungslos in den geblümten Kissen lag, das Herz zusammenkrampfte. Die halben Nächte durchwachte er in seiner Kammer, das Ohr an die Mauer gedrückt, als möchte er den ersten leichteren Atemzug der Kranken, das erste Wort ihres wiederkehrenden Bewusstseins erlauschen.

So begreiflich das Benehmen Karlis war, so verblüffend wirkte die Ausdauer, mit der Kuni sich der Pflege Sannis widmete. Sie erntete auch Anerkennung von allen Seiten. Nur Karli vermochte es der jungen Bäuerin gegenüber zu keinem herzlichen Wort zu bringen, sosehr es ihn drängte, ihr einmal die Hand hinzustrecken, wenn sie mit übernächtigen Augen aus der Krankenstube trat.

Noch ein anderer wollte in Kunis Verhalten keine rühmenswerte Barmherzigkeit erkennen. Das war Götz. In der ersten Stunde, das gab er zu, hatte sich in ihr das Herz gerührt. Drum hatte er auch anfangs ihre ausdauernde Pflege mit freundlichen Augen wahrgenommen, als wäre ihr das Bleiben in der Kammer nur ein Vorwand, um die Stube zu meiden, wo ihr Bruder mit der qualmenden Zigarre die Tage verlungerte. Unausgesetzt beobachtete Götz die beiden, ohne dass es ihm gelang, das Verhältnis, in dem sie miteinander standen, zu durchschauen. Vielleicht wäre ihm das leichter gewesen, wenn Karli sich gegen Götz über die sonderbaren Dinge ausgesprochen hätte, die er beim Schimmelwirt zu München über Kunis Familie und über das Verhalten ihrer Brüder zu hören bekommen; er schwieg in Wahrung des Namens, den Kuni nun einmal trug. Götz war also bei seiner Beobachtung allein auf seine Augen und auf die Gedanken angewiesen, die Kunis und Gregors Benehmen in ihm weckten.

Jene erste Vermutung, dass dieser ›Bruder von irgendwo‹ durch andere Ketten mit Kuni verknüpft wäre, als durch geschwisterliche Bande, hatte er wieder fallen lassen. Sowenig ihm Kuni Anlass gegeben hatte, Gutes von ihr zu denken, es war in ihm doch eine Stimme, die ihn nicht glauben lassen wollte, dass sie so ganz verdorben wäre, um schon am ersten Tag nach der Hochzeit die ehrlose Schande in ihr Haus zu laden. Gregor musste doch wohl ihr Bruder sein; was hätte sie sonst bewegen können, den widerwärtigen Gesellen unter ihrem Dach zu dulden. Freilich, es war eine merkwürdige Geschwisterliebe, die Kuni für diesen Bruder zu hegen schien. Sie wich ihm aus auf Schritt und Tritt, vermied jedes längere Gespräch mit ihm, und Götz meinte, dass es nur um Gregors willen geschähe, wenn sie den gemeinsamen Mahlzeiten fernblieb und sich mit der Krankenpflege entschuldigte. Das Gefühl, dem dieses Verhalten entsprang, war etwas anderes als Widerwille; es war wie zitternde Scheu. Kuni hasste ihren Bruder, aber sie fürchtete ihn; er musste durch irgend etwas über sie Gewalt haben. Das erklärte für Götz die seltsame Veränderung, die sich in Kunis Wesen vollzogen hatte. Sie war eine völlig andere geworden, als sie gewesen. Ihr übermütiges Lachen war erstorben, ihre Sicherheit verschwunden, ihr Trotz gebrochen. Unter der Wirkung des scheuen Kummers, den sie zu leiden schien, wurde manches Gute lebendig, das unter Schmutz und Asche bisher vergraben lag in ihrer Seele.

Wenn Götz sich über diesen Wandel seine Gedanken machte, musste er immer eines Vorfalles denken, dessen Zeuge er geworden war. Zwei Tage nach Gregors Ankunft hatte der närrische Spinner-Veit, der Zuchthäusler, wieder im Pointnerhof vorgesprochen, um sein Wochengeschenk zu holen. Es schien, als hätte Kuni sein Kommen abgepasst; er hatte noch nicht die Hausschwelle betreten, da stand sie schon vor ihm, scheu und erregt; unter wispernden Worten schob sie ihn auf die Straße hinaus. Am folgenden Morgen suchte Götz den Alten in seinem Armenstübchen auf und erfuhr, dass Kuni dem Spinner-Veit das Betreten des Pointnerhofes verboten hätte. »Jetzt is mei' einzige Freud dahin!«, greinte der arme Narr. »Wann ich ihr grad a bissl gut wär, hat die Bäuerin gsagt, nacher sollt ich mich net ehnder wieder sehen lassen, solang sie's mir net selber verlaubt. Was kann ich denn machen? Lieber sterben, eh dass ich a Schrittl tät, dös der Pointnerin net taugt. So viel gern hab ich s', die Bäuerin, ja!« In sonderbarer Bewegung hatte Götz den Alten verlassen. Von diesem Tag an beobachtete er mit noch schärferen Augen, weil bei Gregor allein die Ursache liegen konnte, weshalb der Spinner-Veit seine ›einzige Freud‹ entbehren musste.

Den lauernden Augen Gregors bleib es nicht verborgen, wie aufmerksam er von Götz überwacht wurde. Bald ging er dem Knecht mit Vorsicht aus dem Weg, bald wieder drängte er sich herausfordernd in seine Nähe, sah ihm mit spöttischem Lächeln bei der Arbeit zu, drehte sich auf dem Absatz um und suchte den Pointner auf, um gegen den Knecht zu sticheln. Es gelang ihm nicht, den Bauer gegen Götz in Harnisch zu bringen; er brachte im Gegenteil den Bauer nur gegen sich selbst in Hitze, so dass es eines erklecklichen Aufwandes an Späßen und Anekdoten bedurfte, um den Pointner wieder in gute Laune zu versetzen, die meistens nur eine gespielte war; die Nähe dieses Gastes schien nicht angenehm auf den neu gebackenen Ehemann zu wirken.

Der einzige im Hof, der mit Gregor ruhig verkehrte, war Karli. Sonderlich gewogen war er dem spöttischen Kostgänger nicht, dessen Faust er, in der Erinnerung an Kunis Vergangenheit, immer zum Schlag gegen ein wehrloses Kind erhoben sah. Aber was hatte er sich um diese Dinge zu kümmern, wenn Kuni die Gegenwart eines Menschen ertrug, der mitgeholfen, ihr die Jugend zu verbittern und das Zusammenleben mit der Mutter zu verkümmern. Vorausgesetzt, dass alles auf Wahrheit beruhte, was er beim

Schimmelwirt erfahren hatte. Manchmal zweifelte er an dieser Wahrheit. Vielleicht hatte Kuni den Inhalt des Briefes, den er aus München an den Vater geschrieben, widerlegen können? Dann hätte aber der Vater doch Ursache gehabt, seinem Buben einmal zu sagen: Alles, was Du geschrieben, ist Verleumdung. Doch der Vater hatte bisher mit keinem Wort jenes Briefes gedacht. Und Karli grübelte nicht weiter. Er hatte zu viel mit seiner Hoffnung für Sannis Genesung zu tun, um sich lange Gedanken über Gregor und alles andere zu machen. Er suchte die Ruhe im Haus zu wahren und verzog nur manchmal den Mund, wenn er mit ansah, wie bequem es sich der Gast auf dem Sofa zu machen wusste, wie tief er in die Zigarrenschachtel des Pointners griff, wie fleißig er sich vor jeder Arbeit drückte, dafür mit staunenswerter Pünktlichkeit zu jeder Mahlzeit erschien.

Einmal aber wollte den jungen Pointner die Langmut doch im Stich lassen. Es war am neunten Tag seit Sannis Erkrankung. Der Doktor hatte dem Bauer gesagt, dass dieser Tag die Entscheidung bringen müsste, entweder die Wendung zum Besseren oder das Schlimmste. Auf des Pointners Bitte hatte man das vor Karli geheim gehalten. Der Bub schien zu fühlen, dass ihm etwas verschwiegen wurde. Von seiner Sorge gepeinigt, ging er in Haus und Hof herum. Nach der Mahlzeit nahm ihn der Pointner zur Besichtigung einer Wiese mit, die man ihm zum Kauf angetragen hatte. Auf halbem Weg brannte Karli dem Vater durch und rannte wieder nach Hause. Als er den Flur betrat, schlug eine scharfe Stimme an sein Ohr. Unwillig öffnete er die Stubentür und sah den Götz mit zornrotem Gesicht vor dem Tisch stehen. Auf der Bank saß Gregor, der ein blankes Messer in die Tischplatte stieß und dem jungen Pointner zurief: »Grad kommst recht! Da kannst beim lümmelhaften Knecht sagen, was a Dienstbot reden muss mit ein Gast von der Herrschaft!«

»Was hat's denn geben?«, fragte Karli.

»Ich komm in d' Stuben«, sagte Götz, »und wie ich sieh, dass er aus Langweil den Tisch verschneidt, da hab ich ihm gsagt, dass man mit ander Leut ihrem Sach a bissl feiner umgeht. Und gar mit eim Tisch, auf dem man drei Mal im Tag von der Freundschaft zehrt.«

Gregors verlebte Züge spielten ins Grünliche. Fluchend sprang er hinter dem Tisch hervor. Karli vertrat ihm den Weg, und als er sah, dass in die weiß gescheuerte Tischplatte Gregors Name schon zur Hälfte eingeschnitten war, stieg ihm das Blut ins Gesicht. Er sagte mit grober Härte: »Du, Herr Vetter, jetzt will ich Dir aber –« Weiter kam er nicht.

Die Tür wurde aufgerissen, und Kuni stand auf der Schwelle: »Gott sei Dank, Karli, dass daheim bist! D' Sanni is aus'm Fieber aufgwacht, und allweil verlangt s' nach Dir!«

Der tiefste Schreck hätte ihn nicht so um alle Fassung bringen können, wie es die jähe Freude tat. Er stürmte aus der Stube und die Treppe hinauf. Hastig stieß er die schweren Schuhe von den Füßen und trat in die Kammer. Die Wärterin nickte ihm lächelnd zu; er sah sie nicht, sah nur das schmale, blasse, von den schwarzen Haaren umrahmte Mädchengesicht, aus dem zwei feuchte blaue Augen ihm in heißer Sehnsucht entgegenleuchteten, sah nur die mageren, wachsbleichen Hände, die sich verlangend nach ihm erhoben.

»Sanni!« Vor dem Bett in die Knie brechend, umschlang er sie und presste das Gesicht an ihre Brust. Leise weinend schmiegte sie ihre Wange an seine Stirn und streichelte ihm mit scheuer Hand das Haar.

Von der Türe klang ein Seufzer; die Wärterin drehte das Gesicht und sah verwundert die junge Bäuerin an. Als Sanni sich aufrichtete, verschwand Kuni im Dunkel des Flurs.

Angstvoll blickte Sanni um sich her. »Wo is er denn?«

Karli verstand, wen sie meinte, und sagte, was ihm der Augenblick auf die Zunge gab. »Fort! Wieder ummi nach Amerika!«

Erschrocken sah ihm Sanni in die Augen und presste schluchzend das Gesicht in die Hände.

Karli wollte mit zärtlichen Worten zu ihr reden, aber die Wärterin duldete nicht, dass er noch länger bliebe. Sie schob ihn zur Tür hinaus und hielt ihm vor, dass solche Aufregung üble Folgen für die Kranke haben könnte.

Die Stunde ging ohne Schaden für Sannis Genesung vorüber. Jeder Tag brachte einen merklichen Fortschritt in ihrer Besserung. Da machte nun die Frau des Lehrers den Vorschlag, dass Sanni vom Pointnerhof in das Lehrerhaus übersiedeln sollte. Alle waren dafür, der Pointner, Götz, der Doktor. Nur Kuni und Karli wehrten sich gegen dieses Vorhaben. Die beiden mussten sich bescheiden, als Sanni selbst mit schüchterner Bitte für den Vorschlag eintrat. Ein sonniger Oktobertag begünstigte die Sache. Der von Götz kurierte Schimmel wurde vor die kleine Kutsche gespannt und Sanni auf den mit Kissen ausgelegten Sitz gehoben. Karli führte das Pferd am Zügel, während der Pointner an der rechten, die Frau des Lehrers an der linken Seite des Wagens blieb. Götz war auf die Straße hinausgetreten und sah dem Wägelchen nach, bis es verschwand. Nun schloss er das Zauntor und schlug die Richtung nach dem Holzhof ein; als er um die Hausecke biegen wollte, blieb er stehen. Durch ein offenes Fenster schlug aus der Stube die erregte Stimme der Bäuerin an sein Ohr: »Ich will nix hören davon! Jetzt lass mich aus!«

»Jetzt grad will ich haben, dass d' ihn ausschaffst!«, erwiderte kaum verständlich eine knirschende Stimme.

»Den Götz? Und ausschaffen? Da! Reiß an Stein aus der Wand! Wie so a Stein in der Mauer, so verwachsen is der Götz mit'm Hof!«

»Ob verwachsen oder net. Er oder ich! Dass ich net gutwillig geh, dös brauch ich Dir net sagen. Da kunnt ich zum Abschied a bissl was erzählen. Gspassige Gschichten!«

Es wurde so still in der Stube, dass Götz den Pendelschlag der Wanduhr hören könnte. Sein Gesicht war bleich. Nun ballte er die Faust und ging davon. Noch hatte er den Holzhof nicht erreicht, als Gregor, den Hut auf dem Kopf, aus der Haustür trat. Unter spöttischem Lächeln sah er dem Knecht nach, steckte eine Zigarre in Brand und schlenderte, die Fäuste in die Taschen grabend, zum Tor hinaus. Das Ziel seines Weges war das Wirtshaus. Dort war er der einzige Gast; die dralle Kellnerin genügte ihm als Gesellschaft, und an ihrer Seite verkneipte er den Nachmittag. Als er kurz vor Beginn der Dämmerung den Pointnerhof wieder betrat, begegnete ihm ein Bettler, der eben unter der Haustür eine Gabe von Kuni erhalten hatte, ein ruppiger, unappetitlicher Kunde. Das zerrissene, in Falten schlotternde Zwilchgewand, das der Alte trug, mochte seit Jahren keine Wäsche mehr erlebt haben. Was er auf dem Kopf sitzen hatte, schien eine blaue Soldatenmütze gewesen zu sein. Das Gesicht war fast nur Bart, der struppig nach allen Seiten stand und sich immer bewegte, als wäre der Mund, der darunter verborgen lag, unaufhörlich im Kauen. Über den Stacheln des Schnurrbartes saß eine Nase, die einem bläulich angelaufenen Kupferknopf glich. Das linke Augenlid war geschlossen und tief in die leere Höhle eingesunken. Das andere Augen, von dessen entzündeten Rändern eine Tränengasse in den Bart verlief, hatte einen steifen Glanz.

Gregor stutzte, als er den Alten kommen sah. Auch der andere riss sein rundes Auge noch weiter auf und verzögerte den tappenden Gang. Die beiden schienen sich zu kennen. Dennoch gingen sie wortlos aneinander vorüber. Dann drehten sie zu gleicher Zeit den Kopf über die Schulter, kehrten um und blieben voreinander stehen. Gregor schob die Hände in die Taschen und sah aus stolzer Höhe auf den schmutzigen Kunden nieder, der ein Gesicht machte, als wäre ihm die Ansprache, deren er gewürdigt wurde, eine große Ehre. »So? Haben s' Dich wieder amal auslassen? Lump, alter!«

»Ja, aber lang wird's net dauern!«, sagte der Alte mit einer zerstörten Stimme. »Der Winter is vor der Tür. Da wird mir nix anders übrig bleiben, als dass ich mich wieder einitummel ins warme Stübl.«

Gregor lachte. »Gfallt's Dir denn gar so gut da drin?«

»A zfriedens Gmüt ghört halt dazu. Es is auch soweit net übel. A guts Essen, langsame Arbeit, die schönste Liegerstatt. Mehr kann sich unsereins net verlangen.«

»Aber der Schnaps? Was?«

»Der Schnaps!«, quoll es wehmütig aus dem wackelnden Bart hervor. »Da fehlt's freilich weit! Wann mir's Züngl allweil so trucken gwesen is, hab ich oft an dieselbigen Zeiten denkt, wo mir a Glasl ums ander zahlt hast.«

Gregor zuckte ziellos ins Blaue.

»A guts Herz hast allweil ghabt!«, tuschelte der Alte. »Drum muss Dir's auch gut gehn.« Er winkte mit einem Blick gegen das Haus. »Ghörst leicht da eini?«

»Halb und halb.«

»So? Halb und halb?« Der andere versuchte mit seinem runden Auge pfiffig zu blinzeln. »Du! Da halt Dich fest an! Is a nobligs Haus.« Verstummend sah er an Gregor vorüber und stierte hinter dem Knecht her, der aus dem Haus getreten war und nach den Ställen ging. »Was habts denn da für ein' im Haus? Ghört der am End zu Dir?«

Hastig wandte Gregor das Gesicht und konnte noch sehen, wie Götz in einer Tür verschwand.

»Ah ja, ich täusch mich net, er is's schon!«, murmelte der Alte. »Wie heißt er denn gleich?«

»Gotthard Sauer.« In Gregors Zügen war eine lauernde Spannung.

»Gotthard Sauer? Ah na! So hat derselbig net gheißen. Aber ich hab mich net verschaut. Wann's auch schon lang her is, er hat eins von die Gsichter, die man sich merkt.«

»Woher kennst ihn?«

»Aus der warmen Stub! A meiniger Kamerad is er gwesen.« Der Alte ahmte mit den zitternden, von Schmutz überkrusteten Fingern die Bewegung des Spinnens nach.

Da packte ihn Gregor am Arm. »Wann aber der Nam net stimmt?«

»Macht nix! Leicht bsinn ich mich falsch. Aber d' Nummer weiß ich noch. Der Neunasiebzger is er gwesen.«

»Der Neunasiebzger?«, wiederholte Gregor.

»Einer von die Gwichtigen. Zwölf Jahr hat er ghabt. A Malifizzeit, so was! Mir waren meine viere schon z'viel, wo s' mir selbigs Mal auffibrummt haben, völlig unschuldig, wegen so eim miserabligen Schlösserl, dös mir unter der Hand brochen is. Aber no, jetzt bin ich's gwohnt.«

Mit heiserer Stimme raunte Gregor dem Alten zu: »Warum s' ihn packt haben, sag mir!«

»Da bin ich überfragt. Aber ebbes bsonders muss er angstellt haben, weil er gar so stolz gwesen is. Keiner von uns war ihm nobel gnug.«

»Es kann net sein! Du musst Dich verschaut haben!«

»Gwiss net! Dös heißt, wetten möchte ich grad net. Aber schwören tu ich.«

»'s Wetten wär mir lieber! Aber wissen muss ich's.« Gregor griff in die Tasche, drückte dem verdutzten Alten ein Markstück in die Hand und flüsterte: »Da hast a Zehrgeld. Jetzt gehst ins Wirtshaus und bleibst über Nacht. Leicht kann ich Dich morgen als Zeugen brauchen.«

»Ah so?«, schmunzelte der Alte. »Ich bezeug Dir alles, was d' haben willst. Heut grad so wie selbigs Mal.«

»Mach, dass d' weiterkommst!«, zischelte Gregor und ging, die Fäuste in die Tasche vergrabend, der Haustür zu. Während er hinüberblickte gegen die Ställe, blitzte eine boshafte Freude in seinen Augen. Er sah den Stoffel aus einer Stalltür treten, sah ihn ein Brett über den Brunnentrog legen und allerlei Riemenzeug herbeischleppen. Nach einer Weile kam auch Götz zum Brunnen und füllte einen hölzernen Eimer zum Trunk für die Pferde. Mit gekreuzten Armen lehnte sich Gregor an den Haustürpfosten und guckte nachdenklich vor sich hin. Plötzlich fuhr er mit der Hand in die Tasche und brachte mehrere Markstücke hervor, die er der Reihe nach betrachtete. »Akrat is eins dabei!«, lachte er leis, drückte die ausgewählte Münze, die im Jahr 1879 geprägt worden war, mit dem Daumen gesondert in die Hand und schob die anderen Markstücke wieder in die Tasche. Langsam schlenderte er auf den Brunnen zu und begann in gnädigem Ton mit Stoffel zu plaudern, der mit einer Bürste das Riemenzeug bearbeitete, um die Schwärze in Glanz zu bringen. Und während Gregor so schwatzte, klapperte er immer mit dem Geld in seiner Tasche. Stoffel spitzte die Ohren: »Saxen, da scheppert's aber!«

»Ja, wo Vögel sind, da zwitschert's.« Gregor zog die Hand aus der Tasche, warf ein Markstück in die Luft und fing es wieder mit geschicktem Griff.

»Ah! Nobel!«, staunte Stoffel. »Dös möchte ich noch amal sehen.«

Wieder flog das Markstück in die Höhe. So flink aber auch Stoffel mit beiden Händen zugriff, er kam doch um einen guten Bauernschuh zu kurz. Lachend schnappte Gregor die fallende Münze dem Knecht vor der Nase weg. Da hörte er Tritte aus dem Stall kommen. Hastig streckte er die geschlossene Faust. »Dass d' net meinst, ich bin einer von die Neidischen: wann d' Jahrzahl ratst, grad oder ungrad, ghört 's Markl Dein!«

Die Verdrossenheit des Knechtes verwandelte sich in zweifelnde Hoffnung. Er schlenkerte die Quaste der Zipfelmütze vom linken Ohr aufs rechte und brummte: »Ich glaub's net!«

»Auf Ehr!«

»No also: ungrad!«

»Schau Dir's an!«

Mit beiden Händen tappte Stoffel nach Gregors Faust; als er sie fest geschlossen fand, murrte er: »Wie soll ich denn schauen? Aufmachen, sag ich!«

»Plag Dich halt a bissl!«, lachte Gregor.

Während Stoffel die Faust des Burschen zu öffnen suchte, trat Götz zu den beiden und schob den Eimer unter die Brunnenröhre. Da öffnete Gregor die Finger. Stoffel riss die Münze an sich, hob sie vor die funkelnden Augen und schrie in Freude die Zahl hinaus, die er auf der Prägung gefunden: »Neunasiebzg!«

Als wäre vor Götz ein Blitzstrahl niedergefahren, so zuckte er zusammen.

Gregor hatte genug gesehen. Lachend wandte er sich ab und hörte den Stoffel jubeln: »Da schau, Götz! A Markl hab ich gwonnen. Raten hat er mich lassen, und ungrad hab ich graten. A Neunnasiebziger war's!«

Als Gregor die dämmerige Stube betrat, fand er Kuni damit beschäftigt, den Tisch für das Abendessen zu decken. »No also? Hast Dich schon bsonnen?«, fragte er und schleuderte den Hut in einen Winkel. »Ja oder na?«

Kuni sagte mit gedämpfter, vor Erregung bebender Stimme: »Mit Ja und Na is da nix gsagt. Ich will mich amal ausreden mit Dir. Heut noch! In der Nacht wart ich hinter der Holzleg draußen, bis vom Wirtshaus kommst. Im Haus herin is kein Reden für uns. Ich mag amal nimmer! Und ich sag Dir's im Ernst!«

»Oho! Im Ernst? Da muss ich mich um ebbes umschauen, was Dich lustig macht. Heut am Abend wirst noch an Gspaß erleben!«

»Gori?«

»Musst Dich net sorgen! Dir gilt's heut net. Aber a Kunststückl will ich probieren. Pass auf, ich reiß an Stein aus der Wand, und wann er gleich drein verwachsen is! Und bei dem Gspaß, da kannst Dich grad überzeugen, wie d' Leut über gwisse Sachen denken.«

In Kunis Zügen stritten Zorn und Angst. »Was hast im Sinn? Du? Es is nix Guts! Ich kenn Dich, Gori, und ich sag Dir's –« Sie verstummte und lauschte in Unruh den Stimmen, die sich vom Flur herein vernehmen ließen.

Die beiden Pointner hatten das Haus betreten.

12.

Eine Stunde später war's. In der Stube brannte die Hänglampe über dem gedeckten Tisch. Hinter dem Ofen lag Gregor auf dem Sofa. Nebenan in der Kammer rumorte der Pointner, und während er die schweren Schuhe in eine Ecke stieß, hörte man ihn seufzen, als wäre er nicht der Bauer auf der Point, sondern das armseligste Häuflein Elend.

Karli lehnte, ein Knie auf die Holzbank stützend, in einer Fensternische und guckte in die sinkende Nacht hinaus. Er sah am Himmel schwere Wolken steigen. Stern um Stern erlosch, und die dunklen Kuppen der Berge hüllten sich in wallende Nebel.

Lautlos kam der Pointner in seinen Filzpantoffeln aus der Kammer geschlichen und lugte verdrossen in den Ofenwinkel. Er mochte der vergangenen Zeiten denken, in denen er auf dem linden Sofa die Dämmerstunde verduselt hatte, bis man ihn zur dampfenden Schüssel rief. Ein paar Mal räusperte er sich, nur um die drückende Stille zu unterbrechen, die in der Stube herrschte.

Schließlich trat auch er an das Fenster, legte die Hand auf Karlis Rücken und guckte durch die Scheiben. »Mir scheint, es überzieht sich a bissl.«

»Ganz schwarz wird alles. ’s Wetter schlagt um.«

»Ja, kann schon sein!«, klang es mit dünnem Lachen hinter dem Ofen.

Die beiden am Fenster schienen die Stimme aus dem Hintergrund überhört zu haben. »Ah na, ich glaub’s net!«, sagte der Pointner. »Der Mond is im Wachsen, der reißt’s schon wieder durch.«

»Schau nur, wie’s d’ Nebel abidruckt! Leicht wirft’s in der Nacht an Schnee übers Dach.«

»Geh weiter!«, lachte der Pointner. »Drei Tag noch auf Allerheiligen? Und schneien? Wo ein’ d’ Sonn heut noch am Buckel brennt hat!«

»Der Götz hat die ganze Zeit schon gmeint, dass der Winter nimmer lang warten lasst. Der versteht sich aufs Wetter.«

»Natürlich! Der Götz! Wann der ebbes sagt, haben bei Dir alle andern ausgredt!«, schmollte der Pointner in einer Anwandlung von Eifersucht. Er hörte ein Poltern an der Türe. »Komm, jetzt kriegen wir ebbes.«

Zenz und Kuni hatten die Stube betreten. Hinter ihnen stolperte Stoffel über die Schwelle. Kuni brachte gebratene Kartoffeln und schüttete sie rings um die Suppenschüssel, welche Zenz in die Mitte des Tisches gestellt hatte. Einen Teller bekam nur der Bauer, für den auch ein Extragericht aufgetragen wurde: Nudelsuppe mit einer halben Henne.

»Im Namen Gottes Vaters und des Sohnes –«, fing der Pointner zu beten an, worauf die anderen mit murmelnden Stimmen einfielen.

Der erste, der sich nach dem Amen hinter den Tisch schob, war Gregor. Er zwinkerte den Teller des Pointners an und spöttelte: »Nobel menaschiert der Herr Schwager, akrat wie a Kindbetterin.«

»Johohoho!«, lachte Stoffel, während er einen dreibeinigen Stuhl herbeizog. »Wann ich wieder amal auf d' Welt komm, wird ich auch Großbauer und lass mir alle Tag ebbes Extrigs kochen.«

Karli fragte: »Wo is denn der Götz?«

»Der muss den Schimmel nachfuttern.« Stoffel griff nach der größten Kartoffel, die er in seiner Nähe zu finden wusste. Durch einen Druck des Daumens öffnete er die Schale, stach einen Teil der weißen, dampfenden Frucht auf den Löffel und fuhr damit in die Suppenschüssel. Schweigend taten es ihm die anderen nach. Die meiste Eile, satt zu werden, schien Gregor zu haben. Dabei blitzten seine Augen immer wieder nach der Stubentür. Niemand achtete auf ihn, außer Kuni, in deren Zügen eine seltsame Erregung zitterte. Gregor merkte wohl, dass sie ihn beobachtete, schien sich aber blutwenig um die halb ängstliche, halb drohende Sprache zu kümmern, die ihre Augen redeten. Jetzt sah sie ein böses Lächeln um seine dünnen Lippen zucken und hörte zugleich einen schweren Schritt im Flur. Sie musste sich räuspern, als hätte ihr eine unsichtbare Hand die Kehle zusammengeschnürt. Die Tür öffnete sich, und Götz trat in die Stube. »Guten Abend!«, grüßte er, legte seinen Hut in die Fensternische, bekreuzigte sich, verschlang die Hände über der Brust und betete.

Nun kam er zum Tisch. Als er sich niederließ, sah ihm Karli betroffen in die Augen. Er hatte noch nie ein lustiges Gesicht an Götz gesehen, aber auch nie noch eine solche Trauer und Härte. Götz schien den besorgten Blick nicht zu gewahren. Er nahm seinen Löffel und wollte zu essen beginnen. Im gleichen Augenblick zog Gregor die Hand von der Schüssel, warf den Löffel fort und lehnte sich mit gekreuzten Armen an die Mauer zurück.

»Was is denn jetzt dös für an Art?«, fuhr der Pointner auf. »Warum tust denn net weiter essen?«

»Weil ich mich z' gut dafür halt, als dass ich mit eim aus der gleichen Schüssel schlamp, der im Zuchthaus gsessen is!«

Kuni schnellte von ihrem Stuhl. »Gori!« Auch Karli, mit dunkelrotem Gesicht, war aufgesprungen und hatte den Pointner am Arm in die Höhe gerissen. »Vater! So ebbes lass net sagen an Deim Tisch! Und z'allerletzt von eim, dem unser Schüssel schon länger taugt, als recht is!«

»Oho! Wirst mir dös bissl Essen vor?«, spottete Gregor. »Soll ich Dir's zahlen? Wie viel verlangst?«

»So? Spötteln willst auch noch? Wart, Herr Vetter, Dir lern ich 's Reden im Ernst!«, schrie Karli. Der Vater suchte ihn zu beruhigen. Karli riss sich los. »Gib Rechenschaft! Wer is im Zuchthaus gsessen? Vom Pointnerhof keiner! Unter unserm Dach is noch allweil alles sauber gwesen. Bis auf die letzte Zeit! Wer, frag ich, wer is im Zuchthaus gsessen?« Erschrocken verstummte er und sah den Götz an, der regungslos an der Mauer saß, die Fäuste in den Tisch gestreckt, mit aschfarbenem Gesicht.

Nur der Pendelschlag der Wanduhr. Sonst war kein Laut in der Stube.

Ein dünnes Lachen unterbrach die Stille. »Mir scheint, jetzt merkst ebbes von der Sauberkeit unter Deim Dach?« Gregor schob sich aus der Bank und stellte sich mit gespreizten Beinen vor den Tisch. Die Hände in die Taschen grabend, wiegte er sich auf den Hacken seiner Stiefel.

Zenz und Stoffel guckten mit langen Gesichtern; der Pointner wühlte in seinem Haar und schielte ratlos zu Kuni hinüber. Sie stand hinter ihrem Sessel, während ihre Augen in Erregung zwischen Götz und Gregor hin- und herglitten. Karli rüttelte den Knecht am Arm und stammelte: »So red doch, Götz! Sag ihm, dass er glogen hat!«

Götz schien nicht zu hören; er sah ins Leere und murmelte mit zerbrochener Stimme: »Elf Jahre lang hab ich Ruh ghabt. Elf gute

Jahr. Jetzt is's wieder da! Mein Glück und mein verunehrtes Leben, alles hat hin sein müssen! Und noch net haben s' gnug! Und noch net lassen s' mich in Ruh! Herr Gott, was für a Denken hast Du in d' Menschen glegt, dass s' kein Vergessen net kennen!« Seine Stimme erlosch.

Wieder Stille. Draußen ein dumpfes Rauschen, das sich aus der Ferne zu nähern schien. Jetzt pfiff ein Windstoß um die Mauern. Mit lautem Klirren flog ein Fenster auf, und ein kalter Luftstoß fuhr in die Stube.

»Jesses, na! Was dös jetzt alles is!«, stotterte der Pointner und stand auf, um das Fenster zu schließen.

Langsam hob Götz den Kopf. Seine Augen glitten über die von der Lampenflamme trüb erhellten Gesichter und blieben an Kunis blassen Zügen haften. »Ja! Schauts mich nur an! Im Zuchthaus bin ich gsessen. Und Eisen hab ich tragen. Und hab a Menschenleben auf'm Gwissen.«

»Mar' und Josef!«, kreischte der Pointner am Fenster; Zenz und Stoffel rückten scheu vom Tisch; sogar auf Gregors Lippen verschwand das spöttische Lächeln. Nur Kuni rührte sich nicht, als hielte Götz sie gebannt mit seinen Augen.

»Zuchthaus!« Götz nickte, schob sich aus der Bank heraus und blieb vor Karli stehen. »Ich sorg schon, dass morgen alles wieder sauber is unter Deim Dach. Wie's mich von überall vertrieben hat, so vertreibt's mich auch wieder von da, wo ich mich elf Jahr einig wachsen hab – wie der Stein in der Mauer, hab ich heut wen sagen hören.« Er machte einen Schritt und blieb wieder stehen. »Von überall bin ich davon und hab kein Wörtl net gsagt. Aus Deim Haus, Karli, kann ich net fort, ohne dass ich gredt hab. Was ich zum sagen hab, kann jeder hören. Bloß einer net!« Seine brennenden Augen richteten sich auf Gregor.

Der merkwürdige Bruder lächelte, zog erwartungsvoll die Brauen hoch und rührte sich nicht vom Fleck. Da fuhr ihn Kuni mit zorniger Stimme an: »Schau, dass d' weiterkommst!«

»No ja, meintwegen! Mich plagt d' Neugier auf sei' Unschuld net.« Gregor nahm den Hut von der Ofenstange und verließ die Stube.

Götz folgte ihm mit den Augen, bis die Türe geschlossen war. »Wie er's erfahren hat, kann ich mir net denken! Er weiß auch net, was er mir antut. Aber mag er's tan haben aus Bosheit, oder weil er mich gforchten hat –«

»Gforchten? Wegen was denn?«, fragte der Pointner.

»Wegen was?«, wiederholte Götz. Sein Blick begegnete Kunis erschrockenen Augen. Eine Weile schwieg er. »Ich weiß net, wegen was. Aber no, jetzt is's geschehen. Und fürgangen is mir's schon, wie ich eini bin in d' Stuben. A Stund kann's her sein: Da hab ich schon an Deuter kriegt. Gelt, Stoffel? Und hab 's net glauben mögen. Weil's mir hart wird, dass ich fort soll von da, wo ich gmeint hab, ich hätt mir mit blutiger Arbeit 's Recht verdient zum Bleiben.«

Karli streckte die Hände.

Götz schob ihn von sich. »Lass gut sein! Ich weiß, dass d' mich halten tätst. Aber d' Leut lassen's net zu. Einer wird schon sorgen dafür. Und jedem kann ich 's net verzählen, was mich ins Zuchthaus bracht hat! – Schau, Karli, Du bist mir gwesen wie mein Kind. Ich verlang kein' andern Dank, als dass kein' schlechten Gedanken über mich bhaltst, und dass mich mit eim guten Abschied gehen lasst. Wohin? Dös weiß ich net. Heimat hab ich keine. Im Unterland, weit draußen, haben meine Eltern ghaust. Net gut. Wie s' verstorben waren, is 's Häusl mit'm Schuldenzahlen drauf gangen. Mir is nix blieben als meine sechzehn gsunde Jahr und zwei Arm, die bei jeder Arbeit schneidig zugriffen haben. Drum hab ich gleich an guten Dienst gfunden.

A paar Jahr sind drüber hingangen. Am Sonntag hab ich meine paar halbe Bier trunken und bin umanander gstiefelt auf die Felder und im Holz. Hab mir weiter nix verlangt.«

Er ließ sich am Ofen auf die Holzbank nieder.

»Neunzehn Jahr bin ich alt gwesen. Da bin ich ins Nachbarort zur Kirchweih gangen und hab a Madl gesehen, ganz a jungs. A liebs Gsichtl hat s' ghabt und gute Augen. An einzigen Tanz hab ich mit ihr gmacht, und nacher hab ich zugschaut, wie sich alle um 's Madl grissen haben. Jedes Mal, wann s' an mir vorbeitanzt is, hat s' mich angschaut. Wie's Abend worden is, hat s' heim müssen. Fünf Burschen haben s' gführt, und ich bin nachgangen, weit hintendrein. Wie 's Madl in ihr Haus eini is, hab ich mich tummelt und hab ihr an guten Abend gwunschen. In der Nacht vorm nächsten Sonntag hab ich ihr den ersten Buschen ans Kammerfenster gsteckt. Im Garten hab ich passt und wie 's Madl in der Fruh mein' Buschen gfunden hat, hab ich mich zeigt. In der Kirch hat s' mein' Buschen am Mieder ghabt. Und nacher war's halt so, dass wir uns gern ghabt haben. Gern haben? Is bloß a Wörtl! Aber wann's einer richtig spürt, heißt's Leben und sterben.«

Lautlos saßen die andern auf ihren Stühlen. Nur Kuni stand mitten in der Stube, die funkelnden Augen auf Götz gerichtet.

Der fuhr mit der langsamen Hand über seine Stirn: »A Glück is zwiefach Glück, wann's heimlich is! An Kameraden hab ich ghabt im Madl seim Ort. Dös war der einzig, der von meiner Liebessach gewusst hat, a braver Mensch, aber halt auch einer von dieselbigen Hascher, auf denen 's Leben umanand trampelt mit gnagelte Schuh. Sonst hat kein Mensch ebbes erfahren, am allerwenigsten dem Madl ihre Leut. Die zwei, die waren a bissl von der harben Art. Was hätt uns auch 's Reden gholfen! Ans Heiraten war kein Denken. 's Madl hat nix ghabt und ich noch weniger. Aber wir zwei sind z'frieden gwesen mit der Lieb allein.

Und wie's halt geht! Zuerst bin ich bloß alle Sonntag ummi. Bald war mir de Stund Weg an keim Abend nimmer z' weit. Da hat mein Bauer ebbes gmerkt und hat mich zur Holzarbeit am Berg auffigschafft. Keine vierzehn Täg bin ich droben gwesen, da haben s' mich zu die Rekruten packt. In der Nacht, wie ich mein Schatz Pfüegott hab sagen wollen, is a Licht in ihrer Kammer gwesen, und 's Fenster war verhängt. Fürkommen is mir's, als wann 's Madl krank wär und es wär ihr Mutter bei ihr. So is d' Nacht vergangen. Und fort hab ich müssen und hab schier gmeint, es druckt mir 's Herz ab. Soldat sein! Und kein' andern Gedanken in der Seel als wie ans Madl! Schier narret bin ich worden vor lauter Freud, wie ich in der Stadt drin 's Nummer zogen hab und hab mich freigspielt ghabt!«

»Freigspielt?«, staunte der Pointner. »Du warst doch beim achten Regiment?«

»Ich? Na! Ich hab mich frei gspielt. Und in der gleichen Stund bin ich heim zu in eim Sauser. Und wie ich durchs Holz durch komm, hör ich ebbes rumpeln, und kaum, dass ich mich recht versieh, sausen zwei scheuche Gäul daher, und die Kutschen dahinter hat's hin und her gworfen, als müsst s' in jedem Augenblick einifliegen unter die Bäum. A Herr is drin gsessen, mauerblass, und neben seiner a Frau, die ein Schrei um den andern tan hat. Und da bin ich halt zugsprungen, hab den Handgaul bei die Zügel, den andern bei der Stang erwischt und hab mich dran hin ghängt mit meim ganzen Gwicht. An halben Büchsenschuss haben s' mich fort grissen, und auf amal sind s' gstanden und haben zittert und gschnauft. Derweil is der Kutscher nachkommen, blutig im Gsicht, und den linken Arm hat er nimmer rühren können. So bin ich halt auffi am Bock, hab den Kutscher an d' Seiten gnommen und bin davon kutschiert, wie's mir angsagt worden is. Vor eim Schlössl hab ich ghalten, und mit der Herrschaft hab ich am Tisch essen müssen. Und wie der Schlossherr gmerkt hat, dass ich mich auf die Bauernsach versteh, hat er mir nach'm Essen sein' Meierhof zeigt. Und 's End war, dass er mir d' Schweizerei antragen hat. Mir is d' Red im Hals stecken blieben. Aber ich hab an mein Madl denkt, hab mir 's Kurasch gnommen und hab ihm gsagt, gleich morgen kunnt er mich haben, aber zugeben müsst er, dass ich heireten därft. Und Ja hat er gsagt. Und zehn Preußentaler Angeld hat er mir geben. Und ich – ich bin davon und Heim zu wie der Teufel, und glacht und gweint hab ich vor lauter Freud! Aber wann ich denken hätt können, zu was ich Heim komm? Da wär ich net gar so gsprungen.«

Die Stimme versagte ihm, und langsam griff er an seinen Hals.

»A Sonntag war's. End und Anfang, jeds Mal a Sonntag! Es is schon auf'n Abend gangen, wie ich zu die ersten Häuser kommen bin. Im Sinn ghabt hab ich's wohl, als sollt ich gradwegs zu die Alten von meim Madl hin. Hätt ich's nur so gmacht! Aber ich hab mir denkt, dass mein Madl als die erste unser Glück erfahren müsste. Und so schön heimlich hab ich mir's fürgstellt, wann ich mich z'erst noch freuen kunnt mit ihr allein! Weil's auf der Straß noch a bissl lebendig war, hab ich im Wirtshaus einkehrt. Da war lustige Gsellschaft beinand. Ich hab mich dazugsetzt und hab mir an süßen Wein geben lassen. Grad gschmeckt hat er mir! Und gsungen hab ich, Liedl um Liedl! Und da war von die Burschen einer, der Geld braucht hätt. Der hat a kleins Ührl und a silberns Halskettl zum Kauf umboten. Da hab ich gmeint, mein Madl kunnt a Freud dran haben, hab 's Geld am Tisch hinghaut, und 's Ührl mit der Ketten hab ich mir umghängt. Und wie ich aufschau, steht mein Kamerad vor mir. Der hat so gspassige Augen an mich hin gmacht. Aber ich hab ihn einizogen in an Winkel und hab ihm alles hinplauscht mit meiner lustigen Zung. Und da hat er gsagt, er tät mir Glück wünschen zu meiner Nummer und zu meiner Herrschaft, aber – dös Aber hat mich heiß gmacht. Kaum ich ghört hab, was dahinter steckt, hab ich ihm hellauf ins

Gsicht glacht, hab mein' Hut von der Wand grissen und bin davon. Und allweil glacht hab ich! Mein Madl? Und an andern heireten? Und so ein' noch dazu! Freilich der reichste Bauernsohn, aber der ärgste Lump im ganzen Ort, der alle paar Häuser weit a Madl in der Schmier hat sitzen lassen! Ja, grad allweil nausglacht hab ich in die sternscheinige Nacht!«

Götz zog die Pfeife aus der Joppentasche, um seine zitternden Hände zu beschäftigen.

»Allweil hab ich noch glacht, wie ich schon dagstanden bin vorm Haus. Von der Straß hat man über a steils Wiesenfleckel auffimüssen. Und wie ich mich so hinschleich unter die Äpfelbäum, da hör ich ebbes wispern. Ich bin gstanden, als wär ich Stein worden auf und auf. 's Kammerfenster is offen gwesen, 's Madl war dabei, und einer is im Fenster gsessen. Ich hab ihn kennt, an der Stimm! Denselbigen! Und von der Heiret hat er gredt. Und 's Madl hat's anghört ohne Widerred. Und sehen hab ich müssen, wie er d' Arm um ihren Hals legt. Völlig schwarz is mir's worden vor die Augen. Ich hab mich anhalten müssen am Baum, dass ich net umsink. Und wie ich 's Gsicht wieder krieg, steht er da vor meiner. In mir drin steigt's siedheiß auf. ›Du! Du!‹ Sonst hab ich kein Wörtl net ghabt. Und wie er die andern 'rum bracht hat, so hat er mein Madl 'rum bracht – dös war mein einzigs Denken. Und wie er's die andern gmacht hat, macht er's meim Madl! Und da bin ich ihm schon am Hals, dass er kein' Laut nimmer gibt, und hab ihn hindruckt, an den nächsten Baum. Und wie mehr er sich wehrt, so wilder bin ich worden. Und auf amal, da merk ich, dass er kein' Arm nimmer rührt. An eiskalter Schreck hat mich anpackt, und wie ich d' Händ aufmach –«

Ein Klirren. Götz hatte die Pfeife fallen lassen, deren Kolben auf den Dielen in Scherben zerschellt war.

»Und wie ich d' Händ so aufmach, fallt er nieder wie a Stück Holz. Ich will ihn halten. Da reißt's ihn schon über d' Wiesen abi, bis aussi auf d' Straßen. ›Jesus Maria!‹ Dös war alles, was ich aussibracht hab. Kaum haben mich d' Füß tragen, wie ich abi bin zu ihm. Auf'm Gsicht is er glegen, 's Blut is ihm unter die Haar aussi gronnen, kein Schnaufer nimmer hab ich gmerkt und kein' Herzschlag nimmer gspürt.«

»O Du heiliger Herrgott!«, stotterte der Pointner, während die Zenz sich bekreuzigte.

»Da hat mich 's Grausen packt. Auf und davon bin ich, gradaus über d' Felder. Aber z'ruck trieben hat's mich wieder, und in der Kümmernis hab ich mein' Kameraden gsucht. Der hat mich bhalten über Nacht und hat mir versprochen, dass er kein' Zeugen macht und nix vom Madl redt. Und 's Madl selber, hab ich gmeint, hätt Grund gnug zum Stadsein. Da hab ich mich auch net täuscht! Am andern Morgen hab ich mich stellen wollen. Aber kaum ich auf der Straßen gwesen bin, haben mich d' Schandarm schon ghabt. Die Uhr mit der silbernen Ketten hat mich verraten. Der ander hat s' in die starren Finger ghalten. Viel Plag haben s' net ghabt mit mir, die Herrn vom Gricht! Im Wirtshaus gsoffen und auf der Straßen grauft, hat's gheißen – und ich hab Ja gsagt zu allem.«

»Weswegen hast Dich net gwehrt?«, fuhr Karli auf. »Weswegen hast es ihnen net gsagt, dass alles an Unglück gwesen is?«

»Weil ich 's Madl in d' Red hätt bringen müssen. Sie hätt mich erbarmt in ihrer Schand! Und ich hätt's net vertragen, dass ich vorm Gricht ihr Gsicht hätt anschaun müssen. Und ob auch der schwere Fall, den der ander auf d' Steiner von der Straßen tan hat, 's Unglück erst fertig gmacht hat – schuld dran war ich ja doch. Drum hab ich d' Straf verdient. Freilich, wie der Spruch verkündt worden is, hat's mich nieder gworfen, wie wann mir einer d' Füß abgschlagen hätt. Zwölf Jahr! Zwölf Jahr so mitten aussi! Dös is so viel wie 's ganze Leben. Und wie s' mich einigführt haben? Wie's mir da gwesen is? Lassen wir's gut sein! Es spürt mir's ja doch keiner nach! In Geduld hab ich tragen, was der Tag bracht hat. Bloß vor der Nacht hab ich mich allweil gforchten. Wann ich so gsessen bin in der Finstern, und es hat mir kei' Ruh net lassen, und wann ich mir d' Augen blutig gweint hab – Kreuz drüber, lassen wir's gut sein! So viel Wörtln hab ich net, als ich da reden müsst! Zwölf Jahr hab ich ghabt. Im neunten haben s' mich gnadigt wegen meiner Führung. Wie ich draußen gstanden bin, hab ich d' Arm gstreckt. Und gschnauft hab ich und hab mir denkt: Ich will's in der Arbeit zeigen, dass ich noch einer bin, der unter die Leut sein' ehrlichen Platz verdient. Narr, der ich gwesen bin! Ich hab net an dös Wörtl denkt, dös hinter mir nachgangen is als wie a Schatten. Zuchthaus! Alles hat mich verlassen: d' Jugent, mein Glück, mein Madl. Treublieben is mir ganz allein dös Gott verhasste Wort, so treu wie a blinder Hund. Gwesen is 's, als traget ich 's Eisen unsichtbar umanand. Und allweil scheppert's!« Langsam streifte er von seiner Linken den Ärmel zurück und betrachtete den Knöchel, als wären an ihm die Spuren der Kette noch zu sehen. »Wo mir einer gut worden is um meintwegen und hat mir d' Hand druckt – allweil hat sich 's Eisen grührt! Und jeder hat mir an Renner geben oder an Tritt mit die gnagelten Schuh.«

Da schrillte eine Stimme: »Na, Götz! Net jeder! D' Hand gib her! Und da hast die meinig!« Als Götz das Gesicht hob, fühlte er schon seine Hände von heißen Fingern umschlossen, und Kuni stand vor ihm, in Erregung zitternd. »Mögen's die andern halten, wie's ihnen taugt im Hochmut und in der Dummheit! Ich, Götz, ich halt zu Dir auf Biegen und Brechen. Bis zur heutigen Stund hat's mir noch kein' frohen Schnaufer bracht, dass ich den Pointnernamen trag. Jetzt freu ich mich drum! Jetzt bin ich da und will ich mich anhalten an mein Recht! Und solang ich noch unter dem Dach da a Wörtl zum reden hab, solang sollst im

Pointnerhof den Platz haben, den Dir verdient hast in blutiger Arbeit!«

»Kuni!«, stammelte Götz. In seinen Augen war ein Blick, als könnte er nicht fassen, was er sah und hörte. »Von Dir am letzten hätt ich mir denkt, dass Du die erste bist –«

»Schand gnug für uns, dass sie die erste war!«, unterbrach ihn Karli. »Schamen müssen wir uns, mein Vater und ich, dass net einer von uns dös Wörtl gfunden hat! Aber was von der Bäuerin ghört hast, soll doppelt gsagt sein von mir aus. Da, Götz! Gib mir die ander Hand! Und da hast die meinig! Und ghalten sollst sein bei uns, dass zwischen morgen und gestern kein' Unterschied net merkst. Gelt, Vater? So rühr Dich doch und red!«

»Aber ja, no freilich!«, stammelte der Pointner und kratzte sich hinter den Ohren. »No freilich! Mich kennt er ja, der Götz! Aber d' Leut halt, d' Leut!«

»Hörst es, Karli?« Götz befreite seine Hände. »D' Leut halt, d' Leut! Recht hat er, Dein Vater! Mensch sein, dös heißt: So sein, wie d' Leut ein' haben wollen. Ich kenn s' ja, d' Leut! Ich hab s' ausstudiert. Selbigs Mal, wie ich frei worden bin, da hat's mich in d' Heimat trieben. 's erste, was ich erfahren hab, is gwesen, dass mein Schatz, mein lieber, lang schon gheirat hat, vor neun Jahren schon, akrat um die Zeit, wo mein Spruch verkündt worden is. Und so viel Mitleid haben s' mit mir ghabt, die Bauernleut alle! Aber keiner hat mich mögen als Knecht. Weit fort hab ich müssen, bis ich den ersten Dienst gfunden hab. Keine sechs Wochen hat's dauert, da hat sich 's Eisen schon grührt. Und so hat's mich trieben von eim Dorf ins ander. Vier Jahr lang hab ich's ausghalten. Nacher hab ich mir denkt: Probierst es in der Stadt! Wo so viel Leut sind, druckt man sich eini. Aber da hab ich gleich gar kein Platz net gfunden. Zeugnisser haben s' überall verlangt, bis auf 's Kindbett z'ruck. Und da haben s' es allweil gmängelt, die gwissen Jahr! Jetzt hab ich mir gsagt: A Lump werden magst net, ehrlich lassen s' Dich net leben, so mach halt aus und gar mit Dir! Und wie ich so umanand renn zwischen die Häuser, hat mir's der Herrgott geben, dass mein Kamerad an mich hinlauft. Der einzig Mensch, der mir Freundschaft ghalten hat! Is auch einer gwesen, den 's Glück am Zug ghabt hat, und der in der Heimat kei' Ruhstatt hat finden können. Drum hat er's überm Wasser drüben probieren wollen, in der anderen Welt. Götz hat er gheißen – Gotthard Sauer.«

»Gotthard Sauer? So heißt ja Du!«, unterbrach ihn Kuni mit kreischendem Laut.

»Ja, seit demselbigen Tag. Z'erst hat er gmeint, ich sollt mit ihm übers Wasser ummi. Aber an einzigs Hemmed am Leib und a paar Gulden im Sack. Da reist einer hart. Und da hat er mich bei der Hand gnommen und hat gmeint, überm Wasser drüben wär jeder Nam wie der ander. Und so hat er mir anboten, dass ich als Gotthard Sauer bleiben sollt. Und weit davon sollt ich gehen, hat er gmeint, leicht wo auffi ins Oberland oder ins Fränkische eini. Und er, als Lechner-Xaver, tät fortgehen übers Wasser. Solang hat er mir zugredt, bis ich Ja gsagt hab. Sein' Taufschein hat er mir geben, seine Zeugnisser alle, sein' Pass vom achten Regiment –«

»Jesus Maria!«, kreischte der Pointner und streckte die Arme nach der Bäuerin. Kuni stand mit weißem Gesicht. Ihre Augen waren geschlossen. Taumelnd griff sie ins Leere und fiel auf die Dielen hin, noch ehe der Bauer sie erreichte.

Karli, Zenz und Stoffel sprangen auf die Ohnmächtige zu, und während der Pointner sich auf die Knie warf, schalt er in ratlosem Zorn zu Götz hinauf: »Da, schau! Dös hat man von Deine grausigen Gschichten! Dass eim d' Haar aufstehn möchten!«

»Sie schnauft schon wieder!«, stammelte Zenz. »Wasser schaffts her! Wasser!«

Der Pointner, während er, um den Wasserkrug zu holen, an Götz vorüberzappelte, schnauzte: »Was stehst denn noch da? Damit s' gleich wieder den Schrecken hat, wann s' d' Augen aufmacht?«

Götz bückte sich, hob die zerbrochene Pfeife von den Dielen, streifte noch mit verlorenem Blick das bleiche Gesicht der Ohnmächtigen und verließ die Stube.

Ein heftiger Windstoß rauschte ihm entgegen, als er die Haustür öffnete. Mit Pfeifen und Sausen umfuhr es die Mauern. Eine Weile zögerte Götz. Dann presste er die Fäuste vor seine Augen und trat hinaus in die stürmische Nacht.

13.

Die Wolken schienen an den finsteren Dächern und an den Wipfeln der halb schon entblätterten Bäume anzustreifen. Sie lagen so dicht und schwer, dass der Sturm, wie heftig er auch tobte, sie kaum zu bewegen vermochte. Mit dem Pfeifen des Windes mischte sich das Kreischen der rostigen Dachfahnen, das Klappern der losen Fensterläden, das Ächzen der Bäume und das Knarren der Äste. In wirbelnden Säulen fuhren die dürren Blätter über die Straße hin oder sammelten sich, wenn die Gewalt des Sturmes sich für eine Weile schwächte, auf der Erde zu raschelndem Tanz. Es fielen auch schwere Tropfen, doch immer versiegte der Regen wieder, sobald der Wind mit heftigen Stößen sein altes Treiben und Rauschen begann.

Langsam folgte Götz der dunklen Straße. Seine Joppe flatterte, und die zerzausten Haare peitschten ihm die Wangen. Er schien die scharfe Kälte nicht zu fühlen, die ihn umwehte. Fast vor jedem Haus blieb er stehen, als hätte er stummen Abschied nehmen mögen von jeder Tür, durch die er gegangen, von jedem Fenster, aus dem er in den verwichenen Jahren einen freundlichen Gruß vernommen. Er trat in den Kirchhof, wanderte durch die Reihen der Gräber und verhielt sich vor jedem Hügel, zu dem seine eigene Hand eine Schaufel voll Erde geworfen hatte. Nun stand er vor einem eisernen Gitter, das ein großes Geviert umschloss. Es erhob sich darin nur ein einziger Hügel – das Grab der seligen Pointnerin – und das drückte sich hart in eine Ecke, um Raum zu lassen für die Kommenden.

»Da, hätt ich gmeint, da sollt ich amal mein Platzl finden! – Wo jetzt?« Er schlang die Hände ineinander und betete. »Pfüet Dich halt, Bäuerin!« Sich bekreuzigend, verließ er den Kirchhof.

Er wanderte durch das Dorf zurück, erstieg den Kapellenberg und setzte sich auf jene Bank, auf welcher Sanni die Nachricht von der Ankunft ihres Vaters erfahren hatte.

Auf dieser Höhe hauste der Sturm in seiner ganzen Wildheit. Er pfiff und johlte um die Mauerecken der Kapelle und heulte durch die Luken des Glockenturmes. Er peitschte das letzte Laub von den Bäumen und schlug die dürren Zweige von den Ästen.

Götz fühlte, wie der Stamm der Linde, an die er sich mit dem Rücken lehnte, bis ins Mark erzitterte. Rindenstücke und kleine Zweige rieselten über ihn nieder, und häufig sah sich Götz in eine Wolke der dürren Blätter gehüllt.

Ein Schauer rüttelte seine Schultern. Seufzend erhob er sich. »Es is kein Bleiben net!« Das galt dem Ort, an dem er sich befand, und schloss zugleich den Wirbel der Gedanken, die ihm durch Kopf und Seele stürmten.

Während er zum Dorf hinunter stieg, ließ das Tosen des Windes nach. Götz spähte in die finstere Höhe. Nun würde wohl auch die Schwere der Wolken zu ihrem Recht kommen.

Als er den Pointnerhof erreichte, sah er hinter keinem der Fenster mehr ein Licht. Schon wollte er sich dem Zauntor nähern, als er ein leises, klirrendes Geräusch zu hören glaubte. Seine Augen huschten über die Wand und bleiben an einem Stubenfenster haften. Dort schob sich etwas Dunkels über das Gesims ins Freie, glitt auf die Erde und schlich an der Mauer entlang. Eine weibliche Gestalt. Götz erkannte sie. An der Hausecke blieb sie wie lauschend stehen und verschwand im finsteren Hof – nach einer Richtung, aus der sich ein dünnes Hüsteln hatte vernehmen lassen.

Mit zitternden Händen klammerte sich Götz an die Stäbe des Zaunes. Er wusste nicht, warum es ihn so bitter schmerzte, dass er nun recht behielt – mit seinem ersten Gedanken über Kuni und den »Bruder von irgendwo«.

Wenn Gregor ihr Bruder war, wozu dieses heimliche Stelldichein in der Nacht? Und wenn sich Bruder und Schwester Dinge zu sagen hatten, die kein fremdes Ohr erlauschen sollte? Konnten sie dazu nicht eine andere Stunde finden? Weshalb hatte Kuni das Knarren der Haustür zu scheuen, weshalb musste sie durch das Fenster steigen, wenn sie den Bruder suchte, nicht ihren Liebhaber? Wie sie das Heucheln verstanden hatte! Und gerade jetzt musste er hinter die abscheuliche Wahrheit kommen, da es ihm eine Freude gewesen wäre, wenn er besser von Kuni hätte denken können.

Durfte er schweigen? Wurde er nicht zum Mitschuldigen dieser hässlichen Heimlichkeit, wenn er sie geschehen ließ? Noch war er ein Knecht dieses Hauses, über dessen Ehre er aus Pflicht und Dankbarkeit zu wachen hatte. Nur dass sie es war, sie, die ihm heut in bitterer Stunde ein tröstendes Wort gesagt – dass sie es war, über die er nun Zorn und Schimpf heraufbeschwören sollte! Aber durfte er in seinem rechtlichen Sinn die Freude einer Minute über die Wohltat der elf vergangenen Jahre setzen?

An der Stelle, an der er stand, überstieg er den Zaun.

Er streckte die Hand nach einem Fenster, um zu pochen, und zog sie wieder zurück. Trotz des lauten Windes hörte er aus der Kammer ein rasselndes Schnarchen. »An guten Schlaf hast, Bauer! Und viel verschlafst!« Hastig bog er um die Mauer nach der

Hinterseite des Hauses. Dort kletterte er über das Scheitholz, das an der Wand aufgeschichtet war, und pochte an ein Fenster des oberen Stockes.

Das Fenster wurde aufgerissen. »Was is?«

»Ich bin's, Karli.«

»Götz? Um Gottes willen, was is denn?«

»Karli! Den Vater weck auf! Und frag ihn, wo die Bäuerin is!« Ohne eine Antwort abzuwarten, sprang Götz zu Boden. Dann sah er Karlis Gesicht verschwinden. Eine heiße Blutwelle schoss ihm in die Stirn. Hätte er nicht einen besseren Weg finden können, als diesen, der zu offenem Hader führen musste? Wenn er auf Kuni zugetreten wäre, gütlich mit ihr gesprochen hätte? Bei allen üblen Eigenheiten ihres verbildeten Charakters hatte sie ein empfängliches Herz. Vielleicht hätte sie auf sein Wort gehört? Vielleicht hätte sie die Hässlichkeit ihres Treibens eingesehen? Vielleicht auch nicht! Und dann wäre er mit einer Ausrede abgefertigt worden, und sie hätte ihre Heimlichkeit nur heimlicher weiter getrieben.

Da schrak er aus seinen Gedanken auf. Ein Schauer rann ihm über den Rücken. Er glaubte nicht an Gespenster. Aber wenn es Gespenster gäbe, müssten sie der unheimlichen Erscheinung gleichen, die lautlos unter den finsteren Bäumen näher schlich: Eine hagere, fast übermenschliche Gestalt, wie mit weißen Grabtüchern angetan. Götz sah diese Tücher im Wind flattern und hörte das Murmeln einer hohlen Stimme. Wer das auch sein mochte, sicher war es einer, der nichts Gutes im Sinn hatte. Götz trat auf den Schleicher zu und fasste ihn am Arm. »Wer bist?«

Nur einen keuchenden Laut erhielt er zur Antwort. Und erkannte den Bygotter. Der staunende Schreck, der ihn befiel, raubte ihm einen Augenblick die Fassung. Diesen Moment benützte der andere, um den Arm loszureißen und mit langen Sprüngen gegen die offene Weise zu flüchten. Götz rannte ihm nach. Er sah ihn an der bergwärts steigenden Hecke gegen die Höhe fliehen, sah ihn hinter einer Wölbung des Bodens untertauchen, ein paar Mal schimmerten noch die weißen Tücher durch die Nacht, dann war der Fliehende im Dunkel verschwundne. Kein Laut, kein Zeichen mehr verriet, welchen Weg er genommen. Eine Weile rannte Götz noch ziellos in die Finsternis hinein, bis er endlich, hoch oben in der Wiese, schwer atmend innehielt.

Ohne große Gedankenplage meinte er sich sagen zu können, was der Bygotter hier gesucht haben könnte. Und sicher war der Wahnsinnige nicht zum ersten Mal hier gewesen. Irgendwo im Wald oder in den Bergen droben mochte er seinen Schlupfwinkel haben, den er nur in der Nacht verließ, um den Aufenthalt seines Kindes zu erforschen.

Über die finstere Wiese nieder steigend, folgte Götz der talwärts ziehenden Hecke, die bei der Rückwand des Gesindehauses endigte. Nun hatte er den ebenen Grund erreicht und wollte die Hecke verlassen. Betroffen blieb er stehen. Eine gedämpfte Stimme war an sein Ohr geschlagen. Auf kaum zehn Schritte gewahrte er eine männliche Gestalt, die an die fensterlose Rückwand des Gesindehauses gelehnt stand. Das konnte nur der »Bruder« sein. Trotz des herrschenden Dunkels meinte Götz auch das Weib zu erkennen, das an Gregors Seite auf einer Bretterbeuge kauerte. Die beiden schwiegen jetzt, und Kuni hielt wie lauschend den Kopf erhoben. »Ich hör nix als wie den Wind und 's dürre Laub in die Stauden«, murmelte sie nach einer Weile. Dann sprach sie in raschen Worten weiter: »Und jetzt sag ich Dir's zum letzten Mal: Morgen in der Fruh gehst fort!«

»Fallt mir net ein! Ich hab die beste Liegerstatt, mein guts Essen, und um an Biergroschen brauch ich mich net sorgen, Du schwimmst ja im Geld.«

»Steigt denn gar net a bissl Scham in Dir auf? Bloß anschauen därf ich Dich, und es is mir, als müsst ich ausspeien!«

»Sauber redst mit Deim Bruder!«, fiel Gregor lachend ein.

»Bruder? Du bist mein Bruder net!«

»Bist am End gar noch stolz drauf? Aber ich bin a guter Kerl, ich trag Dir nix nach. An anders Mal wirst wieder anders reden. Und 's Warten verdrießt mich net.«

»Du hast zum Warten nimmer Zeit! Heut hast Dein Maß zum Überlaufen bracht – durch die Bosheit, mit der an Menschen elend gemacht hast, der Dir seiner Lebtag nie was tan hat.«

»Nix tan? So?«, brauste Gregor auf. »Gnug hat er mir tan! Scheniert hat er mich, mit seine gschaftigen Augen. Und Luft hab ich schaffen müssen!«

»Luft? Für wen? Du, Gori, gehst allein. Der Götz bleibt.«

»Jetzt da schau her! Weswegen nimmst Dich denn gar so an um ihn? Machst mich völlig neugierig, was er Dir is?«

»Mehr, als Du Dir denken kannst! Und jetzt sag ich Dir's: Du tust mir kein' Schritt nimmer eini ins Haus!«

»Was? 's Haus willst mir verbieten? Du? Ah geh! Da müsst ich schon z'erst a Wörtl reden.«

»Red! Jetzt is mir alles eins. Jetzt is mir d' Furcht vergangen.«

»Geh! Seit wann denn?«

»Seit ich wen hab, an den ich mich halten kann.«

»Ah so, den Götz, den lieben! Den hätt ich schier vergessen. Ja, Narr, ja, Narr!«, scholl es mit hässlichem Lachen. »Auf so ebbes hätt ich freilich net denkt. Ausschauen tut er net darnach, der alte Pharisäer –«

Gregor verstummte. Er hatte kein Geräusch, keinen Schritt vernommen, sah nur plötzlich, dass sie zu dreien waren. Und fühlte eine Faust an seiner Brust und hörte eine zornige Stimme: »So a Red tust a zweits Mal nimmer!«

Einen Augenblick stand Kuni wie gelähmt. Dann packte sie den Götz am Arm und riss ihn von Gregor zurück. »Rühr ihn net an! Der is dei' Hand net wert. Mich lass reden mit ihm! Aber net in Zorn. Ah na! In Güt und Dank. Mein Kinderglück, mei' Ruh in die letzten Jahr, jeden Kreuzer, den ich verdient hab, alles hat er mir gnommen. Aber heut hat er mir ebbes geben, dös alles wett macht. Ja, Gori, ich sag Dir vergelt's Gott für die heutige Bosheit! Die hat mir an Vater geben.«

»Was?«, stotterte Gregor.

»Mein Vater is er, der Götz!«

Nur der Wind war noch zu hören, der um die finstere Mauer fuhr und raschelnd durch die schwarzen Büsche zog.

»Ah, da legst Dich nieder! Was man heut net alles erfahrt! Grad schauen tu ich!«, brach Gregor mit heiserem Lachen das Schweigen.

Dieses Lachen rüttelte den Götz aus seiner Betäubung auf. »Kuni!«, schrie er. Zornige Härte war im Klang dieses Mannes.

»Gelt, magst es schier selber net glauben?« Sie umklammerte seinen Arm. »Ich weiß auch, warum! Ich kann z'frieden sein, ich find an Vater, der Achtung wert is und Lieb! Aber Du? Der Herrgott soll mir's verzeihen, dass ich Dir kein anders Kind net geben kann, als wie ich eins bin. Aber wann net glauben kannst, so sag mir, wie dös Madl gheißen hat, von dem Du uns heute verzählt hast.«

»Lenei hat's gheißen, Lenei Brandtner.«

»Und Brandtner Magdalen hat mei' Mutter gheißen.« Verstummend richtete sie die Augen auf Gregor und fuhr ihn mit schrillenden Worten an: »Was willst denn noch?«

»Ah ja, hast recht!«, erwiderte Gregor lachend. »Und tu halt den Vater recht schön betten! Er is lang auf der harten Pritschen glegen. Ja, räum ihm nur gleich mein Stüberl ein! Im Wirtshaus bin ich auch net schlecht versorgt. D' Walli wird mir schon a Platzl wissen, ich versteh mich aufs Erden mit die Kellnerinnen. Leicht find ich noch Gsellschaft, die sich ebbes verzählen lasst. Es is nur, dass d' Leut morgen dem Pointner Glück wünschen können! Ah, der hat's troffen! Jetzt braucht er seine Weiberleut nimmer mit Spinnen plagen, sein Schwiegervater versteht's besser!« Gregor drückte sich um die Ecke. Man hörte noch sein Lachen. Dann verhallte sein Schritt.

Mit beiden Armen hatte Kuni sich an Götz geklammert, als müsste sie ihn hindern, auf Gregor loszustürzen; dazu sprach sie in stammelnden Worten zu ihm auf. Und fühlte plötzlich, dass er wankte. »Um Gottes willen, was is denn?«

»'s Stehn vermag ich nimmer, d' Füß lassen aus.«

Erschrocken führte sie ihn zu den Brettern, auf denen sie gesessen. »Gelt! Ich hab's heut selber gspürt, wie's ein' anpackt. Was verzählt hast, hat mir 's Herz aufgrührt bis in tiefsten Winkel eini, weil Dein Elend eim andern z'gleichen war, von dem mir d' Mutter selig aufm Sterbbett 's erste Wörtl gsagt hat. Und wie ich Dein' Namen ghört hab, den mir d' Mutter einigwispert hat ins Ohr –« Sie grub das Gesicht in die Hände.

»Es kann net sein! Ich kann's net glauben!«, stöhnte Götz.

Seine Worte überhörend, sprach Kuni tonlos vor sich hin: »Mir is, als liegt d' Mutter wieder da mit ihrem weißen, traurigen Gsicht! Und allweil hör ich s' mit ihrer müden Stimm verzählen: Wie lieb s' Dich ghabt hat, lieber als gut und recht war. Und wie nachher ausblieben bist, und wie s' von ihre Leute nix anders erfahren hat als Schimpf und Schläg, weil s' Mutter war von eim, der nix is und nix hat. Und wie der Vater nach a paar Tag schon mit eim Hochzeiter kommen is, und wie sie sich gwehrt hat mit Händ und Füß. Und wie sie sich hat dreingeben müssen, weil s' ghört hat, dass man Dich zu die Soldaten nimmt. Und verzählt hat s' mir vom Morgen nach der selbigen Nacht: Wie s' gmeint hat, sie müsst vor Elend den Verstand verlieren. Und wie s' ihr Vater am gleichen Tag noch fort gschafft hat zu seiner Schwester. Und wie man s' da verheirat hat. An den, zu dem ich neunzehn Jahr lang Vater hab sagen müssen.«

Kuni starrte in die Nacht hinaus. Sie schien auf ein Wort von Götz zu warten. Weil er schwieg, begann sie wieder zu reden, erzählte von dem martervollen Leben, das ihre Mutter hatte tragen müssen, erzählte von sich selbst, von ihrer freundlosen Jugend, von ihrer Flucht, um den Vater zu suchen.

»Den nimmer finden hast können! Weil der Lechner-Xaver überm Wasser war!« Götz drückte die Fäuste an seine Stirn. »Heut verfluch ich den Zufall, den ich vor elf Jahr als Wohltat angsehen hab! Hätt ich mein' Namen bhalten, so hättst mich finden müssen. Und Dein Leben hätt sich anders gwendt, und anders tätst dastehn vor die Leut und vor Dir selber. Mein Reden muss Dir weh tun. Aber ich kann net anders!«

»An unguts Wörtl von Dir is mir lieber als die beste Red von jedem andern! Und an den Gori will ich mit keim zornigen Gedanken nimmer denken. Der hat mir finden helfen.«

»Unser Herrgott sucht sich manchmal gspassige Helfer aus!«

»Bei sowas hat der Herrgott d' Händ net dabei. Sonst hätt er mich lang schon erlösen müssen vom Gori. Wie ich fort bin aus Lenggries, hab ich gmeint, jetzt hätt ich Ruh. Derweil ich in Deiner Heimat nach Dir gsucht hab, sind die paar Groschen drauf gangen, die ich ghabt hab. A Dienst für mich is net schwer zu finden gwesen. An keim Platz hab ich's ausghalten. So bin ich auf Rosenheim kommen, als Kellnerin. Der Wirt war z'frieden mit mir. Ich hab ihm Leut in d' Stub zogen. Aber was ihm Geld tragen hat, hat mir kei' gute Stund net bracht. Auf Schritt und Tritt sind mir d' Mannsbilder nach gstiegen. Ich hab mir's gfallen lassen. Dös ghört zum Gschäft. Wann a Madl lernen will, schlecht von die Mannsbilder denken, braucht's bloß a Kellnerin machen! Oft hat's mich packt, ich weiß net wie, und da hab ich mich zahlt gmacht bei die Leut und hab s' zum Narren ghalten, wie a Lausbub den Maikäfer plagt. In der Nacht hab ich oft gweint, bis der Tag ins Fenster einigstiegen is, und hab an d' Mutter denkt und an den, von dem s' mir gredt hat in ihrer Sterbstund. Wann's Tag worden is, hab ich alles in mir verschließen müssen, wie der Mesner die Kirchen zusperrt vor der Nacht. Diemal is mir alles nach gangen bis in d' Stuben abi, und da bin ich oft gwesen, dass mich d' Leut schier nimmer kennt haben. Und da komm ich amal in d' Stub, und eiskalt lauft's mir übern Leib, wie ich hinterm Tisch den Gori hocken sieh. Aufgstiegen is mir's vor die Augen, wie er mich plagt hat als Kind, er und die andern, und wie s' meiner Mutter mit gspielt haben. Im Zorn hab ich ihm d' Stub verwiesen. Angschaut hat er mich und hat glacht: So viel stolz wär ich, wie sich's gar net schicken tät für die Tochter von so einer Mutter. In der Wut hab ich ihn mit der Faust ins Gsicht gschlagen.«

Kuni fühlte, dass ein Arm sich schwer um ihre Schultern legte. Erleichtert atmete sie auf.

»Zur Stub bin ich auffi, und der Gori hinter mir drein. Am Arm hat er mich packt, und vor 's Gricht tät er mich bringen. ›Und einsperren müssen s' Dich‹, hat er gsagt, ›und ehnder gib ich kei' Ruh net, bis ich Dich net drin hab in der gleichen Spinnstub, wo Dein Vater gsessen is, der ein' umbracht hat!‹ Vor Schreck hab ich gmeint, es grinnt mir 's Blut, wie ich gmerkt hab, dass er alles weiß von der Mutter und Dir. Was in meiner Taschen war, 's ganze Geld, alles hab ich ihm zugschoben, bloß dass er den Nam' von meine Eltern unter die Leut net umtragen sollt in Schand und Spott!«

Frierend schauerte sie und schmiegte sich an Götz.

»Auslassen hat er nimmer! Den letzten Kreuzer hat er aussidruckt aus mir. Amal, da hab ich schon ghofft, ich bin erlöst von ihm. In der Nacht is einer angfallen worden, und da haben s' den Gori in Verdacht ghabt. Aber da hat er an Zeugen bringen können, der ihn aussi gschworen hat. Und wie er wieder da war, hat er bei mir wieder am Kittel grissen. Allen Zorn, den ich schlucken hab müssen, hab ich an die andern Leut wieder auslassen. Wo ich an Menschen hab lachen sehen in Freud, gegen den is der Neid in mir aufgstiegen. Allweil ärger hat's der Gori trieben. Und wie ich ihm nix mehr hab geben können, hat er gmeint, ich könnt mir ja leicht vom Wirt seim Biergeld ebbes auf d' Seit schieben. Da hab ich lieber mein' Dienst im Stich lassen. In der Nacht bin ich auf und davon.«

Götz atmete auf, als hätte er die Antwort auf eine Frage gehört, die er auszusprechen nicht den Mut gefunden.

»So hab ich mich umtrieben a paar Monat lang. Nie hat mich d' Angst verlassen, dass der Gori in der Wut alles ausgredt hat. Dös hat mich z'ruck trieben nach Rosenheim. Völlig aufgschnauft hab ich, wie ich ghört hab, dass der Gori fortgmacht hat, kein Mensch hat sagen können, wohin. Und gar nix muss er ausplauscht haben, kein Wörtl hab ich ghört. Freilich, über mich, da haben d' Leut gspassig gredt. Dös is mir z'wider worden. Ich hab mein' Dienst aufgsagt und bin davon. Ins Reichenhall hab ich ummi wollen –«

»Und im Holz droben hast Dich verirrt? Und im ersten Haus bist bleiben und hast den Unfried einigsetzt zwischen Leut, von denen nix anders erfahren hast als Güt!«

»Ich muss mir's gfallen lassen! – Von Anfang hab ich kein' unguten Gedanken ghabt. Halb bin ich blieben vor Müdigkeit, halb a bissl aus Übermut. Und wie mir a narrischer Einfall zum Ernst ausgschlagen is, hab ich gmeint, ich könnt mir a richtigs Leben schaffen. Nimmer auslassen hat's mich. Z'letzt hab ich gmeint, ich müsst mit Gwalt zwingen, was im Guten net gehen hat wollen. Und wie's mir fehl gschlagen is –«

»Sei stad! Brauchst mir net sagen, was ich lang schon weiß!«

»Was weißt?«, stammelte sie erschrocken.

»Was mir der Karli verzählt hat. Und was ich erraten hab müssen! – Wie viel Freud kunnt ich haben in der jetzigen Stund! Wann nur dös einzige net geschehen wär!«

Unter heiserem Laut presste Kuni das Gesicht in die Arme.

Stumm saß Götz an ihrer Seite.

Vor ihnen, vom Rand des vorspringenden Daches, ging ein leises Geriesel herunter. Es hatte zu regnen begonnen. Schon in die ersten Tropfen hatten sich weiße Flocken gemischt. Immer größer und reichlicher fielen sie im kalten Wind auf die Erde, überall begann der Schnee zu haften, und das Dunkel der Nacht verwandelte sich in milchige Dämmerung.

Ein Schauer rüttelte Kunis Schultern. »Jetzt bin ich gstraft!« Dann kam es wie Zorn und Eigensinn in den Klang ihrer Stimme. »Soll's sein, wie's mag! Ebbes Guts is allweil noch dabei. Mir hab ich Haus und Heimat schaffen wollen. Dir soll's bleiben. Was mir zum Übel graten is, soll Dir zum Guten sein!«

»Na, Kuni! A Dach, unter dös mein Kind den Unfried einigworfen hat, taugt mir net als Heimat!«

»Vater!«, keuchte sie mit versagender Stimme. »Jetzt wird mei' Straf erst ganz!« Das war ein Laut, so rauh fast wie die Stimme eines Mannes. »Recht gschieht mir! Greut hat's mich von der ersten Stund an. Jeden Tag is mir's gwesen, als müsst ich auf und davon. Aber da hab ich an Brief abgfangt vom Karli. Und hab drin glesen, dass er mir d' Schand ins Gsicht einischimpft von wegen meim Vater, den ich net kennt hab. Dös hat mich bockbeinig gmacht. Und jetzt muss ich's büßen! An meim Vater grad!« Sie klammerte die Arme um seinen Hals. »Ich lass Dich net, und wann ich Dich halten müsst mit Blut und Leben! Geht's net anders, so nimm mich fort mit Dir! Wir zwei, wir brauchen anand wie Fuier und Holz! D' Händ will ich Dir unter d' Füß legen, an die Augen will ich Dir alles abschauen, blutig schinden will ich mich für Dich –«

»Um Gotts willen, was redst denn da!« Götz drückte Kunis Gesicht, um ihr krampfhaftes Schluchzen zu ersticken, mit zitternden Händen an seine Brust. »So sei doch gscheid! Nimm doch Verstand an!«

»Ja! Hast recht! Ich will Verstand haben. Ich muss mir ja selber sagen, dass net bleiben kannst. Wie d' Leut denken, weiß ich vom Spinner-Veit! Und ich, Vater, soll tragen können, dass Dir die Buben nachlaufen mit Gspött und Glachter? Da springet ich lieber ins Wasser! Na! Es is für Dich kein Bleiben nimmer. Fort musst! Und heut noch in der Nacht! Aber anhängen tu ich mich an Dich, und kein' Schritt nimmer lass ich Dich von meiner Seit.«

»Aber, Kind, Du lieber Himmel!«, stammelte Götz, durch die Leidenschaft dieser schluchzenden Worte in Bestürzung versetzt. »Es wird sich alles noch schlichten lassen! Schau, jetzt schlafen wir drüber! Da heraußen is ja kein Bleiben nimmer. Zitterst ja schon am ganzen Leib, es muss Dich ja frieren, hast schier ja nix an, und d' Nässen muss Dir ja schaden! Komm, sei gscheid, geh eini ins Haus –« Seine Worte erloschen. Es war ihm eine Erinnerung gekommen. Noch enger schlangen sich seine Arme um Kunis Hals, und schweigend sah er eine Weile hinaus in das weiße Gestöber. »Wer weiß, ob Du net 's Richtige gfunden hast? Für mich is kein Bleiben nimmer. Im Guten auch net für Dich. Ins Haus kannst nimmer eini mit Ruh. Ich selber hab Dir den Weg verlegt. Ja, Kuni! Wir zwei ghören zamm! Ich hab mein Leben verloren, Du hast 's Deinige verspielt, wir zwei täten zuanand taugen, und wann ich auch net Dein Vater wär und Du mein Kind net. Ich fang's zum spüren an: Wir brauchen anand wie Fuier und Holz. Wann's Dir ernst war, Kuni – ich nimm Dich mit.«

»Da hast mich, Vater!« Das war ein Schrei in Freude.

»Aber ich kann Dir net viel Guts zum Hoffen geben. Der Ring, den am Finger tragst, der schließt Dein Leben ab. 's einzige, was Dir noch zusteht, is d' Ruh in Dir und 's Gnügen bei der Arbeit.«

Sie lachte, wie ein junges Mädel im Glück.

»Kuni! In mir sollst Dich net täuschen! Was ich Dir schaffen kann, dös soll Dir sicher sein!« Eine heiße Erregung überkam ihn. »Jetzt kann ich mir's schon gar nimmer denken, dass ich fort hätt sollen ohne Dich.«

»Ich hätt Dich net lassen!« Sie presste ihr Gesicht an seine Wange.

»Mag's unrecht sein! Ich mach a größers Unrecht gut damit! Alles is ausglöscht, was durch lange Jahr an unguts Dauern hätt haben müssen. Und mir schaff ich an Trost für meine letzten Jahr. Soll mir's unser Herrgott verzeihen, dass ich a bissl an mich selber denk! Hart sollst es net haben bei mir. Ich hab mir in elf Jahr a bissl ebbes zammgspart. Dös hilft übern Winter. Bis zum Fruhjahr will ich schon Arbeit gfunden haben! Aber weit fort müssen wir, weit fort!«

»Ja, Vater, ja!«

»Und heut noch müssen wir fort, jetzt, in der Nacht!«

»Ja, Vater, ja!«

»In der jetzigen Stund noch! – Jesus Maria! Was tu ich denn? So kannst ja net fort! Hast ja schier nix an! Aber wart, ich schaff Dir a Gwand!«

Er löste sich aus ihren Armen, stieß die schweren Schuhe von den Füßen und sprang davon. Als er sein Stübchen im Gesindehaus erreichte, verriet ihm ein lautes Schnarchen, dass er von Stoffels Ohren nichts zu fürchten hatte. Lautlos sperrte er seinen Koffer auf und grub zuunterst einen strotzenden Beutel hervor, den er an seiner Brust verwahrte. In Eile schnürte er verschiedene Kleidungsstücke zu einem Pack zusammen, drückte eine wollene Mütze aufs Haar und nahm einen Mantel über die Schulter. So lief er über den beschneiten Hof nach der Hinterseite des Wohnhauses und warf, was er trug, zu Füßen der Mauer auf die Erde. Wieder kletterte er über das aufgeschichtete Scheitholz hinauf. »Karli?«, rief er mit leiser Stimme. Als er keine Antwort erhielt, schob er sich durch das offene Fenster. In der leeren Kammer machte er Licht, trat in den Flur und lauschte über die Treppe hinunter. Aus der Stube hörte er den Klang einer aufgeregten Stimme. Geräuschlos öffnete er die Tür des nebenan liegenden Stübchens und riss einen Kasten auf, der mit Frauenkleidern angefüllt war. Er nahm, was ihm zuerst in die Hände fiel: Ein schwarzes Leibchen, einen gestreiften Rock, und unten aus einem Winkel ein paar Tuchschuhe mit baumelnden Quasten. Auf dem gleichen Weg, auf dem er gekommen, verließ er das Haus. Als er die Rückseite des Gesindetraktes erreichte, kam ihm Kuni entgegen. Betroffen sah sie ihn an, als sie beim falben Schneelicht das Gewand erkannte, das er brachte: Das Gewand, in dem sie an jenem Sonntag den Pointnerhof betreten hatte. Während sie sich bekleidete, riss er das wollene Tuch von seinem Hals und band es ihr über Stirn und Haare. Auch musste sie dulden, dass er seinen Mantel um ihre Schulter legte. »So komm halt! Und der Herrgott soll uns gut sein auf unserm Weg!« Er fasste sie bei der Hand und zog sie hinaus auf die beschneite Wiese und in das dichte Gestöber.

Als sie den steilen Hang hinter dem Garten überwunden hatten, hielt Götz schwer atmend inne und wandte die Augen nach dem Gehöft zurück. Er nahm die Kappe herunter und strich mit der Hand übers Haar.

Schweigend standen sie nebeneinander. Die Flocken blieben an ihren Kleidern hängen.

Nun zog er die Kappe über die Ohren und knöpfte an Kunis Hals den Mantel zu.

»Es tut mich net frieren!«, sagte sie. »Völlig heiß is mir.«

»D' Nacht is lang, weißt!« In Sorge guckte er an ihr hinunter. »Und dass ich grad so a lumpigs Schuhwerk derwischt haben muss! Hast net am End schon nasse Füß?«

»Na, na, Vater. Dös macht mir nix. Ich vertrag schon ebbes. Musst Dich net sorgen!«

»No also, komm halt!«

Er nahm ihre Hand. So stiegen sie bergwärts durch den weißen Schnee, und hinter ihnen löschten die fallenden Flocken die Spur ihres Weges.

14.

Stunden verrannen, allmählich legte sich der Wind, und immer spärlicher fiel der Schnee. Die graue Dämmerung wurde zum Tage; langsam hoben sich die dicht liegenden Wolken, gaben den weißen Glanz der Berge frei und zerklüfteten sich, dass der blaue Himmel nieder blicken konnte in das winterliche Tal.

Das Dorf erwachte. An den Häusern öffneten sich die Türen, und mit halb verwunderten, halb noch schläfrigen Augen traten die Leute über die Schwellen.

Nur die beiden, die in der Stube des Pointnerhofes saßen, schienen nicht zu merken, dass es Tag geworden. Karli lag mit den Armen über dem Tisch und guckte ratlos vor sich hin. Neben ihm saß der Pointner und schnaufte tief, wie einer, der lange gesprochen hat. In seinen Zügen kämpfte Verstörtheit mit verlegenem Ärger. Heftig zitterte die Hand, mit der er an seinem knopflosen Hemdkragen nestelte. Nun blickte er scheu zu Karli auf. »Hast jetzt gar nix zum sagen? Kannst Dir net denken, wie schwer 's eim Vater ankommt, wann er seim eigenen Buben gegenüber so ebbes in Diskurs bringen muss? Oder bist mir am End gar noch harb, weil mich d' Lieb zu Dir alles so aussireden hat lassen?«

Erschrocken fuhr Karli auf. »Harb sein? Na, Vater! Da tust mich ehnder dauern. Du tragst die Folgen schwerer wie ich!«

Die ärgerliche Scheu des Pointners schlug um ins Weinerliche. »Ja, schwer gnug! Aber wohl tut's mir, dass ich Dich auf meiner Seiten weiß.«

»Lass gut sein! Reden wir nix mehr drüber!«, wehrte Karli verlegen. Dann blickte er in die Stube umher und merkte den Tag, der sich bleich und kalt durch die Fenster stahl. »Da, Vater, tagen tut's! Und die Bäuerin is noch net da!«

»Macht nix!« Der Pointner, weil ihn fröstelte, rieb sich mit den Fäusten die Backen. Aus seinen kleinen Augen blitzte boshafte Schadenfreude. »Wie länger als s' ausbleibt, wie besser! Verklagen tu ich dös Weibsbild –«

»Z'erst musst doch abwarten und hören –«

»Na! Nix da! Die is schon so eine, die! Der Götz hätt sich net grührt, wann er net an festen Anhalt ghabt hätt. Den Gfallen will ich ihm danken seiner Lebtag! Jetzt soll er mir noch ebbes reden vom Fortgehn! Jetzt bleibt er!«

»Vater? So an Gfallen erst hat's braucht, dass der Götz bei dir noch a Bleiben ghabt hätt?«

»No ja, no ja!« Weiter fand der Pointner kein Wort mehr.

Unwillig erhob sich Karli und wischte den grauen Beschlag von der Fensterscheibe. »Da schau, Vater, Winter is worden über Nacht!«

Der Pointner trat zu ihm. »Meiner Seel! Umgschlagen hat's in der Nacht. Und wie!« Als hätte die Tatsache, dass es Winter geworden, auf seine Stimmung einen Einfluss üben sollen, den er nicht dulden konnte, fuhr er scheltend auf: »Ob Sommer oder Winter, dös macht bei so einer Gaunerei kein' Unterschied!« So greinte und schalt er weiter, während er ruhelos in der Stube herumtrippelte.

Karli guckte in den weißen Morgen hinaus. Seine Stirn furchte sich unter stummen Gedanken. Nun stieß er sich vom Fenster zurück und ging zur Tür.

»Was is denn?«, murrte der Pointner. »Wirst mich doch net allein lassen?«

»Ich komm gleich wieder! Grad schauen muss ich was!«

Der Pointner hörte seinen Buben über die Treppe hinaufstiegen. Eine Weile war Stille. Dann kam's mit Gepolter vom oberen Stock herunter. Karli stürzte zur Tür herein, bleich, mit zornig blitzenden Augen. »Vater! Soll ich Dir ebbes sagen? Dein saubern Herrn Schwager sein Stübl is leer, und kein Bett is angrührt. In der Bäuerin ihrem alten Stübl steht die Tür sperrangelweit offen. Und der Kasten is aufgrissen, als wär a Gwand davontragen. Jetzt, Vater, kenn ich mich aus!«

Weit riss der Pointner die Augen auf; ein Schlottern kam in seine Knie.

Draußen ging die Haustür, und ein Geräusch wurde hörbar, als pochte jemand an der Schwelle den Schnee von den Füßen. Stoffel trat in die Stube. »Is der Götz net da?«

»Der Götz? Warum?«

»Gspassig, gspassig!«, brummte Stoffel. »Im Holzhof is er net, im Stall net. Wo kann er denn sein? Gleich beim Aufwachen hab ich gmerkt, dass er sich gar net schlafen glegt hat. Aber in der Kammer muss er gwesen sein. Der Kufer is aufgrissen und alles durchanand gworfen.«

Weiter ließ Karli den Knecht nicht reden. Er sprang zur Tür hinaus, und unter stotternden Worten humpelte ihm der Pointner nach. Sie erreichten die Kammer im Gesindhaus und fanden den offenen Koffer und die zerstreuten Kleidungsstücke. »Vater! Der Götz is fort!« Karlis Gesicht war weiß wie die Mauer.

»Ich glaub's net! Na! So ebbes tut er mir net an, der Götz: Dass er fortgeht ohne Abschied von mir! Ich kann mir schon denken, was los is. Der Götz hat gwacht für uns. Der hat die ander troffen in der Nacht und is ihr nach. Und heimbringen tut er s'! Wirst es sehen, Karli! Den Götz, den kenn ich!«

Draußen eine kreischende Stimme. »Bauer! Bauer!« Die Zenz erschien auf der Schwelle. »Es muss ebbes geschehen sein! Grad is der Martl in Hof einigrumpelt –«

»Der Martl?«

»Ja, und glaufen is er, was er laufen hat können. Ganz verlechzet hat er sich angschaut. Ins Haus is er eini.«

Da liefen sie alle, Karli voraus, in den Hof. Dort stießen sie auf den Knecht, der aus dem Haus kam. Bis zu den Hüften hing der Schnee an ihm; sein Gesicht war von Schweiß überronnen, und ganz ohne Atem war er. »Den Bygotter hab ich gsehen! Droben am Sonnbergschlag, wie ich ums Tagwerden von der Holzerhütten fort bin, is er durch d' Stauden gschloffen, gegen d' Höh zu. Ausgschaut hat er zum Fürchten! Jetzt muss er sich finden lassen. Der Schnee verrat ihn. Droben am Kreuzweg hab ich d' Holzknecht warten lassen, und im Vorbeilaufen hab ich's dem Kommandanten ins Fenster einigrufen. Der hat sich gleich am Weg gmacht.«

»Heiliger Herrgott, kommt denn heut alles zamm, alles?«, klagte der Pointner.

Karli sprang ins Haus. Als er wieder unter der Tür erschien, mit Hut und Bergstock, rief er die beiden Knechte und eilte mit ihnen davon. Wo die beiden Gendarmen wohnten, erfuhr er, dass der Kommandant mit einigen Nachbarsleuten bereits nach dem Sonnberg aufgebrochen wäre.

Am Waldsaum holten die drei aus dem Pointnerhof die Vorausgegangenen ein. Karli wunderte sich, dass der Kommandant allein war, ohne seinen Kameraden. Es fiel ihm auch auf, dass er von dem Gendarmen mit einem merkwürdigen Lächeln empfangen wurde. Wortlos folgte Karli den Männern bergwärts durch den spröden Schnee, der immer tiefer wurde, je mehr sie zur Höhe kamen.

Als sie den Sonnbergschlag erreichten und auf die Fährte des Bygotters stießen, zog Karli den Kommandanten beiseite: »Gelt, rumpeln S' fei net gar z' hitzig drein! Es is kein Spitzbub, der da zum suchen is, sondern a kopfkranker Mensch!«

»Ich weiß schon selber, was ich zu tun habe. So gscheit wie Sie sind, bin ich auch noch!«, lautete die Antwort.

Einer hinter dem anderen, der Kommandant voraus, folgten sie der im Schnee deutlich erkennbaren Spur. Diese führte bald durch dichte Büsche und bald durch schütteren Wald, in gerader Steigung gegen die hoch liegenden Lärchenbestände; dann lenkte sie seitwärts in eine Waldschlucht. Hier verteilte der Kommandant die Leute, als gälte es eine Treibjagd abzuhalten. Zwei seiner Nachbarn nahm er mit sich in die Schlucht, in deren schmalstem Teil sie zwar nicht den Bygotter, aber doch seinen Schlupfwinkel fanden, ein geräumiges, von wirrem Gestrüpp verborgenes Felsenloch. Im Hintergrund der dämmerigen Höhle war auf dem feuchten Boden aus Moos und dürren Blättern ein Lager aufgeschüttet. Überall lagen trockene Beeren umher. In einem Winkel stand ein hohes Rindenstück mit Wasser. Auf einem Steinblock lag der halb zerrissene Kadaver eines Berghasen, der noch eine dünne, aus grauen Haaren geflochtene Schlinge um die gedrosselte Kehle hängen hatte.

Vor kurzer Weile noch musste der Bygotter hier gewesen sein; als der Kommandant und seine beiden Begleiter die Höhle verließen, sahen sie im Schnee eine frische Spur über den steilen Hang der Waldschlucht aufwärts steigen. Mit keuchender Mühe arbeiteten sie sich empor und hielten, als sie unter Bäumen die Höhe erreichten, erschrocken still.

Die kahle, von tiefem Schnee bedeckte Kuppe, die sich vor ihnen erhob, war die Sonnbergplatte. Dort oben, an einer Stelle, von welcher der Wind den Schnee gefegt hatte, sahen sie den Bygotter mit ausgebreiteten Armen auf den Knien liegen, das starre, leichenähnliche Gesicht gegen den Himmel gerichtet. Sie hörten nur das heisere, zornige Murmeln seiner Stimme, ohne seine Worte zu verstehen. Gleich einer festen Masse stand ihm der mächtige Bart vom Hals. Seine Linnenkleider starrten von Schmutz; überall hingen die Fetzen nieder, und die klaffenden Risse entblößten den Körper.

Da brach ein dürrer Ast, auf den sich der Kommandant gestützt hatte.

Mit gurgelndem Laut fuhr der Bygotter auf. »Philister über mir!«, schrie er gellend in die Lüfte, stürzte davon in wilder Flucht und verschwand in der Tiefe des nahen Felsenkars.

Fluchend eilte der Kommandant ihm nach, während einer seiner Begleiter durch die hohlen Hände hinunter schrie in die Waldschlucht: »Leut! Da auffi! Da is er! Da!«

Nun kamen sie heraufgestiegen, einer nach dem anderen, mit kreischenden Fragen, und jeder trat in die ausgewatete Spur, die er vorfand.

Karli, der am weitesten von der Sonnbergplatte entfernt gestanden, erreichte als letzter die Höhe der Kuppe. Entsetzen lähmte seinen Schritt, als er jenseits des Felsenkars den Bygotter aufwärts flüchten sah über die steilen, brüchigen Felsen der Sonnbergwände. Und während unter den Füßen des Wahnsinnigen Schnee und Geröll sich löste und in die Tiefe prasselte, während er Stein um Stein auf seine Verfolger nieder schleuderte, gellte seine Stimme: »Vertilge sie, Herr! Vertilge sie! Rette Deinen Knecht, schleudre Deine Blitze, Berge stürze über sie, und öffne mir Deine Wolken! Alles hab ich Dir gegeben! Und Du? Was gibst Du mir?«

Da sah ihn Karli stürzen, sah, wie er sich mühsam noch hielt, wie er sich aufraffte und wieder aufwärts flüchtete gegen den Grat des Berges.

In Sorge rannte Karli über den Hang der Kuppe hinunter, und während er den letzten der Männer erreichte und am Arm packte, schrie er den anderen zu: »Leut, Jesus Maria, Leut, dös muss an Unglück geben!«

Sie hörten nicht auf ihn. Der Anblick des Bygotters, der Sinn seiner Worte, das unheimliche Sausen der Steine, die über die Felsen niederprasselten – das machte die Leute wie verrückt. Sie kletterten, an den Felsen sich deckend, hinter dem Wahnsinnigen her, und je näher sie ihm kamen, mit desto lauterem Geschrei befeuerten sie einander. In ihr Geschrei mischte sich die gellende Stimme des Bygotters: »Siehe, Herr, schon nahen sie mir, Deinem Knechte! Ich rufe zu Dir in meiner Not! Öffne mir den Himmel! Sende mir des Elias feurigen Wagen, dass ich auffahre zu Dir und Deiner Herrlichkeit!«

Die Stimme erlosch. Während die Männer auf dem steilen Berghang in rascher Flucht ihre Rettung suchten, starrte Karli erschrocken zur Höhe. Noch eben hatte dort oben die Gestalt des Bygotters scharf vom Himmel sich abgehoben. Jetzt war sie verschwunden. Unter der Stelle, an der er gestanden, stäubte eine weiße Wolke auf, die langsam erst, dann schneller und schneller über das steile Gewände nieder rollte, mit jeder Sekunde sich vergrößerte, Schnee und Steine in breiter Gasse mit sich riss und ein wirres Geräusch erweckte, das aus Rauschen, Sausen, Knattern und Dröhnen sich zusammensetzte, um in einem donnerähnlichen Schlag zu erlöschen.

Ein grauer Wust von Schnee, Geröll und Staub erfüllte die Hälfte des Felsenkars. Ein zitterndes Summen ging noch durch die Lüfte, während dünne Schneebäche lautlos aus der Höhe nachgerieselt kamen.

Mit aschfarbenem Gesicht stand Karli an einen Felsblock gelehnt. Sein Körper war überstäubt von Schnee und Sand. Dicht vor seinen Füßen waren die äußersten Massen der Lawine ins Stocken geraten. Er brachte keinen Laut aus der Kehle. Sein irrender Blick suchte die anderen. Denen war aller Zorn und Übereifer vergangen. Verstört kamen sie von allen Seiten herbei und bekreuzigten sich. Scheu sahen sie einander an. Sie schienen mit den Augen zu zählen. Einer fehlte. In ihrem Schreck erkannten sie nicht gleich, wer es wäre. Endlich stotterte Martl den Namen. Einer der Nachbarn des Kommandanten war es: Er hatte bei der Verfolgung des Bygotters die anderen hinter sich gelassen und war zuletzt noch in die Nähe des Wahnsinnigen gesehen worden.

Nun begannen sie ein lautes Schreien und Jammern, und einzelne brachen in wilde Verwünschungen gegen den Bygotter aus: Dass er bei der »Gottesstraf«, die ihn getroffen, auch einen Unschuldigen mit ins Verderben hatte reißen müssen!

Als Karli diese Reden hörte, schien ihm ein heftiges Wort auf der Zunge zu liegen; doch schweigend wandte er sich ab. Auch ein zweiter stand wortlos vor diesem Lärm: der Kommandant. Er zerrte immer an seinem Schnurrbart.

Inzwischen begannen ein paar von den Männern schon mit Händen und Bergstöcken im Schnee zu wühlen. Aber die mit Steinen und Geröll durchsetzte Masse lag wie festgestampft und angefroren. Man musste um Geräte und weitere Leute gehen. Karli zögerte, er wollte bleiben. Aber die Furcht, dass eine Kunde von dem Geschehen auf unvorsichtige Weise ins Lehrerhaus dringen möchte, trieb ihn mit den anderen ins Dorf hinunter.

Als sie zu den ernsten Häusern kamen, eilte Karli voraus. Er traf den Lehrer nicht daheim; die Frau versprach ihm, dass sie den ganzen Tag nicht von Sannis Seite weichen würde; kein Laut vom Unglück dieses Morgens sollte in die Krankenstube dringen.

Nur halb beruhigt, rannte Karli durch das Dorf, in dem die aufregende Kunde schon von einer Tür zur anderen flog.

Daheim in der Stube fand er den Vater. Die zornige Erregung, die aus des Pointners Augen sprach, verwandelte sich in starren Schreck, als er hörte, was Karli berichtete.

Während sich der Bursch wie zerbrochen auf einen Holzstuhl sinken ließ, täppelte der Pointner jammernd durch die Stube. Schließlich fuhr er sich mit den Händen ins graue Haar und hatte nur immer das eine Wort: »So a Tag! So a Tag!« Dann blieb er vor Karli stehen, zerrte ein zerknittertes Blatt aus der Tasche und stotterte: »Da! Dass ebbes Nuis erfahrst! Da lies amal!«

»Was is dös?«

»A Brief! Und was für einer! Kein halbs Stündl noch is 's her, da hat ihn a Bub bracht, a fremder, von der Bahnstation. So lies, sag ich, lies!«

Karli las. Es war ein Brief vom Götz, in schweren Buchstaben mit Blei geschrieben. Dieser Brief erklärte alles und verschwieg nur eines: Den Weg, den Götz mit Kuni genommen. »Mar' und Josef! Wer hätt sich so ebbes denkt!«, stammelte Karli.

Weiter ließ ihn der Pointner nicht reden. Er riss ihm das Blatt aus den Händen, zerknüllte es zwischen den Fäusten und schrie gegen die Stubendecke: »So ebbes! So ebbes! Alles kommt über mich! Alles! Schand und Spott muss ich haben davon, und auslachen werden mich d' Leut am hellen Tag! Und wann's mir auch net um die ander is – im Gegenteil, aufschnaufen tu ich, aufschnaufen, ja! Aber der Götz! Der Götz! Wie soll denn ich und der Hof den Götz graten können! Was fang ich denn an ohne den Götz!«

»Aber Vater! So sei doch gscheid!«

»Na! Ich mag net! Ich will den Götz wiederhaben! Meinetwegen soll er Vater sein, zu wem er mag! Weswegen hat er denn da gleich fortlaufen müssen? Da hätt er ja bleiben können! Erst recht! Na, so eine! Dös is eine! Verführt mir den Götz zum Davonlaufen!«

»Geh, Vater, wie redst denn jetzt?«

»Ich red, wie ich mag! Und ich lass net aus, vor ich mein' Götz net wiederhab. Wann s' schon davonlaufen hat müssen, da wär s' mir lieber mit ihrem Bruder davon glaufen, mit ihrem saubern!

Weißt, was geschehen is? Im Wirtshaus hat er gsoffen die ganze Nacht. Und über d' Schwester hat er gschimpft, dass 's kaum zum Anhören war. Und noch einer is dabei gwesen, so a Vagabund, so a lumpeter! Der hat an Rausch ghabt, und da hat's ihn verdrossen, dass sich der noble Herr net zu ihm an Tisch setzt. Und Streit haben s' kriegt, und der Lump hat's ausgredt, dass er falsch gschworen hat für'n Gori. Und der Schandarm is dazukommen, und packt hat er s' alle zwei und hat s' davon, schön Hand an Hand! In aller Fruh is d' Walli daher grennt kommen, d' Wirtshauskellnerin, ganz verweint! D' Händ hat s' zamm gschlagen überm Kopf, und gflennt und bettelt hat s', ich sollt mich doch wehren um mein' Schwager! Ja, Schnecken! Ich? Mich wehren? Um so an Schwager? Der kann mir gstohlen werden! Aber natürlich, Schwager, Schwager, jetzt wird's allweil heißen: a Schwager vom Pointner. Na! Na! Grad alles kommt über mich!« Der Pointner drückte die Fäuste über die Ohren, und die Tränen seines Grimmes rannen ihm über die Backen.

Wortlos saß Karli in seinem Stuhl.

Da trat der Pointner an eines der Fenster. Er wischte mit den Händen über die Augen und stotterte: »Leut sind draußen im Hof.«

»Jesses!« Karli sprang auf. »Ich muss fort, Vater! Ich muss mit auffi am Berg. Ich muss!«

»Ja, Bub, ja, musst schon gehen!«, seufzte der Pointner. »Na! Is dös a Tag! Du lieber Herrgott! Und so an Unglück! Na! Na! Und dös arme Madl! Dös gute Hascherl!«

Wenn diese Worte für Karli berechnet waren, kamen sie zu spät; während der Bauer noch sprach, stand der Bub schon draußen im Hof. Die Leute, die er vorfand, waren um Spaten und Schaufeln gekommen. Karli schleppte herbei, was er zu finden wusste. Dann eilte er mit den Leuten dem Sonnberg zu. Als sie die Unglücksstätte erreichten, war die traurige Arbeit schon im Gang.

Den Nachbar des Kommandanten fanden sie zuerst; trotz seiner schweren Wunden zeigte er noch Leben; während sie ihn auf die Tragbahre betteten, verschied er.

Eine Stunde später fanden sie den Bygotter. Sein starrer, fast zum Skelett abgemagerter Körper war unversehrt; von der Schläfe ging ein klaffender Bruch über die Stirn und das kahle Haupt. Seine Fäuste waren geballt, und über dem gespensterhaften Gesicht lag noch der Ausdruck eines finsteren Zornes.

Die Leute beteten vor den Leichen; dann nahmen acht Männer die beiden Bahren auf, und unter murmelndem Gebet schlossen die übrigen sich an.

Langsam ging es talwärts durch den beschneiten Bergwald.

Im Dorf teilte sich der Zug.

Den Bygotter wollten sie zum Armenhaus tragen. Karli setzte es beim Vater durch, dass der Tote im Pointnerhof aufgebahrt wurde.

Zwei Tage später, am Morgen des Allerseelentages, wurden die beiden, die in der gleichen Stunde den Tod gefunden, in der gleichen Stunde zur ewigen Ruhe getragen.

Während eine dunkle Menschenmenge den weißen Kirchhof füllte, war Karli im Lehrerhaus bei seiner Sanni.

Das Mädel ruhte in einem Lehnstuhl, den Schoß von einer wollenen Decke verhüllt. Ihre schmalen, blassen Hände lagen auf den Lehnen. Der liebliche Kopf mit den sorgsam geflochtenen Haaren war in die Polster zurückgesunken, und die feuchten Augen blickten zur Höhe. Über die schmalen Wangen hatte die wiederkehrende Gesundheit schon eine warme Röte gehaucht.

Da lösten sich zwei Tränen von ihren Wimpern. »Dass ich heut gar soviel an ihn denken muss! Ob er jetzt wohl schon drüben sein mag überm Wasser?«

»Ja, Sanni! Jetzt is er drüben.«

Von seinem Ton betroffen, sah sie ihm ins Gesicht. »Was hast denn, Karli?« Bevor er noch eine Antwort finden konnte, hob sie den Kopf und lauschte den Glockenklängen, die das Glas der Fenster leise zittern machten. »Dös kann doch kein Kirchengeläut net sein? Dös is ja grad, wie wann a Gräbnis wär?«

»Ja, freilich, a Gräbnis.«

»Jesus! Wer is denn gstorben?«

»Wer gstorben is? Der alte Häusler. Weißt, der Pechlernaz. Der allweil soviel krank gwesen is.«

»Aber ich mein doch, es hätt mir d' Frau Lehr vor acht Tag schon gsagt –«

»Selbigsmal, da is er versehen worden. Richtig gstorben is er erst vor zwei Tag!«

»Der arme Hascher! Aber schau, dem hat der liebe Herrgott 's Sterben als Erlösung gschickt. Er wird ihn auch gnädig halten in der himmlischen Ruh.«

»Ja, Sanni, in Ewigkeit, Amen!«

Die Glocken setzten aus. Man hörte vom nahen Kirchhof herüber den verschwommenen Hall einer einzelnen Stimme. Es war die Stimme des Pfarrers, der die Grabrede sprach. Das währte eine Weile. Dann war ein wirres Gemurmel zu vernehmen.

»Geh, Karli, lass uns a Vaterunser beten für die arme Seel.«

Ihre Hände verschlangen sich, und die Stimmen der beiden flossen ineinander zu leisem Gebet.

Vom Kirchhof herüber tönte schwermütiger Gesang, und wieder begannen die Glocken ihr schwebendes Geläut.

15.

Ein Jahr war übers Land gegangen. Von den Bergen war ein früher Winter mit reichlichem Schneefall niedergestiegen ins Tal. Und wieder war Allerseelentag.

Vom frühen Morgen an war der Kirchhof nicht leer geworden von Leuten, die zu den geschmückten Gräbern ihrer Toten kamen.

Auch jetzt, da es schon zu dämmern begann und der Schnee in großen Flocken fiel, war die ernste Stätte noch nicht vereinsamt. Männer und Frauen, manche mit Kindern an der Hand, wanderten langsam zwischen den Kreuzen umher.

Vor einem eisernen Gitter, das zwei reich gezierte Hügel umschloss, die Gräber der seligen Pointnerin und des Bygotters, standen drei Menschen: Karli mit seinem jungen Weib und der alte Pointner.

Nur wenig hatte sich Karli in diesem Jahr verändert. Stattlicher schien er geworden. Der Ausdruck des zufriedenen Glückes, das aus seinen Augen sprach, wurde durch den Ernst der Stunde kaum getrübt.

Recht merklich aber hatte der Pointner die entschwundene Zeit zu fühlen bekommen. Grauer und dünner war sein Haar geworden, die glänzende Röte seiner Backen hatte sich merklich gemildert, und was diese Backen an Röte eingebüßt, hatten sie an Furchen zugesetzt. Seine Schultern waren gesunken, und das unermüdliche Lächeln des sauber rasierten Mundes hatte sich in einen müden Zug verwandelt. Nur aus den kleinen blinzelnden Augen lugte noch ein bisschen der fidele Pointner von einst.

Wie der Spätherbst neben dem Frühling, der ein schöner Sommer werden will, stand der Alte neben dem schmucken jungen Weib, in dem man das zarte, schüchterne Sannerl kaum noch erkannte. Der linde, frauenhafte Zug passte gut zu dem sanft gerundeten Gesicht und zu dem ruhigen Ernst dieser großen blauen

Augen, die träumend an der geschmückten Ruhestatt des Vaters hingen.

Während der Pointner immer wieder die weißen Flocken von seinen Ärmeln schüttelte und ein um das andere Mal über die Schulter guckte, als dächte er vor den kalten Gräbern schon an die warme Stube daheim, verwandelte Karli keinen Blick von dem jungen Weib an seiner Seite. Nun legte er die Hand auf ihre verschlungenen Finger und sagte: »Geh, so lang därfst net bleiben, in dem nassen Schnee da!«

»Ja, ja, recht hat er! Kunntst Dir schaden!«, bestätigte der alte Pointner mit Eifer und hauchte in die Hände.

Da schloss sie ihr stilles Gebet und bekreuzigte sich. Langsam und schweigend wanderten die drei an der Gräberreihe entlang zum Tor des Kirchhofes.

Auf der Straße sagte die junge Pointnerin zu ihrem Mann: »Geh nur heim derweil, Karli! Ich muss noch a bissl eini zur Frau Lehr.«

»Was tust denn drin?«

»A bissl plauschen halt. Und der Vater bleibt bei mir. Gelt, Vater?«

»Aber gwiss!«

»Da kann ich ja auch mitplauschen?«, meinte der junge Bauer.

Sanni wurde rot. »Ah na, geh nur heim, ich kann Dich net brauchen.«

»Marsch weiter! Wir können Dich net brauchen!«, kicherte der Alte. »Gelt? Möchtest gern wissen, was 's da zum reden gibt, jetzt allweil? Du Naseweis, Du! Marsch weiter!«

Mit glücklichem Schmunzeln rückte Karli den Hut, und wohl ein dutzend Mal drehte er das Gesicht, während er dahinstapfte über die beschneite Straße. Als ihm das Lehrerhaus in der Dämmerung und in dem Gewirbel der Flocken verschwand, lachte er auf und guckte froh in das graue Gestöber.

Was doch ein kurzes Jahr nicht alles bringen kann! Und wie glatt sich das alles gegeben hatte!

Gleich in den ersten Wochen nach jenen ereignisschweren Tagen hatte Karli mit festen Händen die Zügel im Pointnerhof ergriffen. Bei der vielen Arbeit, die es gegeben, hatte er blutwenig Zeit gefunden, sich um das müßige Leutgerede zu kümmern, das den Pointnerhof umlungerte. Dem Vater, freilich, hatte dieses Gerede leidige Sorgen geschaffen; ein rechter Ärger war ihm der Spitzname gewesen, den ihm der Maurer-Hansl aufgebracht: der »ledige Hochzeiter«. Auch die stille Einsamkeit seiner Stube hatte ihn bitter gedrückt. Lange Stunden hatte er oft um den Götz gejammert. Der blieb verschollen. Was auch der Anwalt, an den sich der Pointner um Rat und Hilfe gewandt hatte, unternehmen mochte – von den beiden Flüchtigen war nicht die geringste Spur zu finden. Da gewöhnte sich's der Pointner allmählich ab, von Götz zu reden. Um so häufiger war dieser Name in Karlis Mund. Er schaffte den zwei neuen Dienstboten keine Arbeit, ohne beizufügen: »So hat's der Götz gmacht, so wird's weiter ghalten!« Und gegen Martl, Zenz und Stoffel hieß es: »Wissts es ja, wie's der Götz allweil haben hat wollen!« So kam es, dass er verschwundene Götz das treibende und ordnende Mittelglied im Arbeitsgang des Pointnerhofes blieb. Und da ging nun alles so frisch und eben vom Fleck, dass Karli seine Freude daran hatte.

Eine schwere Stunde war aber doch für ihn gekommen: Als Sanni über ihren Vater die Wahrheit hatte erfahren müssen. Der Schmerz und die Trauer, die diese Stunde über Sannis Herz brachte, linderte und löste sich im Glück des jungen Weibes.

Mit dem Tag, an dem die feine Bäuerin im Pointnerhof ihren Einzug hielt, begann auch der verdrossene Alter wieder »aufzuschnaufen«. Weil er nun wieder jemand hatte, der ihn vom Morgen bis zum Abend unterhielt und hätschelte, verging beinahe kein Tag, an dem er nicht beteuerte: »Mit Dir, Sannerl, is der Fried wieder einzogen unter meim Dach!«

Und Karli erst! Der kam aus seinem frohen Lachen nicht mehr heraus. Nur eines fehlte noch, damit sein Glück »in Himmel wachsen« konnte. Auch dieses einzige mochte nimmer lang auf sich warten lassen.

Diese wohlbegründete Hoffnung leuchtete aus seinen Augen, als er bei sinkender Dämmerung seinen Hof erreichte.

Unter der Tür begegnete ihm die neue Magd, die einen Zuber voll dampfenden Wassers zu den Ställen trug. »Drin in der Stub is einer«, sagte sie im Vorübergehen, »der wartet schon, ich weiß net, wie lang!«

»Wer denn?«

»Es muss a Fremder sein.«

Karli pochte den Schnee von den Füßen, schüttelte die Flocken von seinem Gewand und trat ins Haus.

Als er in die Stube kam, sah er eine dunkle Gestalt neben dem Tisch auf der Holzbank sitzen.

Wortlos erhob sich der Fremde.

Karli zögerte einen Augenblick. »Guten Abend!« Dann legte er den Hut ab, ging auf den Schrank zu und entzündete ein Talglicht, das er zum Tisch trug.

Der Fremde war ein alter Mann mit schneeweißem Haar. Dunkle Augen glühten in dem blassen, hohlen Gesicht, das zur Hälfte unter einem weißen, struppigen Vollbart verschwand. In der einen Hand hielt er eine zerknüllte Pelzhaube, in der anderen einen roh beschnittenen Stock. Er trug eine doppelt übereinander geknöpfte Jacke, enge Lederhosen und graue Filzgamaschen über den schweren Schuhen, von denen der Schnee zu einer kleinen Wasserlache zerschmolzen war.

»Wer bist? Und was schaffst?«

»Kennst mich nimmer, Karli?«, fragte eine müde Stimme.

»Jesus Maria! Götz! Du!«, stammelte der junge Bauer. »Ja, wie schaust –« Das brachte er nicht heraus. Er verschluckte, was er hatte sagen wollen und stotterte: »Wo kommst denn Du jetzt her? Was bringst denn?«

»Was ich bring? Deim Vater bring ich 's Aufschnaufen.«

Karli sah erschrocken den Alten an, der den Stock auf die Holzbank legte, langsam die Jacke öffnete und ein gefaltetes Blatt aus der Brusttasche nahm.

»Da, Karli! Gib's Deim Vater!«

Zögernd streckte der junge Bauer die Hand und wandte, während er das Blatt entfaltete, keinen Blick von Götz. Wortlos schüttelte er den Kopf, näherte sich dem Licht und begann zu lesen. Sein Gesicht wurde bleich. Was er da in der Hand hielt, war ein Totenschein auf den Namen Kunigunde Pointner, geborene Rauchenberger. Als Sterbtag war der dritte Oktober genannt, und darunter stand der Name eines Tiroler Dorfes.

»Gelt? Auf so ebbes hättst heut auch net denkt!« Götz strich mit schwerer Hand über sein weißes Haar. »Um mich hat sie's leiden müssen. Und anglacht hat s' mich noch im letzten Schnaufer! Hingeben hat sie's müssen, ihr liebs, blutjunges Leben. Und mich hat s' übriglassen! Zu was? Da hat er sich wieder amal vergriffen, unser Herrgott! Schad is drum. Mir kannst es glauben! Wann Du s' nur sehen hättst können, wie sie sich gmacht hat, so fein und richtig! Und wie gut als s' gwesen is zu mir! So z'frieden war s' allweil. Und was hab ich ihr denn bieten können? Mein bissl Lieb halt! Kein Arbeit is ihr z'viel gwesen. Und wie ich am festen Platz gfunden hab, im Tirol drin – so a Winter! Wann ich am Abend heimkommen bin von der Holzarbeit! Wie da unser Stüberl ausgeschaut hat! Und wie wir da beinand gsessen sind! Unser Herrgott hätt mich neiden können!« Seine Stimme zerbrach, und seine Faust tappte nach der Tischkante.

»Aber Götz«, stammelte Karli, »schau, setz Dich doch grad a bissl nieder!«

Götz hörte nicht. Ein steinschwerer Atemzug hob seine Brust. »Und auf so an Winter so a Sommer! A Bauer hat uns eindingt ghabt für d' Alm. Wir zwei, und ganz allein da droben! Weit von die Leut! Hoch droben! Dass man den Himmel hat greifen können! Und die schönste Alm! A Vieh, wie's keins nimmer gibt! Und die Freud, die 's Madl ghabt hat dran! Und wie ich s' in d' Arbeit einglernt hab! Gleich aufs erstmal hat s' alles verstanden. Und jeder Tag wie der ander, stad und heimlich! Und wie's auf'n Herbst zugangen is, hab ich mich schon wieder auf'n Winter gfreut! Jetzt is er da! Der Winter!« Götz verstummte. Und der Kopf sank ihm hinunter.

Ratlos stand Karli vor ihm, erschüttert.

»Am zweiten Oktober in der Fruh, da hat der Sturm angfangt. Gleich hab ich gmeint, wir sollten Heim treiben. Aber 's Madl hat mich soviel bettelt, ich sollt mich a paar Tag noch halten. Weil s' so gern heroben war. Was hätt ich ihr denn abschlagen können? Wie's aber in der Nacht allweil ärger worden is, dass d' Schindeln davon sind von der Hütten, da hat's kein Bleiben nimmer geben. 's Vieh is auch schon verzagt und wild gwesen. In der Fruh beim Abtreiben durchs Holz, wo's die dürren Äst umanand geschmissen hat, da sind die armen Viecher völlig narrisch worden. Grad laufen und schrieen haben wir müssen, dass wir s' zur Not beinand ghalten haben. Völlig aufgeschnauft hab ich, wie ich d' Lichten schon gsehen hab in der Tief. ›Jetzt, Kindl, is's gleich überstanden!‹, hab ich noch gsagt. Und kaum ich dös sag, fallt's her übern Wald, wie wann der Himmel sein' ganzen Luft auslassen hätt. Die stärksten Bäum hat's hin gworfen wie d' Weizenhalm. Zum Grausen war's! Ich will noch auf 's Madl zuspringen. Da wirft's mich nieder, ich weiß net wie. An Kracher hör ich und spür noch, wie mich's Madl auf d' Seiten reißt. Da saust der Baum mit die ganzen Äst schon nieder neben meiner. Und wie ich aufschau, fallt mir ’s Madl in Arm, kaasweiß im Gsicht, voller Blut am linken Schlaf. Aufgschnauft hat s’ noch an einzigs Mal. Und anglacht hat s’ mich noch im letzten Schnaufer.« Seine Gestalt versank in sich, als hätte sich eine erdrückende Last auf seine Schultern gelegt. Er schien es nicht zu merken, dass Karli seine Hände fasste, ihn nieder zog auf die Holzbank und immer auf ihn einsprach, bald in Jammer, bald in herzlichem Trost.

»Recht, Götz, recht hast ghabt, dass gleich auf uns denkt hast! Und jetzt bist da! Da gibt’s kein Fortgehn nimmer!«

Götz löste seinen Arm aus Karlis Händen. »Bleiben? Na, Karli! Dass ich Deim Vater dös Blattl da bracht hab, dös hat sein müssen. Da hab ich mir den weiten Weg net verdrießen lassen. Mit der Post? Und um zehn Pfennig? Ah na! Da is mir dös Blattl z’ lieb gwesen, weißt! Man lernt net aus. Jetzt hab ich’s erfahren, dass eim ebbes Todts noch allweil sein kann wie ebbes Lebendigs. Auf’m ganzen Weg her is mir dös Blattl gwesen wie a Herzschlag, den ich spür. Für Dein’ Vater wird’s bloß a Zettel sein, den er haben muss. Jetzt liegt er am Tisch da. Mein Gschäft is aus. Jetzt kann ich wieder gehen.«

»Na, Götz! Ich lass Dich nimmer fort! Und wann der Vater mit der Sanni heimkommt –«

»Lass gut sein! Ich hab mein’ Platz. Mein Madl und ich, wir halten zamm. Und ich hab noch an Weg. Mit mir hat ’s Gricht noch a Wörtl z’ reden.« Er lachte müd. »Wegen Falschmeldung, weißt! So heißen sie’s beim Gricht, ja.«

»Aber geh! Was hast denn jetzt da im Sinn! Wer hat Dich denn gfragt danach!«

»Ich will sauber machen. Und fertig will ich sein mit allem, vor ich heimgeh zum Madl. Gelt, ja! Den Unfried habts es gheißen. Mir war’s mein Fried.« Mühsam drückte sich Götz am Tisch in die Höhe, sah gegen den Ofen hin und steckte die zitternde Hand. »Schau, Karli! Grad an dem Fleckl, da hat s' gstanden, wie s' mir selbigs Mal ihr Hand hinboten hat, die erste von alle –« Er taumelte, und seine Stimme erlosch.

Erschrocken sprang Karli auf ihn zu. »Jesus! Was is Dir denn?«

»Nix, gar nix! Müd bin ich a bissl. Drei Tag bin ich am Weg. Heut bin ich durchmarschiert seit der Fruh.«

»Mar' und Josef! Weswegen hast denn nix gsagt? So setz Dich doch nieder! Ich schau Dir gleich um ebbes z' essen und um an frischen Trunk!« Karli rannte zur Tür. »Zenzi! Zenzi!«, schrie er in den Flur. Draußen blieb es still. »Wart, ich schau mich gleich selber um ebbes um!« Er holte das Licht vom Tisch, raffte ein Deckelglas vom Schrank und lief aus der Stube.

Götz erhob sich. Er hörte die Kellertür gehen und hörte Karlis Tritte über die steinerne Treppe hinunterklappern. Mit tappenden Händen suchte er in der Dämmerung seine Mütze, griff nach dem Stock und schwankte der offenen Tür zu.

Aufatmend trat er in den Hof. Schon wollte er sich gegen die Straße wenden, als er vom Zaun her eine kichernde Stimme vernahm. Erschrocken sprang er nach der Gartenseite, am Haus entlang, und drückte sich hinter eine Mauerecke.

Der alte Pointner und Sanni betraten den Hof. Unter der Haustür trafen sie mit Karli zusammen, der aus dem Keller kam.

»Vater! So denk Dir grad: Der Götz is da!«

»Jesus Maria!«, greinte der Pointner und lief ins Haus.

Götz trat aus seinem Versteck hervor. Einen Blick noch warf er auf die helle Tür, dann sprang er dem Garten zu. Während er unter dem Schleier der stöbernden Flocken sich keuchend aufwärts mühte über den steilen, tief beschneiten Wiesenhang, hallte hinter ihm die Stimme: »Götz! Götz! Götz!«

Je lauter und dringender diese Rufe klangen, desto rascher flüchtete jener, dem sie galten, dem Wald zu. In großen Klumpen hängte sich der Schnee an seine Füße. Immer schwerer ging sein Atem. Er quälte sich weiter, höher und höher, bis er den Waldsaum erreichte. Mit beiden Armen klammerte er sich an den ersten Baum, um vor Erschöpfung nicht in den Schnee zu sinken. Noch hatte er nicht ruhigen Atem gefunden, da stieg er schon wieder bergan, mühte sich durch wirres Gestrüpp und arbeitete sich von Baum zu Baum, überschüttet von den dicken Schneemassen, die aus dem Astwerk nieder klatschten. Auf seinem Gesicht stand der Schweiß, und dennoch fühlte er eine schauernde Kälte an seinem ganzen Leib.

Nun erreichte er einen schmalen, quer über den Berghang ziehenden Pfad. Hier hielt er inne. Die Müdigkeit lag ihm wie Blei in den Gliedern. Und noch drei Stunden bis zu dem Dorf, in dem er zu nächtigen gedachte! Er musste eine Weile rasten, um seine schwindenden Kräfte wieder zu sammeln.

Wo er stand, scharrte er den Schnee von der Erde, ließ sich nieder und lehnte den Rücken gegen einen Baum.

Langsam glitten seine Augen über den Pfad.

Vor einem Jahr, in einer weißen Nacht, da war er diesen gleichen Weg gegangen – mit ihr! Damals hatte sein Weg ein Ziel gehabt, das ihm das leere Herz mit warmem Leben erfüllte.

Und jetzt?

Seufzend presste er die Hände vor das Gesicht.

Dann ließ er die Arme wieder sinken. Er schloss die Lider. Das kühlte ihm ein wenig die Augen, die wie Feuer brannten.

Seinem entkräfteten Körper tat die Ruhe wohl. Er rührte sich nicht und atmete in tiefen Zügen.

Und seltsam! Er wusste doch, woher er kam. Vom Pointnerhof. Und dennoch war ihm, als käme er aus dem winterlichen Bergwald, die Axt auf der Schulter, das Griesbeil in der Hand. Wie leicht und flink sich auf dem linden, weißen Schnee das Gehen machten! Er spürte kaum seinen Körper. Dieses Gehen war wie ein sanftes Gleiten, fast wie ein Fliegen. Wenn nur diese Flocken, diese riesigen Flocken nicht wären, die sich ihm mit eisiger Kälte auf Hände und Wangen legen. Und von den Stellen aus, an denen diese Flocken schmelzen, geht es ihm wie kalt, scharfe Nadeln ins Blut. Wie machte es ihn froh, als er sein Haus erreicht und weiß beschneit in das matt erhellte Stübchen tritt. Kuni erhebt sich vom Tisch und geht ihm schmollend entgegen: »Aber Vater, wie kannst mir denn soviel Schnee in d' Stub einitragen?« Das hat sein Mädel nicht gern. Immer muss ihr Stübl blinken und blitzen von Sauberkeit. Lachend schüttelt und schüttelt er sich: Diese Flocken hängen wie Kletten an seinen Kleidern. Aber sie müssen schmelzen, wenn nur erst im Ofen ein Feuer brennen wird. »Geh, Kindl, zünd an!«

»Aber Vater! Siehst es denn net? Der Ofen glüht ja über und über!«

Da macht er erstaunte Augen. »Gspassig, gspassig! Was jetzt dös für a Kälten is? In mir?«

»Geh, komm, da wird gleich gholfen sein!«

Sie öffnet das Ofenrohr, aus dem es dampft und zischt, und stellt dem Vater die brodelnde Suppe hin.

Er nimmt die Schüssel und trinkt. Er sieht die Suppe vor seinen Augen rauchen. Dennoch rinnt sie ihm wie Eiswasser durch die Kehle.

»Gspassig, spassig!«, murmelt er wieder.

»Mein Gott, Vater, jetzt krieg ich schon selber bald Angst!«

Sie rückt eine Bank zum Ofen, bereitet ihm aus warmen Decken ein Lager, löst ihm die Schuhe von den Füßen und bettet ihn, so gut und weich sie es vermag. Und weil ihm nun die Kälte erst recht durch die Glieder zittert und seine Zähne zu klappern beginnen, kniet sie vor ihm nieder, nimmt seine erstarrten Hände zwischen die ihren und haucht so lange ihren lieben, warmen Atem darauf, bis ihm eine süße Wohligkeit aus den Fingerspitzen in die Arme rinnt, aus den Armen in die Brust und tief hinein ins Herz.

Da nickte er dankbar zu ihr auf, schließt mit einem Seufzer die Augen, und lächelnd schläft er ein – – – – – – – –

Und lächelnd schlief er. Und erwachte nicht, als er im Schlaf sich streckte und von dem Baum seitwärts nieder glitt in den weichen Schnee. Und erwachte nicht, als über ihm die weiß beladenen Zweige im Winde sich rührten und sein Gesicht verschütteten mit ihrer kalten Last.

In dichter Menge fielen die Flocken, höher und höher hob sich der Schnee über den Waldgrund, und was noch dunkel auf der Erde lag, verschwand allmählich unter dem weißen Leintuch, das die Winternacht diesem starren Schläfer webte.

Mit bleichem Licht erwachte der Tag.

Tief in den Stauden schnalzte eine Amsel. Auf dem Baum, der neben dem verschneiten Pfad stand, huschte ein Schwarzblättchen aus seinem Schlupf und flatterte auf den seltsam geformten schneeigen Hügel nieder, der dem Baum zu Füßen lag. Pispernd sträubte der Vogel sein Gefieder, bohrte sein Schnäbelchen in den kalten Schnee und badete sich in den flimmernden Kristallen. Dann blickte er mit kecken Äuglein rings umher, zwitscherte seinen feinen Schlag in den stillen, gleißenden Morgen, spannte die Flügel und flog davon.

Biografie

1855	*7. Juli:* Ludwig Ganghofer wird als Sohn des bayerischen Ministerialrats August Ganghofer und dessen Frau Caroline in Kaufbeuren geboren.
1873	Ganghofer entschließt sich, Schriftsteller zu werden. Er arbeitet nach dem Abitur ein Jahr als Schlosser und Monteur in einer Augsburger Maschinenfabrik.
1875–1879	Zunächst studiert er Maschinenbau am Polytechnikum in München, später Literaturgeschichte und Philosophie in München und Berlin. Promotion in Leipzig.
1880	Durch den Kontakt zu dem Volksschauspieler-Ensemble des Gärtnerplatztheaters in München angeregt, schreibt Ganghofer sein erstes Schauspiel »Der Herrgottschnitzer von Ammergau«. Das Stück wird in Berlin mit Erfolg uraufgeführt.
1881	Der Schriftsteller wirkt als Dramaturg am Wiener Ringtheater und ist freier Mitarbeiter des Verlags »Gartenlaube«, der auch seine ersten Heimatromane herausgibt.
1882	Eheschließung mit Catharina Engel; aus dieser Ehe gehen vier Kinder hervor.
1886–1891	Ganghofer wird Feuilletonredakteur des »Wiener Tagblatts«.
1894	Ganghofer lässt sich mit seiner Familie in München nieder.
1897	Der Schriftsteller erwirbt ein Waldhaus im Gaistal am Wetterstein. Hierher zieht sich Ganghofer, der die Stadt meidet und die Natur liebt, zurück. Er gründet die Münchner Literarische Gesellschaft.

1898	Ganghofer, der neuen literarischen Strömungen aufgeschlossen gegenübersteht, inszeniert in München Hugo von Hofmannsthals »Tor und Tod«.
1899	Sein Heimatlustspiel »Das Schweigen im Walde« erscheint. Diese Liebesgeschichte spielt im bayerischen Gebirge. Auf romantische, idealisierende Weise beschreibt Ganghofer die Natur, während er die Charaktere zumeist seiner Familienchronik oder seinen Jugenderlebnissen entnimmt.
1900	Ein Teil seiner Lustspiele, wie »Der hohe Schein« wird zu Romanen umgearbeitet. Ganghofer ist zu dieser Zeit einer der meistgelesenen Schriftsteller im deutschsprachigen Raum. Seine Hauptwerke werden später alle, zum Teil mehrfach, verfilmt.
1908	Es erscheint das Lustspiel »Waldrausch«.
1909–1911	Der Schriftsteller arbeitet an seiner dreibändigen Autobiografie »Lebenslauf eines Optimisten«.
1914	Nach Beginn des Ersten Weltkriegs meldet sich Ganghofer freiwillig als Kriegsberichterstatter. Er verfasst in dieser Zeit eine Vielzahl von Kriegsgedichten wie »Eiserne Zither« und »Neue Kriegslieder«.
1915	Er arbeitet den Bericht »Reise zur deutschen Front« aus.
1917	Ganghofer schreibt die drei Einakter »Neue Blüte«, »Die Depesche« und »Das falsche Maß«.
1920	*24. Juli:* Ludwig Ganghofer stirbt am Tegernsee.